『明暗』に向かって

明石吟平

東京図書出版

はじめに――二つの『明暗』

はじめに、本編の論旨とは直接結びつかないかも知れない話を少しだけ。

野上弥生子の習作に『明暗』という『坊っちゃん』の半分くらいの長さを持つ小説がある。主人公は弥生町に住む画学生幸子。資産家の両親は早くに亡くなり、三つ上の兄・先代からのばあや・女中・犬と暢気に暮らす。優しい兄は今般京都の叔父叔母の娘（従妹）との縁談が調い、すでに同居が始まろうとしている。兄の親友に岡本猛という一本気な男がいて、六年前幸子への愛を一方的に打ち明けて一高から福岡の医大（九州帝大）へ「転学」してしまったが、やはりここで芝の病院勤めのため久しぶりで東京へ舞い戻った。そして恩師の娘との結婚話もあってこの機に幸子へのあきらめきれぬ想いを伝えるが、幸子は当然平静を装って岡本の前途を祝す、という話である。

両親の死、資産家、仲の良い兄妹とくれば『三四郎』の里見恭助・美禰子を連想させる。また仲は良くないが『虞美人草』の甲野欽吾・藤尾を思い浮かべる人もいるかも知れない。あるいは宗近一・糸子、『三四郎』では野々宮宗八・よし子も仲の良い兄妹である。兄の結婚によって居場所のなくなる（と考えた）女は自らも結婚して（しなくても）家を出るしかない。少なくともそれはお嬢様然と育てられながらも芸術の道を志す幸子の心の独自性を脅かすものではあったろう。幸子は「御貰いをしない乞食」たる美禰子（藤尾も）と同じ思いを思う。ところで野上弥生子のこの習作が書かれたのは明治三十九年終わり頃のことであるから、『虞美人草』も『三四郎』もまだ漱石は書いていない。弥生子が手本に出来たのは『草枕』かせいぜい『二百十日』までである。では漱石の方が参考にしたのか。それは何とも言えないが、弥生子の原稿を読んだ漱石が明治四十年一月十七日（木曜日）巻紙五メートルという手紙を書いて、このまだ海のものとも山のものともつかない文学少女（既婚だが）の拙い作品を懇切丁寧に（また少々手厳しく）批評したことは事実である。文学を内容としたものに限れば、子規以外に漱石からこんな長い手紙を貰った人間はいない。仮にそれが切手を貼って投函されたものでなく、木曜会の折に返却原稿と一緒に野上豊一郎に手渡されたものだとしても。

弥生子は必要以上に恥じて（あるいは恥じたふりをして）この習作を封印してしまったが、おそらく前後して漱石に読まれたであろう『縁』という掌編の方は、翌日一月十八日付の虚子宛書簡の示す通り、漱石の義理がけでない推挽により時を移さず『ホトトギス』に処女作として載ったのであるから、弥生子が生前に彼女の『明暗』を公表しなかったのはその出来栄えのせいではなく、「十年たったらよく解るようになるだろう」という漱石の言に従って十年待っているうちに、当の漱石が同じ題名の小説を書き始めて、あまつさえ途中で死んでしまったことによるものと考えたい。同名であったのも気恥ずかしいが、あの偉大な『明暗』と自分の貧しいデッサンを、較べる人もあるまいが較べられてはかなわない。そして漱石の方は、十年後に（津田とお延の）『明暗』を書いたときには、もうこんな手紙や弥生子の習作のことは忘れていたに違いないのである。しかしその前にもし弥生子が自身の著作集に『明暗』を入れるか婦人雑誌に載せるという気紛れを見せておれば、漱石が大正五年の新聞小説に『明暗』というタイトルを付けなかったであろうことは、また容易に想像できる。では何と付けたかが問題になるが、『迷路』では単なる悪ふざけと思われようが、必ずしもそうとばかりも言えまい。

弥生子は漱石の指摘した欠点がよく解る年代に達した後も、この欠点だらけの（と思われた）習作原稿を焼却しなかった。ちなみに弥生子の書いた、自分の言いたいことだけ言ってさっさと蛮地「福岡」

へ発ってしまうという岡本猛の身勝手さ（ストイックさ）は、その昔周囲の反対を押し切って松山行きを決めた漱石の無鉄砲ぶりを彷彿させるが、漱石の作品の中ではその「福岡」という地名は、「三四郎」の住所地として宿帳に書かれたのが最初で、次に『門』の宗助と御米が（京都から）広島を経て逼塞していた地として記され、『行人』三沢の旅行の連れの行き先の一つ（馬関・門司・福岡）として書かれたあと、『明暗』にも津田と（叔父の）藤井の家の姉妹との間のちょっとしたいきさつに使われている。

此時津田の胸を掠めて、自分の従妹に当る叔母の娘の影が突然通り過ぎた。其娘は二人とも既婚の人であった。四年前に片付いた長女は、其後夫に従って台湾に渡ったぎり、今でも其所に暮していた。彼の結婚と前後して、つい此間嫁に行った次女は、式が済むとすぐ連れられて福岡へ発ってしまった。其福岡は長男の真弓が今年から籍を置いた大学の所在地でもあった。

此二人の従妹の何方も、貰おうとすれば容易《たやす》く貰える地位にあった津田の眼から見ると、決して自分の細君として適当の候補者ではなかった。だから彼は知らん顔をして過ぎた。（『明暗』二十七回）

漱石はなぜこんなところに福岡を持って来たのだろうか。津田の両親の住む京都からさらに離れて大学があるといえば（仙台でなければ）福岡しかないのであるが、文人藤井の長男が大学勤めをするのはありがちな話であるし、真事以外の藤井の子供たちを小説の枠外に置きたい、とくに津田と縁のなかった姉妹を遠くに離したいという漱石の欲求も分かる。そして次女の夫と真弓の勤務地が九州で重なるとすればそれは（熊本なんぞでなく）福岡以外に考えにくい。何より小林が東京を食い詰めて落ちて行く朝鮮を念頭に置いた記述であろうか。しかしなぜ福岡なのだろうか。

ところで右記引用文中の「彼の結婚」の「彼」とは勿論津田のことであるが、構文的には藤井の長女とその夫を指してもおかしくない。否むしろそちらの方が普通かも知れない。しかし漱石はここでは津田になりきって書いているから、「彼」といえば単なる（三人称）代名詞ではなくどこまでも「津田」を指すのである。これは覚えておいてよい漱石の書き癖の一つである。

さらに言うと、漱石は投函前によく読み返していたら、やはりここは「彼の結婚」でなく「津田の結婚」と直していたのではなかろうか。津田が結婚したことについては『明暗』では早々に披露されているものの、引用した文の前にそれが直接書かれているわけではないからである。「彼の結婚」はむしろその後に続く文章の方で述べられていると言ってよいくらいである。

＊＊＊

漱石の三部作といえばまず『三四郎』『それから』『門』というのが定番だが、続く『彼岸過迄』『行人』『心』も、短篇を並べて一箇の長篇にするという手際においては、これも立派な三部作である。そしてそのあとにくる晩年の三部作とは、『道草』『明暗』ともうひとつ、これは想像するばかりであるが『明暗』の後に書かれたであろう漱石の（真の）最終の小説がこれにあたる。

この結局書かれることのなかった小説は、漱石が意図的に最後までとっておいたもので、それは初恋の成就あるいは不成就を扱った作品ではないか。漱石の最晩年に使っていた手帳に「男二人が一人の女を思う。一人は消極、一人は積極。後者遂に女を得。前者女を得られて急に淋しさを強く感ずる。居たたまれなくなる。人生の意味を疑う。遂に女を口説く。女（実は其人をひそかに愛している事を発見して戦慄しながら）時期後れたるを諭す。男聴かず。生活の真の意義を論ず。女は姦通か、自殺か、男を排斥するかの三方法をもつ。女自殺する（と仮定す）。男茫然としてまた自殺せんとして能わず。僧になる。又還俗す。或所で彼女の夫と会す」という記述がある。これは『それから』や『門』のメモではない。『明暗』のメモでは尚更ない。「初恋」という俗な言い方を避けて「未練」に置き換えれば、未練の追求というテーマは『明暗』（そして『道草』さえ）にも重なるが、それは漱石によくあるように一部重なっているだけである。この手帳は『明暗』を書き始める年の創作ノートである。体力の衰え著しかった漱石は、『明暗』を書き進めながら、この残された「構想」（実際は自作の構想ではないかも知れないが）と「失われた初恋」（それは生と死のようなあるいは父と母のような、人間にとってただ一つのものである）という積年のテーマを併合させて、自身の最後の小説にしようと思っていたのではないか。ではこの最後の三部作の共通項（テーマ）とは何か。それは漱石が自ら「則天去私」という言葉でとりあえずその答えらしきものを指し示している。

漱石は『道草』で始めて登場人物の言動に自己の文学的斧鉞を加えないやり方を試みた。それまでの漱石はどちらかと言えば作中人物すべてに対して自分が黒子になって彼らをコントロールしてきた。主要な人物に対しては黒子どころか生身の漱石が本人たちに溶け込むようにして行動を律した。『道草』から漱石は趣向を変えて、登場人物に深入りすることを避けるようになった。漱石本人たる健三も含めて、『道草』の人物はこれまでのような漱石的な主張がない。『道草』の人物の振る舞いには「漱石臭」がない。当時の（そして今も）読者・評者がこの小説に対して貼り付けた（漱石の嫌う）いくつかのレッテルは、当時の（そして今も）漱石のこの新しい試みがどのように理解（誤解）されたかを示している。これまで作品に漱石的主張の充満していることを理由に漱石を受け容れなかった一部の評者は、まさにその漱石には関係のない理解もしくは誤解を理由として『道草』からは自分たちの態度を改めたのである。

新しい方針は続く『明暗』にも装いを変えて受け継がれた。『明暗』の人物たちは、(たとえ漱石丸出しであっても)もうこれまでのようには自らの一挙手一投足まで漱石の意のままになるということをしなくなった。彼らはより自分勝手に行動しているように見える。これは漱石が意図的に企んだというよりは、『道草』で何らかの解放感・手応えを得たためとも考えられるし、あるいは単に健康上・年齢上の理由によるものかも知れない。しかしこのことを漱石は「則天去私」と呼んだのである。「天」とは漱石の辞書では神もしくは自然ということであろう。「私」はもちろん漱石もしくは登場人物本人のことを指す。すなわち自分(または漱石)を去って自然(または神)の命ずるままに行動し始めた登場人物たちによって、『明暗』の物語は進んでゆく。『明暗』の人物はあたかも漱石の制御が利かなくなったかのように自由に振る舞い始める。物語が長くなる所以である。

『明暗』が完結したと仮定して、そのあとに予定された最後の長編小説はどのようなものになるだろうか。『道草』のように過去の自分のある体験を素材にしつつ『明暗』のように登場人物は作者の趣味を離れて意外の行動を繰り返すのであろうか。

①初恋の人との出会いと別れ
②未練そして再会
③最初で最後の告白

④驚き同時に喜ぶ女
⑤始めて自分の力で勝ち取った至福
⑥運命による復讐と女の死
⑦贖罪の日
⑧友との邂逅と最後の会話
⑨救いと復活（があるかないか）

まるで九つの楽章を持つオラトリオのように奏されるであろう漱石最後の作品を以って「則天去私三部作」は完成される（はずであった）、というのが論者の考えである。しかし言うまでもないことだが、われわれはその前に『明暗』の結末を迎えなければならない。本論考はひとまずはそのためのものである。

＊＊＊

Ⅰ　初期三部作『三四郎』『それから』『門』
Ⅱ　中期三部作『彼岸過迄』『行人』『心』
Ⅲ　晩期三部作『道草』『明暗』『(書かれなかった最後の小説)』

改めて、論者のいう漱石の三部作とはこの三種類である。

たとえば漱石の探偵嫌いは有名だが、『猫』で寒月の素行調査が行われ、太平の逸民による文明論で論及されたうえ、『草枕』では小説家もまた探偵であると、その種明かしも含めて詳細に語られるものの、その後は鳴りをひそめる。ところが『明暗』の読者は誰でも第三十五回酒場のシーンで小林が津田に「あいつは探偵だぜ」と囁くのに戸惑いを覚える。

Ⅰ『それから』　代助が伝通院脇の平岡と三千代の住まいをこっそり覗く。
Ⅱ『彼岸過迄』　田口に依頼された敬太郎が松本と千代子を尾行する。
Ⅲ『明暗』　津田と小林が入った酒場でなぜか唐突に「探偵」が登場する。

この表の眼目は、例えば「探偵」という項目について、ひとつの三部作の塊からは一つだけ、一作品だけが該当するという不思議である。

Ⅰ（初期三部作）では『三四郎』と『門』には探偵もしくは探偵らしき振る舞いをする人物は描かれない。『それから』だけが該当する。『それから』の代助は三千代に告白してから行動がおかしくなる。覗き見の場面はどう読んでも探偵でなければ犯罪者である。

Ⅱ（中期三部作）についても同様、『彼岸過迄』の敬太郎の探偵行為は大々的に書かれるが、『行人』『心』ではお休みである。『行人』で一郎からお直の真意を確かめてくれと頼まれた二郎が「そんな探偵みたいなことは嫌だ」と言う場面があるが、二郎はお直と宿泊はするものの探偵行為をするわけではないので、探偵というアイテムでは『行人』は（『心』も）一応除外されよう。

つまり読者はⅢ（晩期三部作）に至って『明暗』に探偵らしき人物が突然酒場に現れる（と小林が言う）のがやっと腑に落ちる。漱石は何らかの欲求ないし要請から書かざるを得なかった、と推測せざるを得ない。さらにⅢの分類についていえば、『道草』『明暗』に該当がない場合は幻の最終作にその責を負わせるという、論者に大変都合の良い論立てとなっている。

一つだけというのはさすがに言い過ぎであるかも知れない。しかし胸を張って二つあるとも言い切れないようだ。漱石の中では探偵と同類項扱いの「泥棒」についても、『猫』で派手に登場したあと、

Ⅰ『門』（『猫』同様）こちらも派手に登場して小説の展開に重要な役割を果たす。

Ⅰ『三四郎』　三四郎が野々宮の家の留守番に泊まる。近所が物騒で下女が怖がるという。

Ⅱ『心』　先生宅の用心棒役に「私」が駆り出されるのは近所に泥棒が出没しているから。

Ⅲ『明暗』　小林が泥棒に洋服を盗まれるエピソード。

泥棒が出るなら「乞食」も調べなくてはならない。主人公が自分を乞食になぞらえるという書き方に主眼を置くと、

Ⅰ『三四郎』「お貰いをしない乞食」という美禰子の有名な呟き。

Ⅰ『それから』　遂に縁談を断って父を怒らせた代助は、己れの未来に乞食の群れを想起する。

Ⅱ『行人』　親友Hとの旅の途次、一郎は不安に追いかけられる自らの心を宿無しの乞食に喩える。

Ⅲ『明暗』「始終ご馳走はないかないか」津田は藤井の叔母との言い合いの場面で、自分が乞食みたいだと思わざるを得ない。

『三四郎』（菊人形見物で遭遇した乞食）と『明暗』（津田が入院の報告に吉川夫人を訪問した帰りに橋の欄干で見た乞食）に一度ずつ出て来る本物の乞食と、『それから』で代助が甥の誠太郎の未来を思い

やるシーンで強引に書かれた乞食という言葉は、主人公のその乞食になぞらえるセリフの丁寧な伏線として描かれたものであろうが、『行人』の一郎にそれがないのは、その必要がないからであろう。自分（漱石）のことを書くのに伏線など要らないからである。

また「叔父に不動産を騙し取られる」という漱石の専売特許みたいな逸話でも、

Ⅰ『門』　宗助が安井の叔父に相続財産を巻き上げられた（ことになっている）。
Ⅱ『心』　先生が故郷を捨てて厭世的になった原因で作品の重要なテーマの一つ。
Ⅲ『明暗』　画学生原を前にして披露された手紙には叔父叔母に騙されたことが書かれてある。

してみると『明暗』でなぜ原というルパシカ風の画学生が登場したかはさておき、あの手紙が突然出現した理由が分かるというもの。つまり漱石はどうせどこかで書かなければならなかったものの、この極めて散文的なエピソードは（書かれなかった）最後の小説にはふさわしくなかったので、『明暗』に無理やり押し込んだのであろう。

それにやや関連して、無断侵入みたいに主人公が他人の敷地へ足を踏み入れるという、どう考えても小説の展開に関係しないような不可解なエピソードが時折語られることがある。

Ⅰ『三四郎』　三四郎と与次郎が散歩中佐竹の下屋敷内を通って番人にこっぴどく叱られる。
Ⅱ『心』　先生と「私」が散歩中ふと造園業らしき農家の庭先に迷い込み住人に遭遇する。
Ⅲ『道草』『明暗』には書かれていないようである。最後の小説に出てくるのか。

このエピソードの起源は『猫』の中学校生徒がボールを拾いに再三庭へ侵入して来る落雲館事件であ

ろう。『三四郎』には別に三四郎と美禰子の有名なストレイシープのランデヴー途中で、突然現れて二人を睨み付ける髯の大男（美禰子が絵端書にデヴィルとして描いた）が出てくるシーンが妙に印象深いが（このデヴィル大人はもしかしたらその場所の地主ではないだろうか）、『心』の逸話とともに、挿入された意味がよく分からないというのも共通している。

話は細かくなるが、漱石に馴染みのなくもない「骨董」について、『草枕』は別格であるから置くとして『猫』には出てきそうで意外にも出てこないが、『坊っちゃん』には、先祖代々のがらくたを二束三文に払ったという話のほかに宿の主人が端渓を売りたがるという場面が登場する。これについてのフォローはあるか。

Ⅰ『門』抱一屛風事件。三十五円で売った。泥棒事件とともに小説の展開に欠かせない。

Ⅱ『行人』二郎が父から「あれならいい」と貰って出て高等下宿の床の間に飾った掛軸。

Ⅲ『道草』原稿料を得た健三は紫檀の懸額を一枚作らせて北魏の二十品という石摺を掛けた。『道草』では「あんなものあ、宅にあったって仕方がないんだから、持って御出でよ。なに比田だって要りゃしないやね、汚ない達磨なんか」（『道草』六回）と姉が（一応健三が褒めたので）健三に遣ろうと言う古ぼけた達磨の掛軸も登場する。『道草』ではおおむね安物ばかりで主人公に余分な金がないことが強調されている。

漱石作品に旅行は付き物だが、主人公が旅先で宿（温泉）に泊まって女中が出てくるという『坊っちゃん』『草枕』でおなじみの場面も、ついでにその旅行で汽車の中の様子まで描写されている『虞美

人草』のようなシーンについても併せて調べると、

Ⅰ『三四郎』　あまりにも有名な冒頭の汽車の女との同宿事件。

Ⅱ『行人』　これまた有名な和歌山一泊事件。復路で長野一家の乗った寝台急行列車。

Ⅲ『明暗』　言うまでもなく津田の湯河原滞在と往路の車内。

『それから』の終盤、代助は旅行に出ようとしていたが、なぜか取りやめとなる。小説の最後に乗った路面電車は、周囲の景色と代助の頭の中は真っ赤になるが電車が赤いとは一言も書いていない。電車についての描写はないのである。『門』の宗助は鎌倉に行くと言って御米をうらやましがらせるが、それは世間的な旅行とは程遠いものであった。旅程もただ汽車で往復したという事実以外何も書かれない。『彼岸過迄』の末尾は関西旅行に出た市蔵の手紙の形を取っていて、まさに汽車に乗り旅館に泊まっているはずであるが、その具体的な内容については一切触れられていない。市蔵がそれらにまったく興味がなかったのか漱石が何かの理由で書けなかったのか。漱石の房州旅行の経験が使われるが、その宿泊場所の様子は女中どころかまるで妖怪譚である。『心』では「私」が先生の遺書を懐中して乗り込んだ「ごうごう鳴る三等列車」も、遺書が読み始められるともう用無しである。そして『道草』の漱石は旅行どころでないので、『明暗』の次の作品も主人公が旅装を解く場面は登場しないだろうと推測はされる。漱石の作中人物は多く旅行をするが、旅館の女中と汽車という何でもない設定に限っても、結果は右の通りである。読者はふつうこれを、丁寧に描くか、でなければ大胆に省略するか、漱石らしい潔さと解釈するが、作品のグループごとに目に見えない制約があるなどとは夢にも思わない（漱石も思わないだろう）。しかし単なる偶然というレベルの話であろうか。

『明暗』の始めにお延が、寝る前に読書のため自室に向かう津田に「また御勉強?」と物足りない様子をみせるが、『草枕』でも那美さんが主人公の画工に対して掛けたこの言葉もまた、漱石の中ではある一定の分類法が存在するようである。

I『門』「勉強? もうお休みなさらなくって」「うん、もう寝よう」

II『心』先生とお嬢さんがお互いを訪ねるとき「ご勉強?」「ご勉強ですか」と声をかけあう。

III『明暗』(前述の通り)

『門』の場合は「ご勉強」でなく「勉強」と簡略化しているが、宗助がこのとき読んでいたのが(ポピュラーな)「論語」であったことと(後段でポケット論語を読む芸者まで出てくる)、宗助が御米の意見にすぐ従ったように、これは漱石にしてはレアケースに属するから「ご勉強」という言葉が少し変化したのだろう。繰り返すが三部作の他の作品の中ではこのいかにも漱石らしいセリフは一切使われていないのである。三四郎が広田先生の部屋の前で「御勉強ですか」と声を掛けるのはMay I come inの意味であるからこの分類の埒外であろう。

『猫』で忘れることの出来ないエピソードの一つである「摂津大掾事件」は、観劇を楽しみにしていた細君の前で主人が鬼の霍乱を起こす何度読み返しても笑える落語話であるが、そのオチは「僕はこの時ほど細君を美しいと思ったことはなかった」というのである。漱石の中では「観劇」は常に「男と女」と結びつけられているが、それについては、

I『三四郎』文芸協会の演芸会(ハムレット)。三四郎は美禰子の面影を追う。

I『それから』代助の見合いと歌舞伎座。

Ⅱ『行人』　二郎の秘密の見合いと雅楽所。

Ⅲ『明暗』　継子の見合いと歌舞伎座（らしき劇場）。


そしてめでたく結婚となっても、例えば披露宴招待状という小道具的なものを取ってみても漱石の制御装置は作動し続ける。


Ⅰ『三四郎』　物語末尾の三四郎の下宿にも来ていた美禰子の結婚披露の招待ハガキ。野々宮はポケットに入れたまま忘れていたが、気付いて破り捨てた。

Ⅱ『行人』　三沢ではない。お兼さん、お貞さんでもない。一郎とお直に宛てた一郎の友人K（直後の雅楽所のシーンに登場する公爵Kとは別人）の招待状。

Ⅲ『明暗』　関と清子の招待状。津田とお延の招待状。『明暗』の骨子たるこの二組の結婚は、小説の中では具体的な記述は一切ない。招待状という一語を除いては。


きりがないから（そして我乍ら牽強付会という気がしないでもないから）やめるが最後に漱石ならではの比喩として、

Ⅰ『三四郎』　前述の、お貰いをしない乞食。

Ⅱ『心』　物を偸まない巾着切。先生が遺書の中で自分のコセついた性情を自嘲した。

Ⅲ「尾行しない探偵」これも最後の小説で呟かれるか。


乞食、巾着切とくれば、あとは探偵である。主人公を探偵に喩えた言い方であれば、女の気持ちを計りかねた主人公があれこれ思いを巡らすのを、このような表現にするのではないか。あるいは思い切って最後の主人公は漱石のように創作をする人物を持って来るのかも知れない。人のひった屁まで勘定する、小説家もまた探偵であるとはこれまた前述の通り。ⅠⅡと比べてⅢの表現の拙いのは漱石でない以上仕方がない。

結局「三部作」という観点からは「福岡」という地名の使用規則さえ次のように求められる。つまり漱石が『明暗』の中で「福岡」の文字を書いた理由・必然性・外的圧力である。漱石はそれが知らず知らずのうちに浸潤してくるのを止められなかったのではないか。

Ⅰ『三四郎』　三四郎が宿帳に記入した住所地。
Ⅰ『門』　宗助と御米が（京都から）広島を経て落ちて行った地。
Ⅱ『行人』　三沢の旅行の連れの行き先（馬関・門司・福岡）の一つとして。
Ⅲ『明暗』　藤井の次女が新婚の夫と住む市にして長男真弓の新しい勤務地。

この場合『三四郎』では熊本の高等学校を卒業した三四郎が宿帳に書いたのは正確には「福岡県（何某郡）」であるから、これは博多の町という意味では福岡に加えるべきでないかも知れない。漱石の中では半分熊本なのかも知れない。

もちろんこれらは小論の趣旨そのものではない。まあ進発前のアイドリングのようなものと（如何せんエンジンが安物であるからには）お許しいただきたい。繰り返すが小論はあくまで標題の示す通り『明暗』を鑑賞するためのガイドのつもりで書かれている。

『明暗』に向かって◇目次

II　小石川の谷（と台地）……109

Ⅲ　裏色の研究

Ⅳ　珍野家の猫

Ⅰ　四つの改訂

一、『明暗』のピラミッド

『明暗』は大正五年（一九一六年）五月十九日から死の二十日ほど前、同じ年の十一月二十一日までの百八十七日間、壁の柱時計のように毎日規則正しく新聞連載の一回分ずつ書き継がれた、漱石としては『猫』とともに最も長い小説である。文字通り作家が自分の命の時を刻んで、この世に残した最後の作品であるが、惜しいことに未完に終わった。そのため『明暗』は作者によって意図的に施された仕掛けが、全部は明るみにさらされないままになってしまった。このことが、生前上梓に至らなかったことや漱石独特の書き癖も相俟って、幸か不幸かさまざまな論議を生む要因ともなった。小論はこの作品の内外に潜む大小の謎を講究することにより、最大の謎である『明暗』の（書かれなかった）結末に僅かなりとも迫ろうとするものである。

漱石は自分の書きたいようにしか書かない我儘な小説家であったが、その反面同工異曲・名人芸を嫌い、新作ごとに何らかの工夫を凝らすサービス精神も備えた篤実な小説家でもあった。善意に解釈すればこのどちらも学識に裏付けられた本人の自信から出たものであると言える。『明暗』でもまたかというお約束のシーンに加えて新しい試みも見て取れるが、とりあえず外形的には本項に述べるいくつかのエピソードが『明暗』の特徴をよく表しているようである。

漱石が死の床に就く前の週の十一月十六日、ほとんど生前最後の書簡ともいえる葉書がニューヨーク

の成瀬正一宛に書かれている。よく知られたものであるが、あえて全文を引用すると、

「御安着結構です。あなたの独探の話（航海中の）は新思潮で読みました。面白いです。通信もよみました。あなたはヒポドロームへ芝居を見る気か何かで飛び込みましたね。芥川君は売ッ子になりました。久米君もすぐ名が出るでしょう。二人とも始終来ます。菊池君丈は新聞記者で忙がしいので来ません。もう一人の連中哲学者（越後の）も来ます。「明暗」は長くなる許で困ります。まだ書いています。来年迄つづくでしょう。本になったら読んで下さい。コレラはもう下火です。文展ももう御仕舞になります。昨日から寒くなりました。右迄　早々」（括弧内も漱石の文章のまま）

その二日前の十一月十四日午後、徳田秋江が矢来で散歩中の漱石に往き会った。久しぶりのことで数分立ち話をした（漱石は立ち話は嫌いでない）。『明暗』が連載中なので「大変長篇のようですね」と愛想を言うと、漱石は微笑して、「いやどうなるのか自分でも分からない」と言った（翌年『新潮』に出た秋江の断片的回想による）。

秋江は同業だから少し照れ隠しもあるようだが、成瀬は『新思潮』同人といっても、この葉書に名前の出ている芥川久米菊池らに比べると、一回会っただけの（金持ちの）坊っちゃんに過ぎないから、たぶん始めての手紙（返書）であろうが漱石は何の衒いもなく虚心に書いている。

十一月十四日〜十六日といえば漱石は『明暗』の百八十一回〜百八十三回を書いていた頃である。津田が温泉宿の部屋で絵葉書を書き、清子に果物籠を届けて面会を果たそうという（現存する範囲での）クライマックスに近づく回である。新聞掲載でいえば百六十回〜百六十二回。送別会のレストランで津

田と小林の前に十円紙幣が三枚置かれ、原という画学生が現れる場面であるが、成瀬は長い船旅で新聞連載の『明暗』を読んでいるとは思えないし、漱石が熱心に新聞の掲載面を読み返していたふうも見えないから、このときの漱石の頭の中は湯河原での津田と清子の対決で占められていたはずである。そして小説は年内に終わらない、年を越すであろうと言っている。これは小説が終わるのは書くのも載るのも年明けであるという意味に解される。これは八月十四日付鬼村元成宛書簡「十月頃は小説も片づくかも知れませせぬ、そうすれば私もひまです」にも呼応する。最初は『心』や『道草』と同じくらいのつもりで書き始めたであろう『明暗』であったが、このときすでに『道草』を超え、漱石の気持ちの中ではあと二、三ヶ月の様相を呈していた。そうしてその二、三ヶ月が経過した頃が「来年迄続くでしょう」であるから、この来年というのは文字通り今年でない、来年の一月というのが実相に近いのではなかろうか。実際には十一月二十一日に百八十八回で擱筆しているが、漱石はそのあと五十回くらい書いて終わるつもりでいたのではないか。

もう一人、成瀬宛の葉書に出て来る「越後の哲学者」松岡譲の「明暗の頃」という短文に次のような逸話が漱石自身の言葉として語られている。

「(明暗がだらだら続いていて面白くないという批判に対し) 小説の形式を、(ロシアの小説のように) 発端から結末に向かって段々発展して行く、いわば三角形の頂点から底辺に向かって末広がりに発展して行く形式ばかりを考えているのかも知れないが、その逆の形式、すなわち底辺の方から頂点の方へすぼまって行く形式もありうる。自分のこの小説(明暗)はまさにその形式を行くもので、随所に埋めてある芋を段々に掘り出しながら進行することになっているのだから、その作者の意図を考えずに批判するのでは困る」漱石は冗談めかして芋を土中から掘り出す手付きさえした。

この漱石のいう「逆三角形」の理論が『明暗』の構成をうまく説明しているかどうかは別にして、小説のほとんど終盤近く、津田が湯治場へ向かうシーンは、従来の漱石の手法を考えると、ここから物語が始まるのかというような書きぶりである。軽便へと乗り継ぐ相客の男たちは、ほんらい小説の冒頭にさっと登場するだけの脇役（添え物）であろう。小説はここから始まり、津田は清子に邂逅してそのあとちょっとした事件が起きてとりあえずのエンディングを迎える。では病室や様々な宅やその他の場所で延々と続いたあの言い争いは何だったのか。

松岡の記す漱石の言葉に従えば、漱石はまず三角形の底辺にあたる小説の序盤において、あるだけの材料を全部並べて見せる。清子も（夫の関さえ）他の人物に先んじて登場している。小説の主題の一つである津田と清子の「結婚未遂事件」も小説が始まってすぐ読者に知らされる。次にそこから順番に事件が起きる。事件というのはこの小説の場合おもに登場人物同士の議論という形を取って生起している。吉川、藤井、小林、岡本、お秀、勿論津田とお延。時間の経過とともにその議論は白熱して戦いは集約され、やがて最後の事件（最後の論争）を迎える。

未完の小説が、この最終段階を迎えつつあるということは、論者には疑いのないことのように思われる。

『明暗』が現在書かれている分量と同じくらい続く、津田と清子の新しい人間関係が生起する、津田とお延のさらなる悲劇が具体的な出来事を伴なってあらためて物語られるといった類いの推測は、このロシア文学の逆を行くという逆三角形理論からも否定されよう。繰り返すが前掲の十一月十六日に書かれた「来年まで続くでしょう」という葉書の言葉は、文字通り「越年はするだろう」、書き溜めが二十日分あるとしても、せいぜい一月いっぱい掲載が続いて終わるだろうの意味に解したい。

そして漱石が自分の言葉通りに『明暗』を書いていたとすれば、漱石の言う「三角形の頂点」とは、「清子に会って何がしかの得心を獲得した（あるいは得心しなかった）津田と、その津田の妻として自身の変革を果たす（あるいは果たさない）お延の、二人の新しい（あるいはあまり変り映えのしない）夫婦関係の提示」以外に考えられないから、もう小説は最後の山を迎えようとしていると言える。そしてまだ掘り出されていない「地中の芋」は、いくらも残っていない。

①吉川夫人がお延の慢心を取り去るたくらみの最後の仕上げを実行する。あるいは結果としてそうなる、またはそうなるかも知れないと読者に思わせる。成功するかは別として。

②津田の痔疾が温泉により却って悪化する。津田の楽観的な計画は頓挫する。

③小林が津田に約束通り別れの挨拶をするとともに、津田にある種の敗北を認めさせる。あるいはそういう成行きになるだろうことを読者に示す。

④最後にお延が津田のために「蛮勇」をふるう。夫を援ける行動を起こす、あるいは起こすことを決断する。

しかし少々先を急ぎすぎたようである。『明暗』のもうひとつの特色は、主人公を二人登場させたことであろう。すでに主人公を津田からお延に取替えた第四十五回（新聞掲載では七月十二日）が出て間もなく、読者からの手紙（主人公をお延に取替えたことの不自然さ、そのお延の振る舞いがあまりに技巧的詭謀的で作者の目的はこの女を破綻させることにあるのではないか、ではなぜ主人公に持ってきたのか、というようなことを質したと思われる手紙）に対し、主人公の取替えは少しも変でない、偉大な小説アンナカレーニナも同じ書き方をしている、お延の裏面にたとえそんな大袈裟な魂胆など潜んでいなくても、お延の性格から自然にああいう技巧的行為が導かれることもある（かも知れない）、というような律儀な内容の返事を出している。漱石は畢竟お延の技巧の目的は何か、小説で段階的に説明しているつもりだと述べている（七月十八日、十九日大石泰蔵宛書簡）。

お延の技巧（極言すれば嘘）についてはその通りであろう。しかし漱石の言にもかかわらず、『明暗』においては主人公が津田とお延の二人の間で（通俗小説みたいに）何度か交替していることは紛れもない事実である。漱石ほどの頭脳を持った人間が、しかも欧文にも堪能な学者が、この物語の主体の交替をトルストイの（ドストエフスキーでもトマスマンでもいい）、彼等西欧の文学者の叙述方法と変わるところがないと思っていたことはにわかに信じがたいことである。美禰子や三千代が三四郎や代助の眼を離れて突然単独で思惟・行動し始めるようなものだからである。『三四郎』も『それから』も否漱石の全作品はそういう書き方をされていない。『明暗』第四十五回で突然変わったのである。

『明暗』は津田とお延の夫婦の物語である。その意味で『明暗』は『道草』の正統な後継作である。漱石は『明暗』で津田とお延の個人的な世界を書こうとしていた。津田もお延も同じ程度に主人公であり、同じ程度に漱石自身であり、また同じ程度に漱石自身でない。その意味で津田とお延は似たもの同士といえる。この二人は『明暗』の中ではこだまのように同じことをしている。信じがたいことではあるが漱石としては主体の交替はごく自然な発想、単に叙述の問題だったのだろうが、これが物語の展開をややこしくしているようである。そうしてこのことが漱石の意に反して物語が長くなった理由の一つであろうか。物語が長くなった最大の要因はもちろん漱石が登場人物同士の言い争いについてくだくだしく書いたからであるが。

二、日曜日の印象

『明暗』は大正初め頃のある不特定の年、晩秋の二週間余りの出来事を書いたものである。

漱石は概して「今現在」を書く作家であり、それは新聞小説を書いているということもあるのだろうが、作品に出てくる路面電車や軽便鉄道の記述だけを見ても、『明暗』ではことさら『道草』のように昔話をしようとしているのではないことが分かる。

ふつうに考えると痔の二度目の手術をした大正元年の秋から、中村是公と湯河原に行った大正四年の秋までのいずれか、ということになろうが、御大葬の気配も感じられないので大正元年ではないだろう。また大正二年は『行人』の長い中断があった年で漱石の神経病の最も重かった頃である。それよりも継子の見合い相手三好が独逸を逃げ出した話が紹介されているので、欧州大戦の始まった大正三年後半以降のことと考えるべきか。東海道線では東京駅が大正三年暮れに開業していることから、津田が湯治へ出かけたときの乗車駅が東京か新橋か知りたいところであるが、漱石は『明暗』本文でそれを、周囲の混雑と対照的な雨の侘しい停車場、としか書いておらず（百六十七回）、わざとぼかしているようにも見える。

もっともこれは時代を曖昧にしておくというよりは、『明暗』全体を通じて駅名・町名をはっきり書かないという傾向に従っただけのことかも知れない。

月は十月後半から十一月である。日増しに秋が深まっていくことが繰り返し書かれ、ストーブや外套が登場する（漱石は寒がりだった）。吉川夫人は津田の病室に楓の美しい色の植木鉢を持参し（百三十一回）、箱根は黄葉（紅葉）が眺められる（百八十四回）。

日にちの特定は困難であるが、漱石が中村是公と大正四年に湯河原に行ったのは十一月九日（火曜）から十一月十七日（水曜）までの期間（一週間強）であるから、例えば温泉場の景色を見たとおりに書く漱石の基本姿勢を考えると、津田の湯治期間は一部はそれに重なっているとみていい。発端（診察室）から津田の退院までが小説の記述に従うと十二日間、湯治の出発をその二日後と見ても、物語の始まりは十月終わり頃か十一月初め、そしておそらく津田の湯治期間がまっとうされたと仮定しても、物語は十一月半ばには閉じられたのではないか。

曜日だけは小説に書き込まれている。お延が岡本たちと芝居に行った日、すなわち津田の手術当日が日曜日であるとはっきり書かれている（三十九回ほか）。つむじ曲がりの漱石でも教師生活が長かったため日曜日の有難さは身に染みているると見えて、ほとんどすべての小説に日曜日は登場する。主人公たちが伸び伸びと活動するのは日曜であることが多いようである。日曜という言葉が出て来ない例外的な作品である『草枕』は物語全体が休暇中みたいな話であるし、現実にも作者は暑中休暇中であった。

もっとも漱石という人は、『明暗』の「物語の今現在」を述べながら、津田の一年前の発病、手術のことも「去年」と書き、継子の一年前の女学校卒業も同じく「去年」と書き、軽便鉄道の大水で橋が流された災害のことも乗客の語る言葉でなく、地の文の言葉として平気で「去年」と書く。これが大正三年八月九月の台風被害のことであれば、物語の暦は大正四年以外の何物でもないことになる。かと思え

ば物語の「今現在」以外でありえない津田と清子の再会シーンで（よく知られたくだりだが）、

同じ作用が、それ以上強烈に清子を其場に抑え付けたらしかった。階上の板の間迄来て其所でぴたりと留まった時の彼女は、津田に取って一種の絵であった。彼は忘れる事の出来ない印象の一つとして、それを後々迄自分の心に伝えた。

棒のように硬く立った彼女が、何故それ（石鹸入れ）を床の上へ落さなかったかは、後からその刹那の光景を辿るたびに、何時でも彼の記憶中に顔を出したがる疑問であった。（以上百七十六回）

またお延についても一度だけ、津田と妹のお秀が大喧嘩している病室に入り込むシーンで、

二人の位置関係から云って、最初にお延を見たものは津田であった。南向の縁側の方を枕にして寝ている彼の眼に、反対の側から入って来たお延の姿が一番早く映るのは順序であった。其刹那に彼は二つのものをお延に握られた。一つは彼の不安であった。一つは彼の安堵であった。困ったという心持と、助かったという心持が、包み蔵す余裕のないうちに、一度に彼の顔に出た。そうしてそれが突然入って来たお延の予期とぴたりと一致した。彼女は此時夫の面上に現われた表情の一部分から、或物を疑っても差支えないという証左を、永く心の中に掴んだ。しかしそれは秘密であった。（百四回）

というように突然時空を超えたような、時制を無視したような、融通無碍の書き方をする作家であるから、日曜日という記述があったからといって、それはただ書き流しただけなのかも知れないが、それでも一応それを基準にして小説の記述を追って行くと物語の始まりは水曜日ということになる。

仮に津田の湯河原行きの日を漱石と同じ大正四年十一月九日（火曜）と仮定すると、さかのぼって物語のスタートは十月二十七日（水曜）ということになる。そして入院は十月三十一日（日曜）。退院は十一月七日（日曜）、小林の送別会が十一月八日（月曜）であろう。もちろんスタートの水曜日をもう一週間遅くしたとしても、とくに不都合は生じないわけであるが。祝日はないようである。天長節や明治節も大正初期であれば関係ない。

あともうひとつ、漱石が痔の二度目の手術を受けた大正元年九月二十六日は木曜日である。今回『明暗』で、個人病院みたいなところではあるが日曜に入院手術の運びとなったわけは、観劇（見合い）の席の参加者の都合もあるだろうが、やはり津田を民間会社の事務員としたことによるのだろう。漱石も一応読者に気を遣っているのだ。

三、『明暗』曜日カレンダー

前記仮定のもとに一応物語の日録を作成しておこう。漱石にとっては心外であろうがカレンダーの作成を試みることによって見えてくるものがあるかも知れないし、少なくとも索引代わりにはなる。年次は便宜的に（直近の）大正四年としておく（アラビア数字は漱石の執筆日付）。

大正四年

①十月二十七日（水曜）　第一回～第八回　T5・5・19～5・25

物語は津田が会社帰りに寄った診療所のシーンから始まる。

家の門の前、津田の視線の先でお延が登場する。お延は向かいの家に雀が巣喰っていると嘘をつく。

②十月二十八日（木曜）　第九回～第十五回　5・26～6・1

津田は会社の帰りに反対廻りの電車に乗って吉川邸に行き夫人に手術のことを話す。

『津田対吉川夫人』前哨戦（十～十二回、全三回）。

③十月二十九日（金曜）　第十六回～第十八回　6・2～6・4

津田は次の日から休みを取ることにして、再び会社帰りに病院に寄って入院の日取りを決める。

④十月三十日（土曜）　第十九回～第三十八回　6・5～6・24
入院の前日。津田は午前中を無為に過ごし、午後から病気の報告と無沙汰見舞いを兼ねて叔父の藤井を訪れる。家の近くで従弟の真事に遇う。津田と藤井叔母・藤井叔父のつまらぬ諍い。藤井の家には小林が来ていて、津田はその夜嫌々一緒に酒場に行く。
『津田対真事』（二十二～二十四回、全三回）。（6・8～6・10）
『津田対藤井叔父叔母』（二十五～三十二回、全八回）。（6・11～6・18）
『津田対小林』一次対決（三十三～三十七回、全五回）。（6・19～6・23）

⑤十月三十一日（日曜）　第三十九回～第五十七回　6・25～7・13
入院当日。津田とお延は一緒に病院へ行く。短い手術の間お延は電話をかける。手術の後お延は津田の許しを得て岡本一家・吉川夫妻と観劇。継子の見合いも行われた。その食事の席で吉川夫人とお延の静かな戦いの火花が散る。

『お延対吉川夫人』前哨戦（五十二～五十四回、全三回）。（7・8～7・10）

⑥十一月一日（月曜）　第五十八回～第七十九回　7・14～8・4
お延は観劇の礼に岡本の家を訪れる。家の近くで従妹の継子に遇う。お延と岡本叔父のつまらぬ諍い。そして岡本家で断続的に続く長い議論。

お延はこの日見舞いに行かない。津田は終日安静にしている（はず）。

『お延対岡本』（六十～六十八回、全九回）。（7・16～7・24）

『お延対継子』（七十〜七十三回、全四回）。　（7・26〜7・29）

⑦十一月二日（火曜）　第八十回〜第百十三回　8・5〜9・7

▽（自家を舞台にして進行）

小林が外套を貰うため津田の留守宅へやって来る。病院へ行こうとしていたお延は出ばなをくじかれるが、小林の思わせぶりな挑発につい乗ってしまう。

『お延対小林』対決（八十一〜八十八回、全八回）。　（8・6〜8・13）

▽（病室を舞台にして進行）

前日お延から電話をもらったお秀が見舞いに訪れる。お秀は津田の（お延に由来する）改まらない浪費癖と浮わついた気持ちを責めたて、津田と大喧嘩になる。

『津田対お秀』対決（九十一〜百二回、全十二回）。　（8・16〜8・27）

そこへ小林を追い返したお延もやって来る。お延は病院の玄関で若い女物の下駄を見て猜疑心にかられるが、少し立ち聞きをして病室にいるのがお秀であると知る。お秀と津田の喧嘩は、お秀対津田お延の連合軍に引き継がれる。お延はあるカタルシスを得る。

『津田・お延対お秀』対決（百四〜百十回、全七回）。　（8・29〜9・4）

⑧十一月三日（水曜）　第百十四回〜第百五十二回　9・8〜10・16

この日の進行は少し入り組んでいるが、漱石の書いた通りに取り上げることにする。

▽午前〜午後（病室を舞台にして進行）
午前中津田は前日の争いを反芻しながら無為に過ごす（百十四〜百十五回）。午後小林が病室を訪れる。言いたい放題を言う。津田は苦し紛れに小林に餞別と送別会を約す。
『津田対小林』二次対決（百十六〜百二十一回、全六回）。（9・10〜9・15）
小林は津田に、お秀が朝のうちに吉川夫人を訪問し、そのあと（小林が来ていた）藤井へも廻ったこと、吉川夫人がこれから見舞いにやって来るだろうことを告げる。津田は夫人に会わせたくないのでお延に「今日は来るな」という手紙を車夫に託す（百二十二回）。

▽午前〜午後（自家〜堀家を舞台にして進行）
（百二十二回、叙述がいったん朝のお延の家に戻る）お延はいつも通りの生活に戻り午前中に家事を片付ける。昼に銭湯に行くが、その留守にお秀がやって来たと聞き、驚いて前日の諍いの補足も兼ねてお秀の家に行く（百二十二〜百二十三回）。
『お延対お秀』対決（百二十四〜百三十回、全七回）。（9・18〜9・24）
お秀は朝のうちに吉川夫人を訪問して津田の温泉行きについて情報を得たらしく、前日とはまた別の余裕さえ見せる。お延はまた肩透かしを喰わされる。

▽午後（病室を舞台にして進行）
小林がやっと帰ったあとの病室に吉川夫人が見舞いに訪れる。夫人は津田に清子と会うための湯治行きを承諾させる。と同時にお延をもっと奥さんらしい奥さんに育て上げてみせる、と津田に請け合う。

『津田対吉川夫人』二次対決（百三十一～百四十二回、全十二回）。（9・25～10・6）

▽夕方（病室を舞台にして進行）
お延は堀の帰りにそのまま病院へ寄ることにしていた。しかしお秀との戦いになかば破れて思うところがあり、いったん自宅へ引返す。そこで津田の今日は来てはいけないという手紙を読み、体勢を立て直してすぐ病院へ向かう（百四十三～百四十四回）。

吉川夫人の帰ったあとの病室で津田とお延の最初で最後の大きなバトルが行なわれる。津田お延の直接対決としてはこれが最後か。

『津田対お延』最終対決か（百四十五～百五十二回、全八回）。（10・9～10・16）

⑨十一月四日（木曜）から（⑩十一月五日、⑪十一月六日を経て）⑫十一月七日（日曜）まで
第百五十三回　10・17
津田の経過は良好。日曜日退院する。

⑬十一月八日（月曜）　第百五十四回～第百六十六回　10・18～10・30
小林送別会の日。お延は近々夫のために勇気をふるうだろうと予言する。

『津田対小林』三次対決（百五十五～百六十六回、全十二回）。（10・19～10・30）

⑭十一月九日（火曜）　第百六十七回～第百七十七回　10・31～11・10

津田が湯治に発つ日。軽便の駅から迎えの馬車に乗る。夢幻的なシーンが書かれたあと宿に到着する。温泉でのさらなる幻想的なシーン。津田は現実感を失い、自己及び清子の亡霊を見たかのように感じる。

⑮十一月十日（水曜）　第百七十八回〜第百八十八回　11・11〜11・21

津田が女中の先導のもと清子の部屋を訪れる。実質的な再会。

『津田対清子』（百八十三〜百八十八回、全六回）。（11・16〜11・21）

小説はここで突然終わっている。

四、『明暗』曜日カレンダー（承前）――五人衆プラスワン

日曜に入院手術したあとの火曜と水曜（十一月二日と三日）は津田（とお延）にとって魔の二日間であった。そして小説の筋書に直接影響を及ぼす主要登場人物たち、津田・お延・小林・お秀・吉川夫人の五人による果てしのないバトル（この五人衆に比べると藤井家や岡本家の人々はまさに脇役である）。この火曜と水曜のバトルだけで小説全体の四十パーセントほどの頁を使ってしまっている。この実りのない（ようにも見える）長いバトルのせいで『明暗』に愛想尽かしをした一部の読者にとっても魔の二日間であったが、作者には別のちゃんとした計算があったに違いない。津田は他の四人すべてとの組み合わせに参加しており、当然ながら議論はもう沢山だという顔をしている。お延は吉川夫人との直接対決のみを残す。この二日間で実際に果たされない組み合わせはこの「お延対吉川夫人」のみである。小林・お秀・吉川夫人の三人による組み合わせは小説で直接叙述されることはない。物語では漱石は常に津田とお延のどちらかに視点（主体）を置いているからである。漱石はこの先にお延と吉川夫人の面会シーン（二次対決＝最終対決）を予定していたに違いない。

二日目、病室の津田は小林が見舞いに来たとき、小林の送別会の日にちを約束している。前項のカレンダーではその日を退院（十一月七日、日曜）の翌日と推定する。

「じゃ何時頃其温泉へ入らっしゃるの」

「此所を出たらすぐ行こうよ。身体のためにも其方が都合が可さそうだから」
「そうね。成るべく早く入らしった方が可いわ。行くと事が極まった以上」（百五十一回）

目的の温泉場へ立つ前の津田は、既定プログラムの順序として、先ず小林に会わなければならなかった。約束の日が来た時、お延から入用の金を受け取った彼は笑いながら細君を顧みた。
（百五十四回）

約束の日が来た時、という書き方からすると退院の翌日すぐではないような感じもするが、せっかちな漱石が勤めのある津田を一日ぼんやり家に置いておくのも考えにくい。すなわち退院翌日の月曜日、お延は小林に与える金を用意し（大金を自宅に置くのは不用心であるから当日岡本の小切手を換金する）、津田は津田で吉川夫人に挨拶がてら旅費を借りたり宿屋の段取りを聞いたりする。小林の壮行会をさっと済ませて、翌火曜日には湯治に旅立つ。ちょうど物語が始まって二週間である。もとより手術自体は大したものではなかった。実際の漱石は麻酔なしで手術すると言われて恐怖のあまりコカイン注射をねだって看護婦に笑われたという実績の持ち主で、当然本人は事後も湯治になぞ行っていない。漱石は半分行楽目的で是公と九日ほど温泉旅館に泊まったが、サラリーマンの津田は真の目的が清子との会見であるから、せいぜい四、五日であろう。投宿したのが火曜ならその週の土曜までには帰宅の途に就き、翌週の月曜（十一月十五日）には出社する段取りになっていたのであろう。

実際には津田（とお延）の目論見は不慮の事故によって崩れ、そして前述のようにこのあと数日の間に物語の結末が語られる（はずであった）というのが論者の推測である。

その意味でも「五人衆」の後に登場する清子は、決して物語の筋書を変えてしまうような役割を付与されていなかったと推定したい。繰り返すが『明暗』は津田とお延の物語である。漱石は清子が登場してまもなく倒れてしまうが、ここから新たに津田と清子の物語を始めるには『明暗』をもう一冊書かねばならない。現実の漱石の『明暗』はもう終盤を書くだけになっていたのである。その意味で漱石の「ここへ水をかけてくれ」（夏目鏡子による）「ああ苦しい、今死んじゃ困る」（江口渙による）という末期の言葉は、「（今死ぬと）結末が書けなくなってしまう」ということで、「困る」というのは漱石の口癖だが、名古屋弁でいう「〜デカンワ」という語尾の言い方に近く、そのときとくに彼が自己の生命の終焉を強く恐怖・困惑したわけではない。

そこでもう一度『明暗』全百八十八回を津田とお延、二人の主人公の遷移という観点から見てみると、

①一回〜四十四回	津田（全四十四回）	十月二十七日〜三十一日	5・19〜6・30
②四十五回〜九十一回	お延（全四十七回）	十月三十一日〜十一月二日	7・1〜8・16
③九十二回〜百二回	津田（全十一回）	十一月二日〜三日	8・17〜8・27
④百三回	お延（全一回）	十一月三日	8・28
⑤百四回〜百二十二回	津田（全十九回）	十一月三日	8・29〜9・16
⑥百二十二回〜百三十回	お延（全九回）	十一月三日	9・16〜9・24
⑦百三十一回〜百四十二回	津田（全十二回）	十一月三日	9・25〜10・6
⑧百四十三回〜百四十四回	お延（全二回）	十一月三日	10・7〜10・8

⑨百四十四回〜百八十八回　津田（全四十五回）　十一月三日〜十日　10・8〜11・21

全百八十八回のうち、おおむね津田の主人公の回は七割の百三十一回、お延が三割五十九回である。第百二十二回と第百二十四回を重複してカウントする。この二回は大胆にも叙述の途中で津田からお延に切り替わっている。津田とお延が両方登場する回も当然多いが、漱石の筆はそこではやはり津田を主軸に置いて描いている。二人の主人公といってもあえて言えば津田の方が真の主人公である。

以上のように見ると『明暗』は、津田とお延が交互に主人公の位置を取り合っている形式になっていると言える。この先、津田が湯河原で倒れ、清子とまた別離する（たぶん）まで、津田の回はかたまりとして最長になるべく（あと十数回程度）続くと思われる。津田の（主人公としての）退場シーンは目に浮かぶようである。どんな状況になろうと彼の様子はおそらく第一回（小説冒頭の診察室）と大して変わるまい。津田は変わったとすれば半年前一年前であって、それは小説に直接描かれていない。描かれないといえば津田と清子の独身時代の男女としての物語もまた描かれることのないまま直接湯河原での邂逅が出現した。

そして小説は津田からお延に最後の切り替えが行なわれ、お延を主人公としたまま（三、四十回分くらい）語られて、この長い物語は閉じられる。小説に必ずもう一度登場するであろう吉川夫人や小林の姿は、お延の眼を通して語られるはずである。そしてエンディングのお延の姿がその最初の登場シーン（第三回）とくらべてどう変わっているか、あるいは変わっていないのか。それは漱石が読者に明かす最後の謎解きのはずであった。書かれさえしていればそれは、思わせぶりでなくはっきり明示されたはずである。

そしてもう一つ、登場人物のカレンダーを考える上で欠かせないのは清子の湯治出発日である。それは物語の始まる少し前のことであろう。さらに言えばそれは前の週の日曜日のことであろう。物語が始まって二日目、津田が入院の件で吉川邸を訪問したとき吉川夫人は「(見舞いに) 行きますよ、少し貴方に話す事があるから。お延さんの前じゃ話しにくい事なんだから」(十二回) と言っているから、夫人はすでに清子の流産のことも湯治のことも知っていた。『明暗』の物語の開始前に清子はすでに温泉宿にいたのである。これが何を意味するかはまた後で語られることもあろうか。

五、真事の空気銃事件

冒頭に『明暗』の起筆は（大正五年）五月十九日であると述べたが、五月二十日である可能性もある。荒正人の何でもかんでも書込んである年表には根拠は記されていないが「五月十九日か二十日」と書いてある。十八日とか二十一日と書かれている箇所もあるようである（要するに荒正人も判らない）。どちらの日付が真実により近いか。

六月十日に第二十四回を書いているのは資料が残っているので確かである。第二十四回の原稿を投函した後で思い直して朝日の山本笑月宛に、津田が真事に買ってやった（買わなくてもいい）おもちゃの空気銃の発射音を、もし「砲声」と書いていたら「銃声」が正しいので直してくれという手紙を出している。朝日に届いた原稿は「ドンという砲声」になっていたので山本は朱筆で漱石の指示通り「砲」の字を「銃」に直した。しかしより丁寧には「（ドンでなく）パンという銃声」のような表現に直した方がよかったかも知れない。第二十五回には「真事の打つ空気銃の音がぽんぽんした」と書かれており、実際小さな軽い玉を勢いよく発射する玩具の空気銃はパンとかポンというような音の方がふさわしい。ドンでは衝撃がやや強すぎるようである。「銃か大砲か」という意味では銃声と砲声は峻別されるべきであるが、おもちゃか本物の武器かという観点からは、銃声も砲声も五十歩百歩である。真事の持っているものは値段からしても片手で持てるくらいの大きさのおもちゃの銃なのだから、手紙を書いた漱石は耳に聞こえる音の方を気にしているはずであって、それを一日の分の執筆を終えて「俗っぽくなった」つまり疲れた頭のせいで、砲声か銃声かという言葉足らずな表現になってしまったのであろう。

しかし空気銃のことはともかくとして、この書簡から別のことが分かる。六月十日に第二十四回を書いているのであるから、六月十一日以降十一月二十一日までの百六十四日間に、漱石はまさしく第二十五回から第百八十八回までの百六十四回分の原稿を書いていたことになり、その規則正しさには何人も脱帽する。ではその前の二十四回分をいつ書いたかというと、五月二十日スタート説だと二十二日間で二十四回分を書かねばならないので、これはちょっと晩年の漱石には厳しすぎるようである（一日一回分という日課を二回も破らなければならないのだから）。漱石は五月二十一日（午後）に同じ山本笑月に、『明暗』の書き出しが遅れているが前任の谷崎（潤一郎）の小説を二十四日まで延ばしてくれてありがたい、「此分では毎日一回宛は書けそう故御安心下さい」という手紙を出しているが、まあ五月十九日スタートの方が無難であろう。これだと日課の突出は一回で済む。

ではいつ一日に二回分書いたのか。それはどう考えても初日の五月十九日である。漱石は最初の日に第一回と第二回を書いた。第一回は診察所の津田と医師との会話の場面で、漱石の四年前の体験そのままである。小説の書き出しの回ではあるものの、脳の消耗を気にせずに書けそうな内容である。第二回はポアンカレの「偶然」についての考察のほかに、

①自分の肉体はいつどんなふうに変わるか分からない。それを自分は知らずにいる。
②精神もまったく同じことだ。そしてその変わるところを自分は見た。
③清子はどうして他の男と結婚してしまったのか。

④そして自分はまた、どうしてお延と結婚したのだろうか。

という『明暗』の命題らしきもの（物語の筋書きに対して与えられる指針のようなもの）が早くもすべて紹介されている。漱石の言う三角形は嘘ではなかった。第二回が真の創作のスタートである。それから以後はもう一日に二回分書ける内容でもなし、その体力もなし、そんな融通の利く漱石でもなかった。器械のように一日にきっちり一回分書くという（契約に縛られたような）生活が突然机の上に突っ伏す日まで続くことになる。

ちなみに書簡集を見ると『明暗』を書き出す前は量が減って、とくに五月は十八日に（『二百十日』を英文出版したいという風変わりな申し入れをした）ジョーンズ（漱石はジョーズと書く）という英人に返事を出すまで十日間以上の空白がある。それで五月二十一日に前記の山本宛の他にもう二通出しているところを見ても、十九日から書き出して二十一日までの三日間に四回まで書いて、漱石自身もやっと一安心したのであろう。「御安心下さい」という文面はあたかも自分自身に向かって言っているかのようである。そのためか第三回・第四回で初登場したお延の紹介シーンが終わって、第五回から数回分の叙述にはちょっと緊張が緩んだような感じがしないでもない。

漱石は九月二十五日にも山本に手紙を出し、前日送った第百三十回の原稿を回収して末尾の一文を修正している。これは空気銃の音とはまた別の種類の変更、小説の構成上の微妙な変更であったので、話は脇道へ逸れるが取り敢えずその概要のみ述べておくと、

①百二十二回、小林とのバトルを失望のうちに終えた津田は「今日は来るな」という手紙をお延に書

く。

②百二十四回〜百三十回、お延の回に代わって、お秀とのバトルにやはり失敗したお延は、留守に津田の手紙が届いていることをも知らないまま（当然だが）お秀の家を出る。

③この百三十回末尾の原初原稿は全集の註解によると、お延はまっすぐそのまま帰宅して津田の手紙を見ることになっていた。

④しかるに実際には百三十一回〜百四十二回、また津田の回に戻って、津田と吉川夫人のバトルとなる。

⑤そして百四十三回で小説はまたまたお延に切り替わり、お延は病院へ直行しようとして電車の窓に吉川夫人らしい人影を見て不吉な予感がしたのだろう、踵を返してようやく家に帰り着く。

つまりお延の帰宅（の叙述）が十回分以上延びたわけである。漱石は思い付いて津田と吉川夫人のバトルを丸ごとお延の帰宅の前に挟み込んだことになる。おそらく漱石は全十二回の「津田対吉川夫人」を五、六回くらいのつもりで原稿の修正を行なったのであろう。

ともかくも、ここで前記と同じ計算をすると、九月二十五日から十一月二十一日までの五十八日間に第百三十一回から第百八十八回までの五十八回分をきちんと書き終わっており、漱石の日課にいささかの狂いもなかったことが分かる。

いったい漱石のような、ある一面では大雑把な性格を見せるものの基本的には几帳面でこだわりが強くいつも何かに追われているような人は、潔癖・癇性で嘘をつくことの嫌いな、約束を破ることの嫌いな人は、機械式の時計とか時刻表通りに運行するとされる列車のようなものが大好きである。薬の服用や採尿の類いを漱石は忘れたことがない。そうして自分の生活も自分で作り出したある種の規則正しさに縛られながらも、それが正しい、間違っていないということに奇妙な安心感を抱きつつ、そうでない人もいるということは思いもよらぬというような顔をして生きているものである。それがたまさかには対人関係に軋轢みたいなものを生むことも気付かないではないが、自分が間違っているのではない以上ほかにどうすればいいのか、相手の方が悪い、というのが漱石のような人の立場である。

先ほど註解を引用した岩波の平成になってから出た全集（の解説）では『明暗』の起筆は「五月十八日頃」となっているが、これは「一日一回」からきっちり逆算しての比定であろうか。もちろん漱石は五月十八日から書き始めたのかも知れない。五月十九日に起筆した、初回だけ二日分書いたというのは、あくまで荒正人の「年表」に拠ったうえでの論者の推測であるから。

六、甥の真事ランドセル事件

真事についてもうひとつ、もとより論考の本筋ではないが曜日カレンダーにも関連するのでここで触れておきたい。

入院前日の土曜日、この日から会社を休んだ津田は寝坊してしまい、手術前の特別な食事のためにパン・バタ・紅茶を買いに出たりしたこともあって、午前を予定していた藤井行きが午後となった。当時土曜はすでに半ドンであるから、結果としてこの日津田は会社を休んだ意味がなかった。読者がサラリーマンでなくても少し気になる無駄な休暇であったが、たまの休日をつい半日無為にすごしてしまうのは我々ばかりでなく漱石の小説の主人公のお決まりのパターンでもある。

それはともかく、二時少し前に飯田橋辺の自宅を出た津田は、「市の西北にあたる高台の片隅」(二十一回)に住む藤井の家に行くため、散歩がてら神田川に沿って電車道を終点(江戸川橋)まで歩いた。この日の津田は薬局で下剤を買うため寄り道をした。

津田の宅から此の叔父の所へ行くには、半分道程川沿の電車を利用する便利があった。けれどもみんな歩いた所で、一時間と掛らない近距離なので、たまさかの散歩がてらには、却って八釜しい交通機関の援に依らない方が、彼の勝手であった。……彼は何時もの通り終点を右へ折れて橋を渡らずに、それとは反対な賑やかな町の方へ歩いて行こうとした。すると新らしく線路を延長する計劃でもあると見えて、彼の通路に当る往来の一部分が、最も無遠慮な形式で筋違いに切断されていた。（二十一回）

この橋が江戸川橋であり、藤井へ行くにはいつもなら終点を右へ折れてその橋を渡って行く。つまり藤井の家は漱石の住む早稲田とは神田川を隔てた反対側にあるというのである。そして飯田橋から江戸川橋まで約二キロメートル、それが「半分道」というのだから、藤井の家は江戸川の終点からさらに少なくとも一キロメートルは遠くへ（西北へ）行かなければならない。とすると藤井の棲まう高台とは音羽の奥から目白台にかけてのどこかであらねばならない。

津田はいつもと反対に、橋を渡らず左へ曲がって早稲田の方へ向かった。工事中の道路の脇に大道芸の手品師がいて人だかりがしているが、津田はそこで学校帰りの真事に遇い、そのあと商店街で玩具の空気銃を買わされる。手品師のことは明治四十四年五月の日記に書いてあり、その場所は「（自宅から）早稲田座を東へ突き当たって江戸川の終点に出ようとするところ」で「新開町のごたごたした所」とある。市電の延長も漱石没後ではあるが早稲田まで延びており、津田がいつもと反対へ行った所が早稲田側であることは疑う余地がない。つまり藤井の家は小石川の側にあることになる。

小学生の真事が自分の住居地の（川を挟んだ）反対側をうろうろしているのはおかしいが、漱石の男の子たちのように九段の小学校（暁星小学校）へ通っているのであれば辻褄はあう。小学生が学校帰りに商店で玩具を買ってもらったりすることがあるのかということは別にしても。

それよりも問題なのは、当日が土曜日だったことである。

原稿で「二時少し前」と書かれた津田が家を出た時刻は、漱石自身による新聞切抜への朱筆でなぜか「一時少し前」に改訂されたが、どちらにしても津田が真事と出会った時刻は午後二時か三時頃であろう。漱石は、

彼（真事）は先刻津田に買ってもらった一円五十銭の空気銃を担いだ儘どんどん自分の宅の方へ逃げ出した。彼の隠袋の中にあるビー玉が数珠を劇しく揉むように鳴った。背嚢の中では弁当箱だか教科書だかが互にぶつかり合う音がごとりごとりと聞こえた。（二十四回）

と書いているが、たとえカバンの中で揺れていた物体が弁当箱でなかったとしても、小学生が土曜日に二時三時までランドセルを背負ったままというのはヘンである。

漱石の亡くなった大正五年十二月九日は土曜日ということで子供たちは一応登校した。それでも容態の悪化でじきに呼び戻された。平日なら全員休ませられたはずである。当時でも土曜日は、子供は午前中に帰っていたのである。

真事については津田が湯河原に行って誰彼となく絵葉書を出すくだりで、漱石はつい「甥の真事」と書いてしまっている。藤井は津田の叔父（父の弟）であり、藤井の子の真事は年齢に関係なく津田とは従兄弟である。いつの時代でも叔父甥と従兄弟の違いは決定的である。まして津田は藤井の娘との結婚話が無くはなかったようであるから（二十七回）、末弟の真事のことを甥と思うはずはないのであるが、

藤井はほとんど漱石自身であるし津田も半分漱石。書きながら漱石は藤井も津田も自分に重ねているので、藤井の子なら自分にとっても（津田にとっても）甥っ子だとつい思ったのであろう。この件に関しては後でまた触れたい。

……お延へ一枚、藤井の叔父へ一枚、吉川夫人へ一枚、それで必要な分は済んでしまったのに、下女の持って来た絵端書はまだ幾枚も余っていた。……今度はお秀の夫と京都にいる両親宛の分がまたたく間に出来上がった。斯う書き出して見ると、序だからという気も手伝って、あり丈の絵端書をみんな使って仕舞わないと義理が悪いようにも思われた。最初は考えていなかった岡本だの、岡本の子供の一《はじめ》だの、その一の学校友達という連想から、又自分の親戚の方へ逆戻りをして、甥の真事だの、色々な名が沢山並べられた。初手から気が付いていながら、最後迄名を書かなかったのは小林丈であった。（百八十一回）

身分を間違われた真事の後塵を拝した小林こそいい面の皮だが、この部分については漱石が生きていれば、「甥の真事」は「叔父の家の真事」もしくはただの「真事」と改められたことであろうか。

ただし絵葉書についていえば、この記述だけでは津田が誰々に絵葉書を書いたか判然としないが、真事の前に岡本の長男で末っ子の一に書いたのだとすれば、これはあり得ないことのように思われる。津田は藤井の家で育ったのであり藤井の四人の子は兄弟同然とみていいが、岡本の継子・百合子・一の三兄弟とはほとんど接点がないからである。一の名をまず思い浮かべる人間がいるとすれば、それはお延でなければ息子を一のモデルとして使った漱石の方であろう。

ところで、藤井については津田の父の弟とあるが、本当に養子に行ったのか。お朝は藤井に嫁入ったように書かれているし、（目白台の）家も借家のようである。金回りも津田の父ほどにも届かない。お朝の両親を世話するために入婿し、後に土地屋敷を処分してそれはもう子供たちの学資等に使い果たしてしまったのというのだろうか。では津田の父の方が姓を変えたのか。京都という土地をあまり好まない、という以外に小説では何も紹介されていない津田の母が、その昔父を迎え入れたのではないか。津田の父は気の小さい昔風の男のように書かれているが、藤井に言わせると「緩慢なる人生の旅行者」「風船玉」たる津田の父の方がよほど変人であるらしい。津田の父が養子に出て藤井の方が名を継いだ。ただし彼らの親は何物も残すような存在ではなかった（名前すらも）、ということだろうか。

まあ一番ありそうなのは両養子か。資産はないとしても何らかの事情で藤井の名と祭祀を絶やさないために養子に入り、同時にお朝を嫁に貰ったのだろう。

七、津田とお延、浮華の謎

藤井は『明暗』では最も漱石度の高い人物ということもあり、藤井の家は一般的に漱石の住んだ早稲田近辺と錯覚されがちであるが、前項のように早稲田とは反対側の高台にあることが明白である。その高台の崖下にあたる場所には『門』の主人公夫婦も住んでいた。では津田の家はどこか。

津田とお延の新居は飯田橋近辺であることは疑いないが、飯田橋は麹町・小石川・牛込三区の接する地にあり、神田区にも極めて近い。

津田が会社の帰りに吉川夫人を訪ねたとき、「……自分の家とは反対の方角に走る電車に飛び乗った。」（九回）とあり、吉川邸を出たあと「彼は広い通りへ来て其所から電車へ乗った。堀端を沿うて走る其電車の窓硝子の外には、黒い水と黒い土手と、それから其土手の上に蟠まる黒い松の木が見える丈であった。」（十三回）とあるが、これが外濠線であることは、「濠を隔てて高い土手の松が、眼のつづく限り黒く並んでいる底の方を、電車がしきりに通った。代助は……往来する外濠線の車を常よりは騒々しく悪んだ。牛込見附まで来た時、遠くの小石川の森に数点の灯影を認めた。」（『それから』十四ノ六回）を引くまでもなく明らか。

津田の会社の所在地は、『行人』の二郎の勤め先の設計事務所と同じく有楽町から京橋辺のどこかであろう。お延に今夏津田と銀座で買い物をしたことを思い出させたり（八十九回）、小林との送別会の場所（銀座）をわざわざ「東京で一番賑やかな大通りの中程を一寸横へ切れた所」（百五十五回）と書いているくらいだから、勤め先が銀座ではあるまい。だから京橋でないにしても有楽町よりはむしろ日本橋に近いところであろう。そして金持ちの吉川邸はやはり『彼岸過迄』で実業家田口の住んだ内幸町あたりと見て差し支えないだろう。

津田はその日内幸町から外濠線の電車で飯田橋まで帰った。そして、「電車を下りて橋を渡る時、彼は欄干に蹲踞《うずく》まる乞食を見た。」（十三回）とあるから、津田の家は橋（外堀）を渡った内側（皇居に近い側）にあることになる。津田が通勤に使う旧街鉄の飯田橋駅は旧外濠線と違って堀の内側にあるから、ふだんは津田は橋を渡らない。したがって当該乞食を見る機会もなかった。

百四十四回、お延はお秀との戦いに破れいったん帰宅するものの津田の手紙を見てすぐに家を飛び出す。

「然し電車通り迄歩いて来た時、彼女の足は、又小路の角で留まった。彼女は何故だか病院へ行くに堪えないような気がした。……彼女は心細くなって、自分の前を右へ行ったり左へ行ったりする電車を眺めていた。其電車を右へ利用すれば病院で、左へ乗れば岡本の宅であった。」（百四十四回）

さらに家は「電車から降りて一丁ほどの所」にあると書かれているから（百メートル弱）、津田とお延の家は飯田橋の内側で町名からいえば飯田町、それも水道橋側でなく反対の富士見側、靖国神社（招魂社）側であろう。すぐ近所には漱石の男の子二人の通った「上品の子が多い」（夏目鏡子『漱石の思い出』）暁星小学校もある。つまり津田夫婦は会社重役の吉川と同じ麹町区の住民ということになり、これが小石川区（心情的には牛込区）在住の藤井の叔母等から「贅沢・奢侈」と見られる遠因にもなっているると推測される。

それにしても「(電車を）右へ利用すれば病院（神田方面）で左へ乗れば岡本の宅（江戸川橋方面）」とは漱石も大胆なことを書く人である。ふつうはなかなかこうは書かない。お延が東西南北どちらを向いて立っているか、漱石のイメージの中ではそれは明白なのだろうが、読者にそのイメージを共有させる前に、あるいは共有させる気などさらさら無く、お延の右手と左手の方角を書いてしまう。漱石という人はこういう書き方をする人だと言ってしまえばそれまでだが、相手（読み手）の理解に関係なく自分の正しいと思うところを書く。この場合の「正しい」とは「自分の見ている景色そのまま」という意味であるが、単に叙景にとどまらず、小説の制作全般、さらには漱石の生き方そのものにも繋がる話ではある。

それはともかく津田が入院した病院の場所はモデルの通りとして神田錦町。「堀の家は大略の見当から云って、病院と同じ方角にあるので、電車を二つばかり手前の停留所で下りて、下りた処から、すぐ右へ切れさえすれば、つい四五町の道を歩く丈で、すぐ門前へ出られた。」(百二十三回）とあるから、病院の停留所が小川町として二つ手前の停留所は神保町（一つ手前は駿河台下）。お延が堀の家からの帰りにいったん病院へ行きかけて、途中の電車の窓に吉川夫人らしき人物の横顔を見かけて引返すところの記述を見てみると、

堀の宅から医者の所へ行くには、門を出て一二丁東へ歩いて、其所に丁字形を描いている大きな往来をまた一つ向こうへ越さなければならなかった。彼女が此曲り角へ掛った時、北から来た一台の電車が丁度彼女の前、方角から云えば少し筋違の所で留まった。何気なく首を上げた彼女は見る

ともなしに此方側の窓を見た。すると窓硝子を通して映る乗客の中に一人の女がいた。位地の関係から、お延はただ其女の横顔の半分若くは三分一を見た丈であったが、見た丈ですぐはっと思った。吉川夫人じゃないかという気が忽ち彼女の頭を刺激したからである。

電車はじきに動き出した。お延は自分の物色に満足な時間を与えずに走り去った其後影を少時見送ったあとで、通りを東側へ横切った。

彼女の歩く往来はもう横町丈であった。其辺の地理に詳しい彼女は、幾何かの小路を右へ折れたり左へ曲ったりして、一番近い道をはやく病院へ行き着く積りであった。けれども電車に会った後の彼女の足は急に重くなった。距離にすればもう二三丁という所迄来た時、彼女は病院へ寄らずに、一旦宅へ帰ろうかと思い出した。（百四十三回）

この辺の地理に詳しいのは漱石の方であろう。堀の家は「往来に面して建てられて」（百二十三回）おり、高等商業から外国語学校へかけての道、今の神田税務署の前の通りと思われる。家から病院へ向かうのに東へ歩いたあと、「北からの電車」とは、お茶の水から南下して駿河台下から神田橋の方へ曲がる旧外濠線のことで、吉川夫人はそれに乗ってまっすぐ内幸町の自宅へ帰ろうとしている。お延はその大きな往来を横断して、あとは路地を進むだけだが、あと五分というところで引き返した。

しかしここで描かれているお延が渡った「丁字形の大きな往来」がふつう考えられている小川町から南下する電車道のことであれば、病院は錦町を越えて美土代町さえ越えて、今のＪＲ神田駅の方へ行ってしまう。どう考えてもこの「丁字形の往来」はお茶の水から駿河台下へ延びる電車の道を指すとしか思えない。漱石はこのときだけ急に俯瞰的になったのか（お茶の水から駿河台下へ南下する線路も地図上は丁字形をしている)。あるいは考えにくいことではあるが、漱石が煩雑を避けるために南下する二本の電車道を一本に集約したのか。前例のないことではあるが、漱石はこの辺の道は熟知しているはずであるから、勘違い説よりはまだ可能性があるかも知れない。

八、「お延自分でも」事件――四つの改訂

ここで今引用した百四十三回の冒頭の文章であるが、『明暗』のどの版の本文も、

（堀の宅から医者の所へ行くには、）門を出て一二丁町東へ歩いて、（そこに丁字形を描いている大きな往来を……）

とある。これはどう考えても漱石の書きそこないであろう。漱石は（道のりを表す）一丁と一町を書き分けていない。つまり任意に丁と書いたり町と書いたりしている。この場合も「一二丁」（もしくは「一二町」）と書けばいいところをつい「一二丁町」とペンが滑ったのであろう。この「丁町」を「ちょうまち」と読んでしまえば、語勢としては「一二丁ほど東へ」に近いので、そんな書き方もするのかと思ってしまうが、校訂者によっては「町東《まちひがし》」という語を認定してそういうふうに振り仮名を振っている例もある。つまり分かりやすく言ってしまえば「一二キロメートル町東《まちひがし》へ」というように解釈させるわけである。

町東、町西という言葉が一般的であるはずもなく、またその前に漱石に丁町《ちょうまち》という使い方をした例も知らない（早稲田の近くに余丁町というのはあるが）。ここは素直に「一二丁東へ歩いて」とするか、あるいは漱石が原稿のその部分に（丁の字よりも画数の多い）「町」という字を書いていること自体は

争えないのでそちらを尊重して「一二町東へ歩いて」とすべきであろう。

右記の例は新聞連載もかなり煮詰まってきた頃の話であるから、漱石に直接糾す人もいなかったであろうが、かなり早い段階でも、(誤植は別として)編集者がふつうに注意していれば起こりえないようなヘンな表現が、つい誰も指摘しなかったからか、現在にいたるまで直されないまま来ている例がある。もう今となっては聖典を勝手にいじるわけにもいかないのでどうしようもないかも知れないが。

それはお延が岡本たちと芝居に行って、継子の見合い代わりの食事の席で、吉川夫人から軽くあしらわれる屈辱の場面でのこと。

「延子さんが呆れていらっしゃる。あたしが余んまり饒舌るもんだから」

お延は不意を打たれて退避ろいだ。津田の前でかつて挨拶に困った事のない彼女の知恵が、何う働いて好いか分らなくなった。……

「いいえ、大変面白く伺って居ります」と後から付け足した時は、お延自分でももう時機の後れている事に気が付いていた。又遣り損なったという苦い感じが彼女の口の先迄湧いて出た。今日こそ夫人の機嫌を取り返して遣ろうという気込が一度に萎えた。夫人は残酷に見える程早く調子を易えて、すぐ岡本に向った。(五十三回)

この部分の原稿は、当初「……と後から付け足した時は、自分でももう時機の後れている事に気が付いていた」となっていたのを、漱石が遅れに気が付いたのはオレじゃないと言わんばかりに「お延は」

という吹き出しを「自分でも」の前に附け加えたときに、うっかり「は」の字を書き落としただけの話である。

しかしこれも今となっては誰も直すことが出来ないようである。綸言汗の如しというが、「ただの夏目なにがし」で生涯を通そうとした漱石であるから、黙ってあるいは一言断って「お延は」とすれば済んだのではないか。あるいは「……と後から付け足した時は、お延は自分でももう……」と「は」の字の続くのを嫌うのであれば、「時は」の方の「は」の字を削ればいいのではないか。

余談だが角川文庫の旧カナの版では編集者がおかしいと思ったのであろう、当該部分を「お延自身でも」と紙型を変えない範囲で考えうる最善の改訂を行なっているが、不遜と取られるのが怖かったのか底本を変えたのか、新カナの改版では「お延自分でも」と不思議な手戻りをしている。

『明暗』は一応遺稿であるから、校訂者の言い分もあるのであろうが、『明暗』以前の作品にそうした問題は皆無なのかというと、そうでもないようである。『三四郎』八ノ八回末尾から八ノ九回冒頭へかけて、ほとんどのテキストは（新聞連載時の回数分けを反映させないので）以下の通りである。

「里見さん」

出し抜けに誰か大きな声で呼だ者がある。

美禰子も三四郎も等しく顔を向け直した。事務室と書いた入口を一間許離れて、原口さんが立っている。……（『三四郎』八ノ八回〜八ノ九回）

最初の二行が八ノ八回末尾である。次の二行が八ノ九回冒頭になる。

原稿準拠と称する岩波の全集では、その八ノ九回の「美禰子も三四郎も等しく……」の書き出し部分は、漱石自身の指示で「字下ゲセズ」となっているので、（改行と章分けをしたのち、不自然にも）一字分冒頭の字下げをしないまま（谷崎潤一郎みたいに）八ノ九回の文章「美禰子も三四郎も等しく……」が始まっている。

どうしてこんなことになったのであろうか。八ノ八回で三四郎はついに美禰子の家に行き、美禰子から金を借りる。そして次の八ノ九回はこの作品の白眉ともいえる丹青会の問題シーンである。新聞連載では回が分かれてしまったので、漱石はわざわざ字下げをしない旨を原稿に書き込んだが、漱石の指示・意図は「改行しない」である。三四郎と美禰子は呼ぶ声を聞くとすぐ振り向いたのである。三四郎と美禰子は少し離れて立っていたにもかかわらず「里見さん」と呼びかけた声に間髪を容れず二人同時に反応したのである。岩波の全集は連載回ごとに章分けしてあるので他にやりようがないのかも知れないが、やはりより正しくは改行しないで連載回の区切り等は別途注記すべきであろうし、その他の版の『三四郎』の本文は当然次のようになっているべきである。

……三四郎は立ち留った儘、もう一遍ヴェニスの掘割を眺め出した。先へ抜けた女は、此時振返った。三四郎は自分の方を見ていない。女は先へ行く足をぴたりと留めた。向こうから三四郎の横顔を熟視していた。

「里見さん」

出し抜けに誰か大きな声で呼だ者がある。美禰子も三四郎も等しく顔を向け直した。事務室と書いた入口を一間許離れて、原口さんが立っている。原口さんの後に、少し重なり合って、野々宮さんが立っている。美禰子は呼ばれた原口よりは、原口より遠くの野々宮を見た。見るや否や、二三歩後戻りをして三四郎の傍へ来た。人に目立ぬ位に、自分の口を三四郎の耳へ近寄せた。そうして何か私語《ささや》いた。……（『三四郎』改八ノ八回〜八ノ九回）

このくだりは『三四郎』の真のテーマに迫るハイライトである。野々宮と美禰子の位置と距離がどのようになっているのか、漱石はこの短い文章に珍しく技巧を行使している。引用一行目の「先へ抜けた女は」以下、叙述の基点が三四郎から美禰子へ、何とも微妙に（まるで幽体離脱のように）遷移している。元に戻るまで、引用末尾までの僅かな時間、まるで束の間のランデヴーのように見える。「三四郎は自分の方を見ていない」という一句はこの小説としては異例の書き方である。主体が一瞬美禰子に移ってしまったかのようである。早く三四郎に戻らないと作品自体がどこかへ行ってしまう。これを「三四郎は女の方を見ていない」あるいは「女は直ぐに覚った。三四郎は自分の方を見ていない」等と置き換えてみるとよく分かる。英訳本ではこの部分はあっさり「三四郎は彼女の方を見ていない」となっている。改行している場合ではないのである。

改訂ということでもう一つだけ。『坊っちゃん』の「卒業してから八日目に校長が呼びに来たから、何の用だろうと思って、出掛けて行ったら、中国辺のある中学校で数学の教師が云々」の箇所で、相変わらず「何か用だろうと思って」のままになっている本が（幾つも）ある。坊っちゃん（漱石）にこんな開き直ったような投げやりな性格があるはずがない。しかもこのフレーズには読点まで付いているのである。「何か用だろうと思って、出掛けて行ったら」では、無神経に輪をかけた表現というべきであろう。漱石はたしかにへそ曲がりではあるが、それは自己に忠実なへそ曲がりであって、雑なところは皆無である。坊っちゃん(漱石)はいつも真摯である。

以上本項四つの訂正(①丁町、②お延自分でも、③「美禰子も三四郎も」改行、④何か用だろう)については、まず漱石の読者なら誰でも認識している内容であろうから、ちゃんと実行されるべきである。とくに後者二つは漱石がちゃんとそう書いているのだからその通りにしないと寝覚めが悪い。前者二つは日本語としてありえないという話である。それ以外は小論でも様々あげつらっているかも知れないが基本的にはどちらでもいい、多少ヘンでも漱石に従っておけば済むことである。

『明暗』はともかく『坊っちゃん』『三四郎』などは上梓されているのを漱石も実見しているのだから本当に不都合があれば漱石自身が指摘して直している筈だという意見もあるかも知れない。漱石は版を重ねたり変えたりするとき弟子に校正させてもいる。しかしたとえ気付いたところでこのような瑕疵を改める趣味は漱石にはなかった。直すなら全部書き直さなければいけない。ある朝起きたら(ある晩でも)娘が盲いていたとしてもそれをそのまま受け入れるというのが則天去私の生き方である。いわんや誤植の二つや三つ。漱石は晩年には『草枕』さえ否定的に見ていたくらいだったから、そもそも自分の旧作にそれほど関心はないのである(まるで自分の子供のように)。もっと大事なこと、今書いている小説、これから書かなくてはいけない作品にいつも気を取られていたのである。

九、歌舞伎座お見合い席順の謎

お延が吉川夫人に（個人的に）恥をかかされた劇場の食堂のシーンでは、人物の座る位置で昔から問題になっている箇所がある。

日曜日、津田の手術が終わったのを見届けたお延は、岡本の叔母たちと歌舞伎座で芝居を観る。遠くの桟敷に吉川夫人もいる。例によって小説には劇場の名は書かれていないが、「こんな粋な所に」（四十八回）というお延の発言からたぶん歌舞伎座である。歌舞伎座は『それから』の代助と佐川の令嬢との非公式な顔合わせにも使われている。歌舞伎座に食堂があるとして、継子の見合いのための会食のシーンでは登場人物の座った位置は順番に小説の中で述べられる。その席図は漱石がメモに残しており、小説での着席する様子の記述（五十二回）も書かれた範囲ではそのメモの通りである。

岡本叔母	三好＊（見合いの相手）	岡本叔父	吉川夫人
	食卓		
	継子＊	吉川	お延

席に着くとき、夫人は叔父の隣りに坐った。一方の隣には三好が坐らせられた。叔母の席は食卓の角であった。継子のは三好の前であった。余った一脚の椅子へ腰を下ろすべく余儀なくされたお延は、少し躊躇した。隣りには吉川がいた。そうして前は吉川夫人であった。

「何うです掛けたら」

吉川は催促するようにお延を横から見上げた。

「さあ何うぞ」と気軽に云った夫人は正面から彼女を見た。

「遠慮しずにお掛けなさいよ。もうみんな坐ってるんだから」（五十二回）

お延は吉川夫人に先手を取られてちょっと間の抜けたような着席をさせられた。仕方なく吉川夫人と向き合って座ったお延は、自分がトロいのでこうなったのではなく、礼儀と遠慮をわきまえた結果であるということをアピールしなければならないと思う。この一見不必要なお延の見栄は、愛すべき夫津田のパトロンたる吉川夫妻に向けられている。お延はこの席では孤児である。

「その意志は自分（お延）と正反対な継子の初心《うぶ》らしい様子を食卓越しに眺めた時、益々強固にされた。」（五十二回）

また、吉川と三好のやりとりでは、

「三好が少し考えていると吉川はすぐ隣りから口を出した。」（五十二回）

このあと前項の通り吉川夫人の強襲にお延がまた遣り損なうが、それはそれとして談話が進行するうちに岡本が吉川にこう言う。

「お互い年を取ったもんだね。……こうして娘の隣に坐ってみると少し考えるね。」（五十三回）

そして吉川夫人について漱石はこう記述する。

「夫人は彼女（お延）を眼中に置いていなかった。あるいはむしろ彼女を回避していた。そうして特に自分の一軒置いて隣りに坐っている継子にばかり話しかけた。」（五十四回）

テーブル配置についての記述はまだ終わらない。

お延は翌る日岡本の家に行き、自分が生来の目利きとして継子の見合い相手の性格を見抜くことを期待されていたことを知って少し驚く。

「だって、あたしあの方の一軒置いてお隣りへ坐らせられて、碌々お顔も拝見しなかったんですもの。」（六十四回）

これらの記述とテーブル図を比べると、見合いの当人同士、継子と三好を入れ替えるべきであると、とりあえず気が付く。初心の継子は両親に挟まれて座るのがふつうであるし、三好は吉川が連れて来たのであるから、吉川の隣りがふさわしい。するとそもそも最初の着席の記述自体がおかしいことになる。

席に着くとき、夫人は叔父の隣りに坐った。一方の隣には継子が坐らせられた。叔母の席は食卓の角であった。三好のは継子の前であった。余った一脚の椅子へ腰を下ろすべく余儀なくされたお延は、少し躊躇した。隣りには吉川がいた。そうして前は吉川夫人であった。（改五十二回）

このように「三好」と「継子」を入れ替えさえすれば、すべて辻褄は合う。漱石は『それから』でこれとそっくりな代助の実家での見合いのシーンを描いているが、当然席順は正しく書かれている。『明暗』ではメモまで残しているのにいったいどうしたことだろう。漱石はドラフト版の（間違った）メモを見てその通り着席シーンのみ書き、あとは（もう着席したのだからメモは見なくていいやとばかり）自分の頭の中にある（正しい）席順に従って小説を書き進めたのではないか。では老人漱石は語句の入れ替えに応ずるだろうか。それとも単に名前を入れ替えることでよしとせず、継子と三好では小説中の立場が違うから、この数行の文章自体を直すだろうか。それともお隣りだの何だのと言っているのは岡本や吉川たちであるから、漱石としてはもうどうすることも出来ないという顔をするであろうか。

この問題の解はもう一つある。それは、

「席に着くとき、夫人は叔父の隣りに坐った。一方の隣には三好が坐らせられた。」

とある『明暗』本文の着席の文章の、「一方の」の解釈の仕方による。

ふつう「一方の隣」とは、その直前の語句たる「叔父」のもう片方の側の隣と見るべきであろう。継子三好入替説はこの当たり前の見方に拠っている。しかし漱石の書き癖としてこの場合の「一方の」は、「叔父」のさらに前の語句たる「夫人」に対応しているとする解釈がありうる。吉川夫人のアナザーサイドは夫たる吉川氏である。つまり漱石は最初にこう書いたのではないか。

　席に着くとき、吉川夫人は叔父の隣りに坐った。一方の吉川の隣には三好が坐らせられた。叔母の席は食卓の角であった。継子のは三好の前であった。余った一脚の椅子へ腰を下ろすべく余儀

なくされたお延は、少し躊躇した。隣りには吉川がいた。そうして前は吉川夫人であった。(原始五十二回)

「隣り」と「隣」の書き分けもさることながら、見合いの主人は三好の紹介者たる吉川夫妻である。漱石の筆がまず吉川夫妻に降りているのを見てもそれは分かる。岡本夫妻はこの場合津田とお延の関係を度外視しても継子を嫁入らせる立場としては控え目にならざるを得ない。岡本の姪たるお延はさらに引かされる。それでも総勢七名の着席図にしては吉川吉川とうるさいようである。それで漱石はその部分を削除したのはいいがつい削り過ぎてしまったのではないか。削るのは夫人の方の吉川だけでよかったのだ。

この案でいくと三好と継子は現行の『明暗』の記述のままですべて問題がなくなる。つまり漱石は席順のメモ図などとは無関係に食卓の着席を書いていたことになる。こちらの方が(メモを見ながら間違って書いたというより)ありそうである。したがって論者の結論は、

誤「席に着くとき、夫人は叔父の隣りに坐った。一方の隣には三好が坐らせられた。」
正「席に着くとき、夫人は叔父の隣りに坐った。一方の吉川の隣には三好が坐らせられた。」

この一ヶ所だけの訂正というものである。どうしても訂正したいという場合に限るが。
しかしこの食堂の場面では、なぜか『猫』と同じ逸話が登場することの方が興味深い。

岡本は吉川に「(西洋人の) 肩車へ乗った奴はちゃんと知っているが、僕じゃない、あの猿だ」(五十四回) と唐突に漱石の留学時代の話を持ち出し、そのあと驚く吉川夫人に「奥さん心配なさらないでも好ござんす。たとい猿が此席にいようとも、我々は表裏なく彼を猿々と呼び得る人間なんだから。其代り向こうじゃ私の事を豚々って云ってるから、同なじ事です」(同) とまるで漱石がカメオ出演しているような『明暗』らしからぬ会話が続く。

これは『猫』(七篇) 終わり近くの「今鳴いた、にゃあと云う声は感投詞か、副詞か何だか知ってるか」という有名なくだりに続く、「ところが主人の自信はえらいもので、おれが神経病じゃない、世の中の奴が神経病だと頑張っている。近辺のものが主人を犬々と呼ぶと、主人は公平を維持するため必要だとか号して彼等を豚々と呼ぶ」の焼き直しである。『猫』ばかりでなく『虞美人草』『坊っちゃん』等漱石は人の品性の評価に豚を引き合いに出してあれこれ言っている。その初期の口の悪さは『三四郎』の「(欲しい物の前で) 豚は鼻が延びる」を最後として文名が上がるとともに鳴りを潜めてしまった。それが久しぶりに『明暗』で復活した。漱石はなぜこんなところに自分でも断る通り他愛もない逸話を挿入したのか。

当たり前だが『それから』での代助と佐川の娘との見合いはこんな無用 (と思われるような) シーンは挿入されていない。まんざら見合いに対する漱石の照れ隠しというわけでもないようである。思うに漱石は継子の見合いはお延と吉川夫人の女の戦いの場と位置付けていたので、継子には気の毒だがこのお見合いには果実は着かない。つまり作品の中では実にも芋にもならないことを、誠実な漱石は継子のためにもここで宣言したかったのであろう。しかしそれだけでもないようである。

十、見合いを断ってはいけない

岡本の子息の一《はじめ》は漱石の子供をモデルにしているから、その姉たる継子もまた、漱石の（沢山いる）子女の一人たる資格を有している。いずれは彼女たちも結婚していかねばならない。漱石は将来の不安感と、（鏡子夫人以外との）自分の経験した過去の見合いらしきものに対する罪悪感・嫌悪感から、この見合いのシーンを迷亭のように茶化して台無しにしてしまうような振る舞いに出たのであろうか。

それとも漱石はお見合いを厭う何か特別の理由があったのだろうか。元来漱石のようなタイプの人は見合いをした以上は自分からは断らない。よく知られる鏡子夫人との見合いで「歯並びが悪いのに強いてそれを隠そうとしない」云々の話は、後から取って附けた話である。「始めから断るつもりは無かった」と言えば鏡子が慢心するので、話を拵えたのであろう。歯並びの良くないのは事実としても。

前項でも少し触れたが、『それから』の代助は三千代の存在が日増しに大きくなっているにもかかわらず佐川の娘と見合いをしている。三千代が（何年ぶりかに銀杏返しに結って）白い百合の花をたずさえて代助の家を訪れ鈴蘭の鉢の水を飲んでしまうという「事件」（これは三千代が代助の家の人間になってもいいという意思表示であろう）があってなお、物語の始めから提出されていた佐川の縁談はバックグラウンドで静かに進行している。そのあと歌舞伎座で変則的ではあるが顔合わせも済ませ、その上での自宅（実家）における正式に近い見合いである。この時代でなくても常識的にはもう（結婚を）あえて断る理由はない。父親は代助が自分のことしか考えないと激怒した。ふつうなら兄も嫂も一緒になって怒るところである。父親というものに同情がない漱石はとりあえず父親だけを怒らせている。それより佐川サイドから苦情は来なかったのだろうか。佐川の両親が同席していたらこんなことでは済まされまい。

なぜ代助はこの見合い話をすぐに断らなかったのだろうか。佐川の娘が（漱石はそうでもないかも知れないが）代助の好みでないことははっきりしている。代助が三千代に傾斜していく過程に平岡（の顛落）だけでなくこの（面白くもない）結婚話が使われるのは、小説としては（そのように書かれているので）そう理解するしかないが、やはり少し変である。

さらに不思議なのは、代助がこの縁談を断る前に三千代に求婚しなければならないと思い込んでいたことである。「姉さん、私は好いた女があるんです」（『それから』十四ノ四回末尾）と嫂についに打ち明けた代助は、父には自分から正式に断りを言うつもりであったが、嫂にそれを強く念押しせず反対に嫂から父に言いつけられてしまう可能性を残したまま長井家を後にする。代助はこの縁談が消滅する前に何とか三千代に求婚してしまわなければいけないと焦りまくる。そして強引にも門野に三千代を連れて来させるという甚だエレガントでないやり方で、しかし昔話をして立て直して、ついには「僕の存在には貴方が必要だ」（同十四ノ十回）と変に客観的な言い回しで告白する。

ちなみに決して女性に無関心でない漱石が自己の小説の中で男が相手に直接自分の好意を打ち明けるというシーンはこの一ヶ所だけであるが、この場合相手は人妻でそれは突き進めば姦通という犯罪にもつながる求愛であった。つまり普通の意味のプロポーズではまったくない。つまりプロポーズをしたことのない漱石が『明暗』で清子がなぜ去ったか津田に悩ませていることになる。漱石が書きたかったのはその理由ではなく、津田の悩みそのものの在り方であろう。その津田の悩みは真っ当なものであるか、邪なものでない真面目なものであるか、漱石はそれを読者に示そうとしていた。清子が去った理由は書くまでもない、津田がまったく求婚しなかったからである。

この代助の、父に正式に佐川の娘を断る前に、三千代に告白しなければならない、という強迫観念は、なかなか理解されにくいだろう。ゲスな考えでは、もし三千代に拒否されたら佐川の娘に行くのか、となってしまう。ふつうはどんな場合でも断る方が先であろう。話が漏れたら先方に失礼だし、何より二股かけていたのかと思われたらアウトである。もちろんそんなことは夢にも思わない漱石としては、父親に縁談を断る理由として、「何々という女と結婚することになったので佐川の娘は貰われない」という、誰からも（論理の上では）反対されない態勢を取っておく必要があると信じていたのであろう。言い方を変えれば、こんなあからさまな、理由にもならない理由を挙げないと、漱石という人は縁談を断れないのである。本来こんな理由はない。この場合の「縁談」を「見合い〜結婚」と言い換えてみると分かる。「見合い〜結婚」を断るのに「他との結婚」を挙げるのは乱暴な話である。それなら見合い写真を受け取る前に断らなければならない。

なぜ漱石はそんな追い詰められたようなものの考え方をするのか。一般的には見合いをして相手（の容姿）が今ひとつ気に入らないとか何とかで断ると、それは（断るという行為そのものは）見合いした本人の責任になる。自分の好悪で、余人でない自分の判断でノーと言うわけである。しかし他に結婚相手が決まっているというような理由で断ると、それは誰のせいでもない、如何ともしがたい、本人の責任ではないということになる。少なくとも漱石の頭の中の理屈ではそうなる。ではなぜ見合いをしたかというとが問題になろうが、それは本人のせいというよりは父兄の方により責任がかかる、と漱石の中ではそういう理屈になるのだろう。

逆ではないか、とつい漱石に言いたくなる。梅子の立場に立ってみると、驚いた梅子はどうするか。梅子は佐川の推進者である。まず代助の（三千代に対する）首尾を見届けるであろう。決して父にしゃべったりしない。三千代が応じたという返答を得ても尚多くの障碍が控えているのだから代助の計画がいつ頓挫してもおかしくない。佐川の娘の可能性が完全に消滅するまでは必ずや代助の行動を見守るだろう。事実小説は表面的にはこのように進行している。漱石は梅子（長井家）の立場に立っていたのであろうか。そうでないことは、代助が梅子に先に喋られては大変だと心配していることからも明白である。では梅子以外に代助に同情する者、例えば代助の親友がいたと仮定して、代助から同様の告白を受けたとしよう。三千代の気持ちも便宜上判っていると仮定して、この親友が見合いの断りの前に一刻も早く三千代にプロポーズせよと言うであろうか（勿論どちらも急ぐべきではあるが）。漱石は代助に全面的に同情しているわけではないが、まあ代助の友であろう。その立場で見ても代助の思考は理解しにくい。嫂に先に喋ってしまって嫂の口から父に知られては面目丸潰れになるのだから、それを回避するには「一刻も早く」自分で父に釈明することであろう。すると父がそんな女はやめてしまえというのは火を見るより明らかであるから、代助はまず父と喧嘩別れした後に（父にもうお前の世話はせんと言われてから）その亢奮を以って三千代に告白する。三千代が承諾すれば小説は終わってしまう。代助はすぐに「赤い電車」に乗らなければならない。漱石はそんな（三文小説的な）展開を嫌って、より物語にふくらみを持たせるだけのために、代助を急がせたのであろうか。漱石は一応このときの代助の心情を説明しているが、その説明に納得する読者は一人もいまい。
告白の順序が違う、というのは『心』の（先生とKの）問題にも通ずることであるから、また触れることもあるかも知れない。

ついでながら、『それから』の佐川の娘は一見どうでもいいような女性として描かれていると思われがちだが、作品の中では代助と三千代の（三年ぶりの）再会の前に結婚話が持ち上がっており、以下物語のほとんど終盤までその状態は維持されている。物語全体を覆っているという意味では『猫』の真のヒロイン金田富子嬢や『明暗』の清子と同格であるし、人物も少なくとも『心』のお嬢さん程度には造型されている。

漱石は面長の女性が好みだったが実際には丸顔の鏡子と結婚した。佐川の娘も丸顔と書かれており、小説本など読まないところも代助や読者にとっては物足りないだろうが漱石はむしろそれを歓迎する。またアメリカ人のミスの教育を受けて清教徒のようでもあると書かれていて、これも『猫』の細君の「そんなに英語が御好きなら、何故耶蘇学校の卒業生かなんかをお貰いなさらなかったんです。あなた位冷酷な人はありはしない」（『猫』二篇）と併せて見ると、漱石にとってこのお見合いが決して代助と三千代の物語の添え物でなかった、あるいは代助が煮え切らないことだけを描こうとしたのではなかったことが分かる。

十一、結婚話を断ってもいけない

『行人』の二郎は三沢に呼び出され、歌舞伎座ならぬ雅楽所で三沢の許嫁の親友という女を紹介される。二郎はその女に少なからず興味を抱くが自分から話を進めようとはしない。いっそひと思いに女の方から惚れ込んでくれたならなどと思ったり、確かに相変わらず煮え切らない（『行人／塵労』十九～二十三回）。

しかしこのくだりは、単に優柔不断というより何か漱石の禁忌に触れているような感じすら受ける。『猫』で越智東風が金田富子嬢に新体詩を捧げたり生徒が付け文をしたりしているが、そこでは漱石は明らかにふざけている。

三四郎は美禰子に「あなたに会いに行ったんです」（『三四郎』十ノ八回）と精一杯の告白をしているが、肝心の美禰子に伝わっていないのでは仕方がない。

『心』は、プロポーズがあるではないかと言われそうである。確かにそう見えなくもない。だがKは先生に自分の悩みを打ち明けただけであるし、先生の求婚はといえばお嬢さんには直接向けられない。そもそも先生は果たしてこのお嬢さんのどこを気に入っているのか読者には分からないまま、まるで見合い結婚のように、母親がお嬢さんに代わって「承諾」する。この結婚によって二人の自殺者を出しているというのに。そして『心』の先生はその前に叔父の勧める従妹との結婚をはっきり断っている。漱石の作品で見合い話を断ったのは代助だけであり、結婚話を断ったのは先生だけである。『心』の先生は叔父に財産を騙し取られ（それでも一生働かなくてもいいくらいの財産は残っていたのだから贅沢なものであるが）、せっかくお嬢さんと結婚したものの結局は中途で挫折してしまう。

代助と三千代も、『門』が書かれなければ二人とも（あるいは三千代だけでも）死んでしまったと思う読者の方が多いだろう。『門』と関係なく、二人の命は繋げないだろうとする読み方も出来るように『それから』は書かれている。

津田には藤井の家の娘（従妹）との結婚話は表立っては出なかったようである。従妹を貰わなかったのはただ津田が知らん顔をしていただけと書かれているので、津田は「断った」わけではないが、考えようによっては藤井の叔母たちにとっては似たようなものだったのかも知れない。藤井の叔母も叔父も津田とお延の結婚には同情が薄い。でもまあそれだけのことであろう。津田がそのために代助や『心』の先生のような目に遭うとは考えにくい。『猫』の寒月は金田富子との話を断って田舎の女と結婚したようにも取れるが、実際は博士論文が書けなかったのだから寒月は金田家側から拒絶されたことになる。しかし寒月についてはそのことについて金田家に報告に行ったと嘘を吐いているという不思議な記述もあり（『猫』六篇）、別途稿を改める必要がありそうである。『行人』の三沢と遠縁の出戻った娘さんの話も、三沢がその娘さん（というのはおかしいが漱石が娘さん・お嬢さんと書いている）に恋慕されているとすれば、三沢にも責任があるのかも知れないが、如何せん娘さんは亡くなってしまった。しかしこの話も寒月同様改めて論じたい。

全般的に漱石の小説では主人公（男）がなかなか結婚を申し込まないだけでなく『虞美人草』のように、たまに自分の意思で結婚相手を決めると、それだけで大変な破局がやって来る。小野さんは自分の意思というよりは浅井の報告を受けた宗近君がなぜか急に小野を説得し、それで小野が翻意した結果藤尾は死んでしまう。浅井は宗近とほとんど顔見知り程度の間柄でしかないから、なぜ小野の私的な話を暴露しに行ったのかその理由はわかりにくい。浅井がしゃべらなければ『虞美人草』の結末は無かったのであるが、そもそも小野が藤尾でなく小夜子と結婚すべきであると宗近一が確信していたとは、読者はそれまで知らされていなかったのである。

『行人』の女景清のエピソードはその（男が決断すると碌なことにならないという）バリエーションのひとつである。主人公（長野一郎・二郎）の父の知人の昔話という体裁を取っているが、漱石にとって妙に身につまされるような挿話になっており、そこでは若い男がついものの弾みで同い年の召使いと結婚の約束をしたあと、若すぎるという周囲の忠告をあっさり容れて結婚話を解消する。そして二十何年か後に演芸場で偶然再会して、よせばいいのに男はあれこれ気を廻して大恥をかくというような話である（『行人／帰ってから』十三～十九回）。

この場合は女の方が積極的であったということで、悲劇というよりは喜劇に近い落ちになっている。真の悲劇はこの挿話を悲劇としか受け取れなかった一郎の性格の方であろう。しかしこのエピソードについても後述したい。

その意味で『明暗』の津田とお延は、津田がお延にプロポーズをしたのでない以上（つまり津田がお延に一目惚れしたのでない以上）、そしてお延の方が積極的であったとされる以上、この二人には悲劇は訪れないと言えるだろう。あえて言えば喜劇のような悲劇で終わるかも知れないが、『それから』や、とくに『心』のようなカタストロフィにはなりようがないと推測できる。

なぜこんなことが言い切れるかというと、それは漱石という人が自分の倫理観・正義感の通りに小説を書いているからである。繰り返しになるが、漱石が見合いをする以上は自分からは断らないというのは、相手の女に気の毒というのも勿論無くはないが、一番の理由は自分のせいにされたくないということであろう。自分の主張を通して断った場合、その決断が正しいかどうかはまったく誰からもどこからも担保されない。自分が正しいか（間違っていないか）が最大唯一の関心事である漱石のようなタイプの人にとって、それは絶対に避けねばならぬことである。断るなら見合いをしないことだ。見合いをしないこと自体は間違いではない。見合いをした以上は、もし断って相手に嫌な思いをさせると、自分が間違っていたのではないかという疑念が払拭できないので、断れない。あくまで自分の精神状態の安定を第一義にした考え方である。これを人は誠実といい、また自分のことしか考えないともいう。見合いという男女双方の立場が明確な場合においてさえこうなのであるから、世間一般の普通のプロポーズを（そういうものがあるかどうかは別としても）漱石が出来ないのは仕方ない。そうして自分がしなかったことは書かないのが漱石の流儀である。

自分が正しいかどうかが一番大切であってそれ以外はすべて二の次という考え方は、漱石の性格の最も特徴的なものであるから、今後とも考究を進めるに従って少しずつ明らかになると思う。

『それから』における佐川の娘との見合い話には色々と不思議なことも多いが、それはまた別な機会に述べることもあるだろう。ただその論考とは別に、『それから』に描かれているような先代からの因縁が真実あったとすれば、佐川の娘との縁談はもっと早くから長井の家に持ちかけられたはずであり、代助が三十にもなってぶらぶらしているからといって取って附けたように湧いて出る話でもなかろうという気がする。これは『明暗』の津田とお延のなれそめにも言える話であり、京都で父親同士が唐本の貸し借りをしたりする親しい間柄で、互いに子息子女を東京の係累に預けているといった環境からしても、津田とお延が単にその名を見知っているという程度にとどまっていたのは不自然である。津田三十歳お延二十三歳であれば、実家の玄関での邂逅を待たずに縁談が起こって不思議でない。『虞美人草』を何度も引き合いに出すのは気がひけるが、「美しき女の二十を越えて夫なく、空しく一二三を数えて、二十四の今日まで嫁がぬは不思議である。」と書いたのは他ならぬ漱石である。お延は幸いにも嫁いだがそれまでに結婚話はなかったのだろうか。もちろんこれは余計なお世話であり小説の結構の話であるから、傍からとやかく言う筋合いのものではないのだが、事が見合いや結婚であるからには、そこには漱石の深い井戸が掘ってあって、いくら汲んでも汲み尽くせないのである。つまりいくら考えても分からないのである。

十二、席順の謎の起源

見合いの話で脱線したようであるが、歌舞伎座の席順事件は漱石の単なるうっかりミスであろうか。本になったときに直せばすむという類いの話であろうか。確かに天才は細部に関心がないとは言える。しかし漱石の空間認識には何らかの漱石自身の特殊な癖があるのだろうか。このお見合いの席順事件には先例のようなものが存在するだろうか。

『三四郎』の冒頭で描かれる所謂汽車の女と三四郎の座席の位置関係が甚だ難解である。それで、一夜明けて翌日女と別れて乗り込んだ名古屋からの列車の方が、車内の場景がやや詳しいので、まずそれから見てみよう。一ノ四回から一ノ八回にかけて三四郎と広田先生の座る位置は根気よく描かれる。初日の山陽鉄道と二日目の東海道線の車両が似た構造である保証はないが、想像するに狭い車内、堅い座席、低い背もたれの椅子（木製ベンチ）、小さな木枠の窓、座席の上の網棚、貫通通路の車室、乗降扉と便所の付いたデッキ、いずれも当時の普通列車（急行でない）の三等車であることに違いはないであろう。

……列車は動き出す。三四郎はそっと窓から首を出した。女はとくの昔に何処かへ行って仕舞った。大きな時計ばかりが眼に着いた。三四郎は又そっと自分の席に帰った。乗合は大分居る。けれども三四郎の挙動に注意する様なものは一人もない。只筋向こうに坐った男（広田先生）が、自分の席

に帰る三四郎を一寸見た。（『三四郎』一ノ四回）

筋向こう・筋交いというのは漱石の用語では斜め前にいる人（自分の真正面の人の隣の人）という意味である。ついでに、歌舞伎座見合いの着席でお延の言った一軒置いた隣というのは自分の隣の隣に座った人という意味である。つまり筋は道路でなく軒は家屋でない。漱石はもちろん景色も描くが多くは人を描く。そして景色も人も似たような筆致で描く。そのとき景色を人のように描くのではなくその逆である。人（人の動作）を景色のように大きく広く描く。

広田先生は「しきりに煙草をふかしている。」「そうかと思うとむやみに便所か何かに立つ。立つ時うんと伸びをする事がある。さも退屈そうである。」しかし「隣に乗合せた人が新聞の読み殻を傍に置くのに借りて看る気も出さない。」そのうち三四郎の方が「前にいる人の新聞を借りたくなった。」あいにく前の人は寝ているので、「手を延ばして新聞に手を掛けながら、わざとお明きですかと」広田先生に聞く。豊橋で寝ていた新聞の持ち主の男が突然起きて下車する。隣席の「人」は新聞を借りられたあとはもう用済みになったのかいきなり「男」に格下げになっている。余談だが漱石は単に「隣の人」「隣に座った人」でなく「隣に乗合せた人」と書く。この男が万が一にも広田先生と旅の道連れかも知れないと一瞬でも思わせないためである。三四郎は男が寝ぼけて間違えたのかと心配して「窓から眺めて」いたが、そうではないようだ。

……無事に改札場を通過して、正気の人間の様に出て行った。三四郎は安心して席を向こう側へ移した。是で髭のある人（広田先生）と隣り合せになった。髭のある人は入れ換って、窓から首を出

して、水蜜桃を買っている。（同一ノ六回）

桃を食べながら二人の会話（広田先生の話）は少しずつ哲学的になっていく。広田先生は桃の食べかすを新聞紙に包んで窓から放り出す。

ここまでの記述で確かなことは次の三つである。

①名古屋から豊橋まで、三四郎と広田先生ははす向かいに向かい合った座席に座っている。

②広田先生の隣席は乗客がいる。三四郎の隣席は不明だがたぶん空いている。

③豊橋から三四郎が広田先生の隣席に席を移して二人は並んで座った。

このとき二人のうちどちらが窓に近い方へ座っていたのだろうか。そうして二人は（進行方向の）どちら側を向いて座っていたのだろうか。

名古屋を出るとき三四郎は窓から顔を出していたり、広田先生が頻繁に席を立つという記述から、ふつうに考えると三四郎が始めから窓側に座っており、その向かいの窓側が新聞の男、広田先生はその隣で通路側。豊橋で降りた男のあとへ三四郎は移り、自分の席を動かない広田先生と隣り合わせになって会話を始める。二人の向かい側の座席はもうまるごと空いているのだろう。

三四郎の上京は年度替わりの夏休みである。暑い季節だから窓は開いている。窓は上下二段で上の方の窓を開けているのであろうが（上から落として開けるタイプの窓であろうが）、それでも進行方向に向いて座ると風や煤煙を直接受けることがあるので、特に窓側の席は女性や年長者は嫌うかも知れない。ここでは三四郎と広田先生の二人は列車の進行方向（東京）に背中を向けて並んでいるのであろう。もちろん座席が狭いので向かい合って座るといくら小柄な明治人でも互いの膝が当たる。当たって構わない人同士ならともかく、ふつうはまず「筋交い」に座るところだが、三四郎と広田先生はこのとき既に言葉を交わす仲になっていたので、（『心』の先生と私が並んで波に浮かんだように）同じ姿勢をとって座ったのである。

では最初の名古屋駅で窓から顔を出していた三四郎が「自席に帰る」という書き方が気になるが、窓の位置が高いので、しっかり席から尻を離して立ち上らないと顔が出せない、向かい合った座席に対してニュートラルの位置に一つだけ小さい窓が付いている、というようなことが考えられる。あるいは前述のようにまともに風を受けるのを避けるため、若干窓際を離れて座っていたのかも知れない。公徳という概念をよく理解はしているが自分勝手なところもある漱石ならやりかねない座り方である。いずれにせよ窓が（窓の位置が）自分の自由にならない、自分の付属物でないという前提に立たないと、三四郎越しに桃の食べ殻を窓から投げ捨てた広田先生の行為の説明がつかないことになる。広田先生は一旦立ち上って（とりあえず三四郎と関係なく）まるでゴミをフタの開いたゴミ箱に投げ入れるように桃の残滓を包んだ新聞紙を捨てたのである。

浜松で二人とも申し合わせたように弁当を食う。列車はなかなか発車しない。三四郎はホームにいる西洋人を窓から一生懸命に見惚れている。窓の前を通る西洋人夫婦の会話を聞き取ろうとするが分からない。広田先生は三四郎の後ろから顔を近づけてホームを眺め、「まだ出そうもないのですかね」と言う。西洋人の家族は急行列車に乗るためにホームで待っているのであろう。三四郎は「首を引き込めて着座した。」広田先生も「つづいて席に返った。」（同一ノ八回）。

では物語冒頭の三四郎と汽車の女の場合はどうなるのか。同じように二人の座席を順に追っていくと、
①四人掛け（か六人掛け）のベンチの窓側の方に三四郎は座っている。
②後に起きる事件により明らかになるが三四郎は進行方向に背を向けて座っている。
③京都から女が三四郎の斜め前の席に座る。三四郎の真ん前の席と隣の席はおそらく空いている。
④爺さんが乗り込んで来る。女は窓側へずれて、爺さんを空いた隣へ座らせる。
⑤爺さんが下車すると車内は人が少なくなってくる。三四郎は弁当（晩飯）を食い出す。

『暗夜行路』で主人公が尾道から姫路まで乗った普通列車は、若い軍人夫婦と二人の子供が並んで座り、かつ夫（砲兵中尉）の方はちょっとだけ離れて端っこに座ったと書かれるから、三四郎のときの山陽鉄道もおそらく六人掛けのベンチとした方が分かりやすいかも知れない。その場合は貫通通路が車輌の片側を通っているのである。

車が動き出して二分も立ったろうと思う頃例の女はすうと立って三四郎の横を通り越して車室の外へ出て行った。此時女の帯の色が始めて三四郎の眼に這入った。三四郎は鮎の煮浸しの頭を咥えた儘女の後姿を見送っていた。便所に行ったんだなと思いながら頻りに食っている。
女はやがて帰って来た。今度は正面が見えた。……女は、どうもまだ元の席へ帰らないらしい。もしやと思って、ひょいと眼を挙て見るとやっぱり正面に立っていた。しかし三四郎が眼を挙ると同時に女は動き出した。只三四郎の横を通って、自分の座へ帰るべき所を、すぐと前へ来て、身体を横へ向けて、窓から首を出して、静に外を眺め出した。風が強くあたって、鬢がふわふわする所

が三四郎の眼に這入った。此時三四郎は空になった弁当の折を力一杯に窓から放り出した。女の窓と三四郎の窓は一軒置の隣であった。風に逆らって抛げた折の蓋が白く舞戻った様に見えた時、三四郎は飛んだ事をしたのかと気が付いて、不途女の顔を見た。（『三四郎』一ノ二回）

女が三四郎の横を通り越して、という「三四郎の横」は、この場合三四郎の身体の横側（側面）という（小さな）意味ではなく、三四郎の「横側の（空いている）ベンチ」という（やや大きな）意味である。三四郎の真向かいに座っていた女が三四郎の横の空いている席の前を通過して通路へ出た、そしてデッキの方へ歩いて行った、三四郎は弁当を食いかけたままその後ろ姿を見送ったということである。

やがて帰って来た女は三四郎がまだ弁当を食べ終えていないので、元の場所には戻らないで三四郎の方を向いたままでいる。「すぐと前へ来て、身体を横へ向けて」というのは、三四郎の横のベンチの方へ進むかわりに、「そのまま三四郎から見た正面（前）へ曲がって来て、三四郎に対して自分の身体の横側を見せたまま」という意味である。漱石の視点は三四郎の肉体を離れない。俯瞰して叙述するということを漱石は（わざと）しない。読者が分かりにくいかも知れない、とはこの時の漱石は思わない。

女は隣のブロックの（おそらく誰もいない）向かい合わせのベンチの間へ入って行って、（腰を掛けてしまうのも変なので）立ったまま窓から顔を出した。このとき三四郎が放り投げた弁当殻が触れたかどうかした、三四郎がそれを目の当たりにしたということは、三四郎は進行方向に背を向けて座っていたということになる。風に逆らって投げた、つまり風上（進行方向）に向かって投げたのだが、風の流れに逆らうことは出来ず弁当のフタは舞戻って（あるいはそのまま流されて）女に当たったのである。三四郎は山陽線では先客であったから自分の好きな席に座ることが可能であった。三四郎は風と煤煙を避けて進行方向に背を向けて座っていた。翌日の東京行きの汽車は人が多くて、あるいは自分が若輩だから、最初は進行方向に向いて座っていた。しかし広田先生の隣が空いたので喜んでそこへ移ったのだろう。

いずれにせよ女は本来の場所、三四郎の「筋向こう」たる斜め前の席に戻って名古屋に到着するわけであるが、その夜三四郎は女と「同衾」することになるので、読者は車室の座席などについて考えている暇はなくなったのである。

十三、『門』の間取り図

このように『三四郎』の記述を追っていくと、『明暗』での見合いにおける食卓の問題は、単に漱石の書き間違いに過ぎないのか、もう少し例を見てみたくなる。生涯自分の家を持たなかった漱石だが、作品の主人公もまた不平を鳴らしつつもあらかた借家か下宿住まいである。しかしその間取りまで丁寧に示した例は多くない。

『門』で宗助と御米の住む小さな家はどのようになっているのか。冒頭から順を追ってたどると、

宗助は先刻から縁側へ坐蒲団を持ち出して日当りの好さそうな所へ気楽に胡坐をかいて見たが、やがて手に持っている雑誌を放り出すと共に、ごろりと横になった。

二三分して、細君は障子の硝子の所へ顔を寄せて、縁側に寝ている夫の姿を覗いて見た。夫はどう云う了見か両膝を曲げて海老の様に窮屈になっている。そうして両手を組み合わして、其中へ黒い頭を突っ込んでいるから、肘に挟まれて顔がちっとも見えない。(以上『門』一ノ一回)

針箱と糸屑の上を飛び越す様に跨いで茶の間の襖を開けると、すぐ坐敷である。南が玄関で塞がれているので、突き当りの障子が、日向から急に這入って来た眸には、うそ寒く映った。其所を開

けると、廂に逼る様な勾配の崖が、縁鼻から聳えているので、朝の内は当って然るべき筈の日も容易に影を落さない。

崖は秋に入っても別に色づく様子もない。……其代り昔の名残りの孟宗が……すっくりと立っている。夫が多少黄に染まって、幹に日の射すときなぞは、軒から首を出すと、土手の上に秋の暖味を眺められる様な心持がする。宗助は……暗い便所から出て、手水鉢の水を手に受けながら、不図廂の外を見上げた時、始めて竹の事を思い出した。

宗助は障子を閉てて坐敷へ帰って、机の前へ坐った。坐敷とは云いながら客を通すから左様名づける迄で、実は書斎とか居間とかいう方が穏当である。北側に床があるので、申訳の為に変な軸を掛けて……其他には硝子戸の張った書棚が一つある。けれども中には別に是と云って目立つ程の立派なものも這入っていない。

宗助は郵便を持った儘、坐敷から直ぐ玄関に出た。細君は夫の足音を聞いて始めて、坐を立ったが、是は茶の間の縁伝いに玄関に出た。（以上同一ノ二回）

三十分許りして格子ががらりと開いたので、御米は又裁縫の手を已めて、縁伝いに玄関へ出て見ると、帰ったと思う宗助の代りに、高等学校の制帽を被った、弟の小六が這入って来た。（同一ノ三回）

　宗助は暗い座敷の中で黙然と手焙へ手を翳していた。灰の上に出た火の塊まり丈が色づいて赤く見えた。……宗助は思い出した様に立ち上がって、座敷の雨戸を引きに縁側へ出た。（同二ノ三回）

　宗助と小六が手拭を下げて、風呂から帰って来た時は、座敷の真中に真四角な食卓を据えて、御米の手料理が手際よく其上に並べてあった。（同三ノ一回）

ここまでで次のことが分かる。
①茶の間の南側には縁側が附いており障子で遮られる。
②茶の間の東側は座敷に面しており、襖で区切られる。
③座敷は南側が玄関、東側が障子で、開けるとそこにも縁側があるが急な崖が迫っていて昼でも暗い。座敷の北側には床の間がある。家具は書物机と書棚だけ。便所は座敷に近い。
④したがって茶の間は座敷よりは明るい。茶の間からも縁側を通って玄関に行ける。

　これを北を上にした東西南北の間取りで表すと、左（西）から右（東）に向かって順に、茶の間、座敷、雨戸の附いた座敷の縁側、そして崖。座敷の下（南）は玄関、茶の間の下は縁側。やはり南を向いており、玄関だけ出っ張っている。茶の間はふだんは夫婦の食卓と御米の裁縫。座敷は宗助の書斎代わり。その日は小六が来て御馳走をするので座敷に食卓を置いたのである。夫婦がどこに寝ているかはここまでの記述では触れられていない。

　物語が進行して（といってもまだ何も事は起こらないが）、小六が同居する話が持ち上がる。ここで家の間取りがさらに（追加で）語られる。

夫婦の坐っている茶の間の次が台所で、台所の右に下女部屋、左に六畳が一間ある。下女を入れて三人の小人数だから、此六畳には余り必要を感じない御米は、東向の窓側に何時も自分の鏡台を置いた。宗助も朝起きて顔を洗って、飯を済ますと、此所へ来て着物を脱ぎ更えた。

「夫よりか、あの六畳を空けて、あすこへ来ちゃ不可なくって」と御米が云い出した。（同四ノ十四回）

小六は兎も角も都合次第下宿を引き払って兄の家へ移る事に相談が調った。御米は六畳に置き付けた桑の鏡台を眺めて、一寸残り惜しい顔をしたが、「斯うなると少し遣場に困るのね」と訴える様に宗助に告げた。実際此所を取り上げられては、御米の御化粧をする場所が無くなって仕舞うのである。

（同じ六畳間で）御米は……すぐ西側に付いている一間の戸棚を明けた。下には古い創だらけの箪笥があって、上には支那鞄と柳行李が二つ三つ載っていた。」（以上同六ノ一回）

「貴方々々」と宗助の枕元へ来て曲みながら呼んだ。その時夫はもう鼾をかいていなかった。けれども、元の通り深い眠から来る呼吸を続けていた。御米は又立ち上って、洋燈を手にした儘、間の襖を開けて茶の間へ出た。暗い部屋が茫漠手元の灯に照らされた時、御米は鈍く光る箪笥の環を認

めた。（同七ノ二回）

宗助は玄関から下駄を提げて来て、すぐ庭へ下りた。縁の先へ便所が折れ曲って突き出しているので、いとど狭い崖下が、裏へ抜ける半間程の所は猶更狭苦しくなっていた。……其所を通り抜けると、真直に台所迄細い路が付いている。元は枯枝の交った杉垣があって、隣の庭の仕切りになっていたが、此間家主が手を入れた時、穴だらけの杉葉を奇麗に取り払って、今では節の多い板塀が片側を勝手口迄塞いで仕舞った。」（同七ノ四回）

台所の右という書き方は、主人公夫婦がそのとき（小六の話をしているとき）茶の間に座っているので、当然茶の間の夫婦から見て右、左という意味である。実に漱石らしい書き方である。漱石が現実にその下女部屋なり六畳をじっと見ているとしか思えないが、これらの記述を前の「地図」に附け足すと、茶の間の左（西）が台所、台所の上（北）に下女部屋（狭い）が付属しており、それから右（東）へ向かって、勝手口とたぶん廊下なり板の間が座敷の右上（東北）の角に突き出した便所へ続いている。台所の下（南）が六畳。六畳間は西側が押入、東に窓が開いており窓から茶の間の縁側と玄関が見える。ここへ小六が来るというのである。御米の体調は悪くなるが、泥棒事件をきっかけとして物語はやっと小説らしくなる。泥棒が入ったとき夫婦は座敷に寝ていた。思うにこの座敷が床も附いてこの家では一番よい部屋なのであろう。六畳は雨漏りがしたとも書かれている。

これで『門』における間取り図は概ね完成である。泥棒事件のあと、屏風事件、佐伯の息子の結婚話も出て物語前半は御米の病気のエピソードで締めくくられる。

小六は六畳から出て来て、一寸襖を開けて、御米の姿を覗き込んだが、御米が半ば床の間の方を向いて、眼を塞いでいたので、寝付いたとでも思ったものか、一言の口も利かずに、又そっと襖を閉めた。そうして、たった一人大きな食卓を専領して、始めからさらさらと茶漬を掻き込む音をさせた。（同十一ノ二回）

宅の門口迄来ると、家の中はひっそりして、誰もいない様であった。格子を開けて、靴を脱いで、玄関に上がっても、出て来るものはなかった。宗助は何時もの様に縁側から茶の間へ行かずに、すぐ取付の襖を開けて、御米の寝ている座敷へ這入った。（同十二ノ一回）

小六は六畳から（台所を通って）茶の間に出て来て、茶の間から襖を開けて座敷に寝ている御米を（下肢の方向から御米の顔を）見たのである。漱石の筆は小六と行動を共にしているから、今現在は茶の間に立っているので「茶の間」という言葉を使うと文がくどくなる。そのためそれに続く茶漬けを掻き込むという文章で茶の間のイメージを補ったのである。

そして宗助は役所から帰ると、以前は奥の六畳で、今は座敷で着替えをするはずであるが、いずれにしてもまず御米のいる茶の間へ直行する習慣であろう。それが御米が臥せっているので玄関からすぐ座敷へ飛び込んだと書かれる。

建築家志望の時期もあったというのが信じられないくらい漱石の小説の中での空間認識は大雑把であるが、ここでは珍しく破綻を見せない。そして物語は夫婦の過去から安井の影に怯える宗助の鎌倉行きを経て、漱石の作品では唯一の「めでたい」エンディングを迎える。

翌日の晩宗助はわが膳の上に頭つきの魚の、尾を皿の外に躍らす態を眺めた。小豆の色に染まった飯の香を嗅いだ。御米はわざわざ清を遣って、坂井の家に引き移った小六を招いた。小六は、

「やあ御馳走だなあ」と云って勝手から入って来た。（同二十三ノ一回）

小六は近道だから勝手口に回ったのではない。昔は玄関から出入り出来る者は（客人を除いては）一家の主と跡取りの長男だけに限られた家も多かったと聞く。菊井町の夏目家ではそんなこだわりはなかったようであるが、坂井へ書生に出た小六が（十六ノ三回でほのめかされたように）坂井によって多少なりとも躾けられたことが垣間見える書き方がなされている。現実にも漱石は鏡子の弟を引取って言葉遣いから教育し直そうと試みたことがある。してみると坂井という作中人物はまんざら宗助たちと赤の他人というわけでもない。

『門』は小六へのご馳走に始まりご馳走に終わる小説であるが、最後に小六が「勝手口」から入ってくるという描写によって、（小六だけでなく）この家の間取り図も大団円を迎えた。それはまた宗助と御米の愛の巣が東の間かも知れないが成就したということであろう。こんなめでたい話が（漱石の小説の中で）ほかにあるだろうか。

十四、『心』の場合

『門』に次いで詳しく語られる『心／先生と遺書』で先生とKの住んだ下宿の間取りについては、問題視されている箇所がないではない。何が問題になっているのか。前項同様冒頭から順を追って見てみる。

……ある日私はまあ宅丈でも探して見ようかというそぞろ心から、散歩がてらに本郷台を西へ下りて小石川の坂を真直に伝通院の方へ上がりました。電車の通路になってから、あそこいらの様子が丸で違ってしまいましたが、其頃は左手が砲兵工廠の土塀で、右は原とも丘ともつかない空地に草が一面に生えていたものです。私は其草の中に立って、何心なく向こうの崖を眺めました。今でも悪い景色ではありませんが、其頃はまたずっとあの西側の趣が違っていました。見渡す限り緑が一面に深く茂っている丈でも、神経が休まります。私は不図ここいらに適当な宅はないだろうかと思いました。（『心／先生と遺書』十回）

荷風も（『日和下駄』で）絶賛した小石川の台地からの眺望であるが、奥さんとお嬢さんきりの素人下宿の立地は、常に住む処に不満をかこっていた漱石にしては思い切って贅沢な設定をしたものである。死んだKへのはなむけであろうか。漱石作品の主人公たちは（少なくとも漱石本人よりは）良い土地には住んでいない。たまにいるとすればそれは漱石の軽蔑する（とされる）プチブル実業家で、厳密には主要人物ではあっても主人公ではないから、その意味でも先生とKの住まいは異例である。しかしここでの考究の対象は間取りの方である。

室の広さは八畳でした。床の横に違い棚があって、縁と反対の側には一間の押入が付いていました。窓は一つもなかったのですが、其代り南向きの縁に明るい日がよく差しました。(同十一回)

私を呼びに来るのは、大抵御嬢さんでした。御嬢さんは縁側を直角に曲って、私の室の前に立つ事もありますし、茶の間を抜けて、次の室の襖の影から姿を見せる事もありました。(同十三回)

御嬢さんの部屋は茶の間と続いた六畳でした。奥さんはその茶の間にいる事もあるし、又御嬢さんの部屋にいる事もありました。つまり此二つの部屋は仕切があっても、ないと同じ事で、親子二人が往ったり来たりして、どっち付かずに占領していたのです。(同十三回)

私の座敷には控えの間というような四畳が付属していました。玄関を上がって私のいる所へ通ろうとするには、是非此四畳を横切らなければならないのだから、実用の点から見ると、至極不便な室でした。私は此所へKを入れたのです。(同二十三回)

ここまでの記述では先生の部屋（八畳と四畳）と茶の間・お嬢さんの部屋は、互いに直角に向き合った廊下に面していた、その角の付け根（分岐点）は玄関（玄関の間）であるということだけが分かる。

この四畳にKがやって来る。

　ある日私は神田に用があって、帰りが何時もよりずっと後れました。私は急ぎ足に門前迄来て、格子をがらりと開けました。それと同時に、私は御嬢さんの声を聞いたのです。声は慥かにKの室から出たと思いました。玄関から真直に行けば、茶の間、御嬢さんの部屋と二つ続いていて、それを左へ折れると、Kの室、私の室、という間取りなのですから、何処で誰の声がした位は、久しく厄介になっている私には能く分るのです。私はすぐ格子を締めました。すると御嬢さんの声もすぐ已みました。私が靴を脱いでいるうち、……Kの部屋では誰の声もしませんでした。（同二十六回）

　この文章の「それを左へ折れると」というのは、茶の間・お嬢さんの部屋という二間続きの、その先を左に折れる、あるいは二間続きのせいぜい中間地点を左に折れるというようにも読めるが、そうすると先の、廊下（縁側）で直角に対峙するという間取りと微妙にずれることになる。ここでは漱石は玄関に立って、家の四つある部屋のどこから声がしたか容易に判別できると言っているのであるから、「それを左へ折れると」の「それを」とは、今漱石が立っている玄関を指すことになる。玄関は家の真ん中、扇の要の部分にある。玄関の間のすぐ正面の先が茶の間、それに続くお嬢さんの部屋、玄関の間のすぐ左がKの部屋、それに続く自分の座敷。この家主側と下宿人側が玄関の反対側にある縁側の廊下で直角に向き合っているわけである。ただし玄関から廊下へは直接行けない。玄関の間からは茶の間を通るかあるいは四畳間を通るかしないと、中庭に面した縁側（廊下）には行けない。

そうしてついに第一の悲劇が起きる。

我々は七時前に起きる習慣でした。学校は八時に始まる事が多いので、それでないと授業に間に合わないのです。下女は其関係で六時頃に起きる訳になっていました。しかし其日私が下女を起しに行ったのはまだ六時前でした。すると奥さんが今日は日曜だと云って注意してくれました。奥さんは私の足音で眼を覚したのです。私は奥さんに眼が覚めているなら、一寸私の室迄来てくれと頼みました。奥さんは寝巻の上へ不断着の羽織を引掛けて、私の後に跟いて来ました。私は室へ這入るや否や、今まで開いていた（Kの部屋との）仕切の襖をすぐ立て切りました。そうして奥さんに飛んだ事が出来たと小声で告げました。奥さんは何だと聞きました。私は顋で隣の室を指すようにして、「驚いちゃ不可ません」といいました。奥さんは蒼い顔をしました。「奥さん、Kは自殺しました」と私がまた云いました。（同四十九回）

玄関を左へ折れるとKの部屋・先生の部屋であるが、右へ折れると台所・下女部屋・便所なのであった。思うに奥さんは茶の間に寝ているのであろう。先生はおそらく玄関の間のあたりにいて、起きて来た奥さんを自分の部屋へ導くのだが、当然いきなりKの四畳に入るわけにいかない。いったん茶の間へ入ってから縁側伝いにKの部屋の前を通って自分の部屋へ一緒に行ったわけだが、このとき茶の間では奥さんの（たった今まで寝ていた）寝床がそのままになっていたはずであり、奥さんがそれに頓着する様子がないのは不思議である。先生は動顛していて日曜日であることも忘れてしまっているくらいだからそれどころでないだろうが、寝巻を着たままの奥さんは何が起こったか知らないのであるから先生を（通り道としてのみ使うとしても）部屋に入れるというのはありえないことのように思われる。そして南に面したKの部屋の障子は腰の部分が硝子だとしてもそれは摺りガラスであったのだろうか。『門』では茶の間で縫物をする御米から硝子障子越しに縁側で寝そべる宗助の姿が看て取れる。『心』の場合でも、明るい中庭を挟んで直角に並んだすべての居室は硝子障子になっていたと考えるのがふつうであるが（部屋の反対側は隣家との関係で塞がっているらしいから）、そうすると昼間のプライバシーが心配なので、下宿人を置くときに紙を貼ったりしたのか。あるいは始めから障子紙だけの戸であったとでもいうのか。裕福でないといっても山の手の中流家庭の造作としては考えにくいことである。いずれにせよ先生と奥さんが歩いた廊下からKの部屋の一部が隙見できてしまうのではないかと、読者としては心配したくなる（いくら雨戸をたてていたとはいえ）。

それはともかく、主人公が（人の前で）道徳的に追い詰められて立場に窮するのは、『心』のこの場面以外には『虞美人草』の小野さんが浅井の報告を受けた宗近から「真面目になれ」と諭される場面があるのみである。そのときの小野さんは子供のような口調で「真面目に分かったです。……ありがたいです。……済まんです。……僕が悪かったです。……全く済まんです。」を繰り返すだけである。Kの死を奥さんに知らせる先生も、もともと「先生の遺書」自体が遺書だから当然とはいえ漱石としては芸術的装飾のない平明な書き方になっているが、このときばかりは一切の余裕を失って小野さんみたいになっている。そして珍しくKの横たわる方向を顎でしゃくるという（芥川を困惑させた）漱石の癖もそのまま隠さず書いてしまっている。あたかも漱石は倫理的に糾弾を受けた経験がないので、どう書いていいか分からないと言っているかのように。

代助も似た窮状にあるのではと言われそうだが、『それから』の代助は父の代理で勘当を言い渡しに来た兄の前で、窮地には立っているものの、自然に従っている（三千代を救っている）と信じていることと、倫理的に兄（や父）を内心軽蔑しているので、代助の主観としてはそれほど追い詰められているわけではない。

ちなみに顎をしゃくる（振る）癖というのは、代助が三千代に告白するべく自宅に迎え入れたときにも、漱石はつい書いてしまっているが、意図的に書かれた小説の中では（習作以外の小説の中では）もう一ヶ所『虞美人草』に見られる。それは勿論クライマックスのアガサクリスティばりの全員集合シーンである。漱石でも取り乱すことがあるのだろうか。

II

小石川の谷（と台地）

十五、お延「女下駄」事件

山田風太郎に「あげあしとり」という短文があって全文引用したい誘惑にかられるが、要は吉川英治の『宮本武蔵』の中にたった一行だが作者がうっかりして辻褄の合わない記述をしたのを、誰も直そうとしないまま今に至っているのは不思議だということを述べたものである。『明暗』においても（その他の作品でも）前項までの話のいくつかはせいぜい誤植の一種かあるいはどうでもいいような類いの話として片付けられようが、百三回で語られるお延の「勘違い」はなかなかそれでは済まされない深刻な要件を含んでいるようである。

入院の日から中一日置いた日の火曜日。その前の二日間に、夫の後援者たる吉川夫人と、少し前までは我が宅であったはずの岡本、ふたつの障壁に身を以ってぶつかってしまい、やっと夫の見舞いに行こうとした悩めるお延の前に、それまで見たことのないようなタイプの新しい敵が出現する。外套を貰いに来た小林である。小林はお延の頃日の悩みを見透かすかのように津田の背信を仄めかすような口をきく。お延のプライドは小林のためにへし折られ、怒りと不安と嫉妬で心が張り裂けそうになる。折しも外套の件で確認の電話を命じられたお時は、お秀の前で横着を極め込んだ津田が電話に出ようとしなかったこともあって直接病院へ駈け込む。長いこと待った挙句お時の返事を受け取ったお延は、そのとき病室にお秀が来ていたことも併せてお時から聞かされた。

①お時が戻って来て、お延が小林に外套を渡したのが八十七回。
②外套を手渡してからも小林とさらに一悶着あり、小林が帰ったあとくやしさに「津田の机の上に突っ伏してわっと泣き伏した」のが八十八回。
③猜疑心の塊となったお延が津田の書類函の手紙を点検したり、以前ある日曜日に突然庭で手紙の束を焼き始めた津田の姿を想い出したりしたのが八十九回。
④そして昼食の膳につきながら給仕するお時に、病院での津田とのやりとりを改めて確認する。「堀の奥さまも傍で笑っていらっしゃいました」というお時の言葉に、「お延は始めて津田の妹が今朝病院へ見舞に来ていた事を知った」のが九十回。

そして九十一回は（物語の流れとして）お延の目を通してお秀のプロフィールが紹介される。お延の形容として「怜悧な」という語句が何回も使われるように、お秀には「器量望みで貰われた」という言葉が付いてまわる（『明暗』全体で五回も）。美人というだけで玉の輿に乗った、あるいは評判の美人であったため御指名で結婚の申込みが来たお秀の存在は、俗物としての津田のプライドを半分は満足させ、漱石としての津田にとって半分は唾棄すべき者となる。お延にとってはやっかみもある反面、真の愛を知らないという意味で憐れむべき女である。お秀は兄にたてつくという点では『行人』のお重に似ているが、女のくせに空理空論を言う、『明暗』の登場人物としては藤井、津田に次いで漱石の度合いの濃い（少なくともお延よりは）、珍しい造形である。おそらくは精神的なつながりの有無という観点からのみ描かれる津田とお延の関係を際立たせるため、わざとそれと対極的な若い夫婦の例として「器量望みで貰われた」ことが強調されるのであろう。同時に漱石は関と清子の夫婦関係にもまったく関心を払っていない。堀と関は小説の序盤で芳しからぬ登場（十七回）をしただけである。芋はどこにも埋められていない。

お秀が紹介されたあとは『明暗』は再びお延の眼を離れて、津田とお秀の場面に切り替わる。その切り替え部分の一文は、

お秀がお延から津田の消息を電話で訊かされて、其翌日病院へ見舞に出かけたのは、お時の行く小一時間前、丁度小林が外套を受取ろうとして、彼の座敷へ上り込んだ時分であった。（九十一回末尾）

という主人公を二人にしたがための説明的なものであったが、九十二回からは津田とお秀の言い争いが、間に昼食まで挟んで（百二回まで）延々と続く。途中、九十七回の末尾では、

二人はそれで何方《どっち》からも金の事を云い出さなかった。そうして両方共両方で云い出すのを待っていた。其煮え切らない不徹底な内輪話の最中に、突然下女のお時が飛び込んで来て、二人の拵らえ掛けていた局面を、一度に崩してしまったのである。（九十七回末尾）

というこれまた極めて説明的な叙述になり、津田（とお秀）の物語の進行とお延（とお時）の物語の進行の時間的整合が図られる。苦し紛れの感は否めないが。

十六、お延「女下駄」事件（承前）——お延の勘違い

津田がお時を追い払ったあとも、津田とお秀のバトルは留まるところを知らない。

そして「……彼は何んな時にでもむかっ腹を立てる男ではなかった。己れを忘れるという事を非常に安っぽく見る彼は、また容易に己れを忘れる事の出来ない性質に父母から生み付けられていた。」（九十七回）とまで書かれていたにもかかわらず、津田は（小林の妹のお金さんと比べても）あまりにうるさいお秀につい我を忘れて「……馬鹿め」「黙れ」（百二回）とまるで漱石になったかの如く激昂する。そしてそのアクシデントを断ち切るかのように、お延が入室する。しかしお延の入室は僅かに早過ぎたようである。あれほど知りたがっていた津田と「秘密の女性」についての具体的な情報をお延自ら断ち切ってしまったかのようである。読者は津田の「其話を実は己は聞きたくないのだ。然し又非常に聞きたいのだ」（十三回）が俄かにお延に乗り移ったかのように感じてしまう。漱石はお延の「立聞き」が必ずしも津田兄妹の会話全体をクリアに捉えていないと言いたいようであるが、漱石の（推理小説的な）作為は明白である。読者はこれはお延が清子の存在を結局は完全には知り得ない伏線と思うであろうか。その反対に（知り過ぎて）最後に清子と対決までしてしまうその一ステップと見做すであろうか。おそらく漱石は悩んだはずである。悩み自体は午後の漢詩で消えたとしても、それが細部の見落としに影響したことは否定できない。

「それ丈なら可いんです。然し兄さんのはそれ丈じゃないんです。嫂さんを大事にしていながら、まだ外にも大事にしている人があるんです」

「何だ」

「それだから兄さんは嫂さんを怖がるのです。しかも其怖がるのは――」

お秀が斯う云いかけた時、病室の襖がすうと開いた。そうして蒼白い顔をしたお延の姿が突然二人の前に現われた。（百二回）

そして問題の百三回が「彼女が医者の玄関へ掛ったのはその三、四分前であった」という冒頭の異常に細かいタイムキーパーのような句から始まる。時間にうるさい漱石はわりと平気でこういう書き方をする。午後になって病院は中休みである。いつもは履物で乱雑になっている玄関もひっそりしている。

彼女はその森とした玄関の沓脱の上に、行儀よく揃えられたただ一足の女下駄を認めた。価段から云っても看護婦杯の穿きそうもない新らしいその下駄が突然彼女の心を躍らせた。下駄は正しく若い婦人のものであった。小林から受けた疑念で胸が一杯になっていた彼女は、しばらくそれから眼を放す事が出来なかった。彼女は猛烈にそれを見た。（百三回）

ここでお延は明らかに（吉川夫人でなく）津田の（秘密の）女性の訪問を疑っている。お延はうわべは冷静に、津田へ若い女の来客のあることを受付の書生に確認してから、案内を断って階下まで進み病室から聞こえてくる声に耳を澄ます。

……他聞を憚かるとしか受取れない其談話が、お延の神経を針のように鋭どくした。下駄を見詰めた時より以上の猛烈さが其所に現われた。彼女は一倍猛烈に耳を傾むけた。

……すると忽ち鋭どいお秀の声が彼女の耳に入った。ことに嫂さんがという特殊な言葉が際立って鼓膜に響いた。見事に予期の外れた彼女は、又はっと思わせられた。硬い緊張が弛む暇なく再び彼女を襲って来た。（百三回）

お延の勘違い自体は異を唱えることでない。しかし九十回で「堀の奥さまも傍で笑っていらっしゃいました」というお時の報告、「お延は始めて津田の妹が今朝病院へ見舞いに来ていた事を知った」という記述がある以上、作者にはお延がそれを失念していた、あるいは（こちらの方がありそうなことだが）お秀が午前中に来ていたことは承知していたものの、まさか二人の子供と姑を抱えた主婦が（九十一回）お午を過ぎてまでこんなところにうろうろしている筈はないというお延の予断を、一応は書いておく方がフェアだったのではないか。漱石は見落としていたのではないか。

お秀が午飯の時間を過ぎるまで病室にいられたわけは、喧嘩するものの仲の好い（似た者同士の）兄妹（二郎とお重みたいに）であることに加えて、姑が朝から子供を連れて横浜の親類へ出かけたからだが（百回）、津田は聞いていたこの事実を、当然お延は知る由もない。右記百三回の「見事に予期の外れた彼女は」の前に、作者はその外れた予期のエクスキューズを一言挿入すべきではないか。神をも畏れぬ仕業ではあるがそれを敢えて実行してみると、上り口の一方には、落ちない用心に、一間程の手欄が拵えてあった。お延はそれに倚って、津田の様子を窺った。すると忽ち鋭どいお秀の声が彼女の耳に入った。ことに嫂さんがという特殊な言葉が際立って鼓膜に響いた。斯んな遅い時間迄お秀が我が宅を空けていようとは思いも寄らなかったお延の心に、まだ居たのかという驚きと同時に何故という疑念が襲い掛った。見事に予期の外れた彼女は、又はっと思わせられた。硬い緊張が弛む暇なく再び彼女を襲って来た。彼女は津田に向ってお秀の口から抛げ付けられる嫂さんという其言葉が、何んな意味に用いられているかを知らなければならなかった。彼女は耳を澄ました。（改百三回）

あるいはお秀がいくら妹とはいえ（子供の世話の必要がなかったとはいえ）半日も兄の病室で過ごすことは、漱石は納得して書いているものの、お延がそれを改めて諒解するにはまた色々な問題が生じるのではなかろうか。その場合は亢奮状態にあるお延のど忘れのせいにしたほうが、小説としてはすっきりする。

上り口の一方には、落ちない用心に、一間程の手欄が拵えてあった。お延はそれに倚って、津田の様子を窺った。すると忽ち鋭どいお秀の声が彼女の耳に入った。ことに嫂さんがという特殊な言葉が際立って鼓膜に響いた。お延は出掛けにお時から聞かされていたお秀の事を、其時迄丸で忘れていた事に気が付いた。見事に予期の外れた彼女は、又はっと思わせられた。硬い緊張が弛む暇なく再び彼女を襲って来た。彼女は津田に向ってお秀の口から抛げつけられる嫂さんという其言葉が、何んな意味に用いられているかを知らなければならなかった。彼女は耳を澄ました。（改百三回）

この四十文字ばかり、あるいは六十文字ばかりの追加を漱石はどうみるだろうか。「面倒な事を云ってくる人だ」（前掲大石泰蔵宛書簡）と思うであろうか。であるならここは、「見事に予期の外れた彼女は」の箇所を、「お秀の事を丸で忘れていた彼女は」に直すだけでいいのかも知れない。事実漱石は最初そのように書いて、それが説明臭くなるのを嫌って「予期が外れた」と書き直したのかも知れない。忘れていたか、あるいは他の理由もあって予期が外れた。言葉は足りなかったかも知れないが、くどいよりはましであろう。お延は忘れていたかも知れないが漱石は忘れていなかった、のだろうか（百年も）。

十七、横浜と神田の謎

お秀の家族が横浜の親戚へ泊りがけで出かけたので（百回および百二十四回）、お秀には津田夫婦と言い争う時間がたっぷり取れた。

清子の、遅れて津田の、湯治先の旅館で相客となった夫婦者は浜の生糸商人と書かれる。なぜ横浜なのであろうか。

横浜は徳川の時代にはほとんど無かった街である。横浜は江戸っ子の語彙に無い。また横浜は交易商業都市という連想から、漱石の嫌悪する実業家と結びつき、この地名が登場するとだいたい碌なストーリー展開にならないようである。

『それから』では門野の叔父（叔母の亭主）が浜で運漕業をしているのはどうでもいいとして、代助は平岡のために借金と勤め口を兄に頼もうとするが、その話をする時間を取ってほしいともちかけたとき「明日の朝は浜迄行って来なくっちゃならない」（『それから』五ノ四回）といきなり切って捨てられる。そのためというわけでもあるまいが、代助の目論見はまったく不調に終わる。日糖事件の記事のあと代助が父や兄の蓄財を冷ややかに眺めるところでは、「明治の初年に横浜へ移住奨励のため、政府が移住者に土地を与えた事がある。其時ただ貰った地面の御蔭で、今は非常な金満家になったものがある。」

（同八ノ一回）という不思議な記述がある。事の真偽はともかく土地については漱石は苦い記憶しかないから、忌々しい思いでこの部分を書いたことだけは間違いあるまい。

『門』においては最初に安井と御米が兄妹と偽って所帯を持っていたのが横浜とされる（『門』十四ノ七回他）。

『心』では、先生の学生時代の友人で裕福な横浜の商人の息子の話として、家から送られてきた羽二重の着物を仲間に散々冷やかされ、行李の底にしまい込んでいたが何かの拍子に虱がたかったのを奇禍として、その評判の着物をぐるぐる巻きにして根津の大きな泥溝の中へ叩き込んだという悲喜劇が紹介されている（『心／先生と遺書』十七回）。

それからちょっと趣は変わるが、『猫』（二篇）の有名なトチメンボー事件で、レストランのボーイが迷亭に乗せられてつい「トチメンボーの材料は近頃横浜でも買われません」と冗談とも本気ともつかず釈明するシーンもある。

いずれにせよ横浜という地名が出てきて好いことはひとつもないようである。

『明暗』でもお秀とのバトルは津田にとってもお延にとっても、労多くして収穫の無いものであった。お秀の姑たちの外出先が横浜でなければ津田夫婦にとってもう少し救いのある展開になっていたのではないか。

『明暗』には東京の具体的な地名ははっきりとは書かれないことの方が多いのであるが、「神田」という地名が一度だけ登場する。金策に悩む津田が「彼は神田にいる妹の事を一寸思い浮べて見たが、……」（十四回）と書かれたのがその例であるが、入院したときにお延がお秀の家にも電話しておこうというくだりで、「(病院と) 同じ区内にある津田の妹の家は其所から余り遠くはなかった。」(四十一回) とも書かれる。主人公たちの住所地についてはなかなか明かさなかった漱石が病院とお秀の家だけなぜ神田区に特定したのかは永遠の謎だが、鉄道の零粁起点みたいに、何らかの基準がないと小説全体がふわふわして収拾がつかなくなると思ったのか。だとすると予備門時代に毎日通って知り尽くしている神田は、銘のある文鎮みたいな役割を与えられたのか。それとも単に神田は広いので、(京都や横浜と書いたように) 固有名詞を出しても漠然としているから問題ないと思ったのか。

いずれにせよ神田については漱石がそうした方が自然だと思ったことだけは間違いない事実である。しかし右記『明暗』十四回の文章を「彼は隣の区にいる妹の事を一寸思い浮かべて見たが、其所へ足を向ける気には何うしてもなれなかった。」と変えても何の問題も生じないこともまた紛れもない事実であろう。

『明暗』では地名だけでなく従来あれほど克明に記してきた店や建物・施設・商品等の固有名詞がほとんど (でもないが) 登場しない。といって漱石は童話やSF小説を書こうとしたわけではないから一定の具体性は担保されている。というより全ての叙述に具体的な裏付けのあるのが漱石の小説であるから (空想だけの文章は一行たりとも書けないのが漱石という小説家であるから)、どのような書き方をしようが大した違いはないのであるが。思うに漱石は『明暗』では目先を変えて (読者サービスも考えて)、『道草』では遠国の固有名詞を一切省略する代わりに都内の地名はそのまま記したのに対し、その反対の書き方を試みたのであろう。そのため『明暗』では冒頭に少し引いた藤井の子の「福岡」や、津田の父が広島・長崎・神戸の任地を経て京都に落ち着いたといった書き方から一転、近場の地名や固有名詞が一切省略された。「荒川堤」(『明暗』二回、津田の最初の痔疾の症状が出た花見の場所)、「三越」(同七十回、継子の部屋でお延が見た懐かしい品を買った場所)、「銀座・日比谷公園・霞が関」(同八十九回、津田とお延が夏に買い物に出かけた場所)、これらについてはおそらく漱石にとっては「神田」「横浜」と同じ位置付けだったのであろう。

このように書いてみると、神田がお秀というよりは堀の家であるということを併せ考え、『明暗』において都内の固有名詞が露出するのは、それらが純粋に商人(町人)、商業(実業)に結びついているように見えることから、(心情的に)自分に近い場合は匿名、遠い場合に実名、ということになりそうである。こんな自己防衛策もあるのか、とつい思ってしまう。

十八、再び市の西北の高台について

神田については特例として置いておくことにしても、先に述べたように津田とお延は飯田橋（飯田町）に住み、藤井の家は音羽の森から目白台にかけての高台にあった。さらに岡本の家は自由人の藤井が散歩するときに休憩するのにちょうどよい距離にあるとされ、岡本の方が少し裕福のように書かれるから岡本の家は小日向の辺であろう。つまり津田とお延は青年期の前からずっと何年も同じ小石川の台地、それも本郷寄りではない処の同じ近所に住み暮らしていたことになる。二人はこの小石川の台地や谷で日ごろすれ違ったりすることはなかったのであろうか。二人とも両親は京都にいて通学その他の利便のため東京の叔父叔母の家に仮寓している。結婚した二人は互いの境遇宿命らしきものに深く感動するかと思いきや、そんな偶然にはまったく関心を示さず、それでも小説では江戸川を挟んで自分の家と「実家」の間を往復する津田とお延の姿が描かれる。それはまるで『それから』の代助と三千代の姿を思い起こさせるが、『明暗』では実際の地名を用いないでどのように書かれているのだろうか。

入院前日の土曜日、藤井の家を訪れた津田は夜になって小林と連れ立って藤井の家を後にした。

二人は大きな坂の上に出た。広い谷を隔てて向こうに見える小高い岡が、怪獣の背のように黒く長く横わっていた。……彼等の右手には高い土手があって、其土手の上には蓊鬱《こんもり》した竹藪が一面に生い被さっていた。風がないので竹は鳴らなかったけれども、眠ったように見える其笹の葉の梢は、

季節相応な瀟索の感じを津田に与えるに充分であった。(三十三回)

藤井の家を出てしばらく歩いて見通しのきく坂の上に出たら、かなり遠くの「向こうに」岡が見え、いっぽう彼らの「右手」は高い土手(崖)になっていて笹が鳴っている。坂を下りるには直進するしかない。漱石が正対している方向は漱石にとってのみ自明のことなのであるが、津田と小林はたぶん漱石と同じ方向を向いていて、漱石はそれをそのまま書いている。彼らの立つ「右手の」土手は「どこかの大名華族の裏にあたるので」土地が放置されて陰気な感じになるのだと津田は言うが、これは細川侯爵の屋敷裏を指すのだろうか。東京人の漱石はもちろん細川家に義理はなく、熊本時代のことをこの小説の中で懐かしむわけにもいかない。「広い谷」は小石川の樹々と家々であり、その先に黒く長く横たわっているのは西片にかけての台地のことであろう。

漱石は『彼岸過迄』の敬太郎が田口の紹介状を持って矢来町の松本(ほぼ漱石)の家を探すシーンで、「敬太郎は後の方に高く黒ずんでいる目白台の森と、右手の奥に朦朧と重なり合った水稲荷の木立を見て坂を上がった。それから同じ番地の家の何軒でもある矢来の中をぐるぐる歩いた。」(『彼岸過迄/報告』八回)と書いているが、『明暗』の松本たる藤井の家は、ちょうど『彼岸過迄』の裏返しに目白台を想定したのであろうか。

また小石川の谷については『心』でKとの確執に悩む先生が下宿のあたりを歩き廻るシーンに何度も登場して印象深い。

そもそもこの辺りは漱石の散歩コースの一つで、『それから』の中にも詳細に描かれている。

散歩のとき彼の足は多く江戸川の方角に向いた。桜の散る時分には、夕暮の風に吹かれて、四つの橋を此方《こちら》から向こうへ渡り、向こうから又此方へ渡り返して、長い堤を縫う様に歩いた。が其桜はとくに散って仕舞って、今は緑蔭の時節になった。代助は時々橋の真中に立って、欄干に頬杖を突いて、茂る葉の中を、真直に通っている、水の光を眺め尽して見る。それから其光の細くなった先の方に、高く聳える目白台の森を見上てみる。けれども橋を向こうへ渡って、小石川の坂を上る事はやめにして帰る様になった。ある時彼は大曲の所で、電車を下る平岡の影を半町程手前から認めた。彼は慥に左様に違ないと思った。そうして、すぐ揚場の方へ引き返した。(『それから』十ノ二回)

ここに書かれた四つの橋とは、大曲の（白鳥橋がかかっている）手前から江戸川橋の終点に向かって順に、中之橋、小桜橋、西江戸川橋（前田橋）、そして石切橋の四つであろう。

津田と小林の二人は坂の下まで降りて、「順路からいうと、津田は其所を右へ折れ、小林は真直に行かなければならなかった。」(三十四回冒頭)しかし二人は酒場に入る。本気で嫌がる津田が瞬時に酒場に入る気になったのは小林の「そんなに厭か、僕と一所に酒を飲むのは」の一言だった。これは津田が何事も自分のせいにされたくないという津田なりの論理性向から来ているが、それはともかく、酒場を出てからの二人の行動はしっかり語られている。

時刻はそれ程でなかったけれども、秋の夜の往来は意外に更け易かった。昼は耳につかない一種の音を立てて電車が遠くの方を走っていた。別々の気分に働らき懸けられている二人の黒い影が、まだ離れずに河の縁をつたって動いて行った。……

「津田君、僕は淋しいよ」

津田は返事をしなかった。二人は又黙って歩いた。浅い河床の真中を、少しばかり流れている水が、ぼんやり見える橋杭の下で黒く消えて行く時、幽かに音を立てて、電車の通る相間相間に、ちょろちょろと鳴った。(三十七回)

津田と小林が目白台から坂を下りて来たとすると、「まっすぐに行く」小林の下宿はまず本郷辺であろうが、小林は『それから』の平岡の性格を受け継いでいるから、案外伝通院脇、竹早町に近い所かも知れない。津田の帰路方向の、右へ折れて二人が入った酒場とは音羽にあったのだろうか。そのあと神田川沿いに津田（と小林）が飯田橋の自宅方面に戻りつつあることだけは確かのようである。幸いなことに翌々日の月曜日、お延も一部同じ道を歩いていた。

津田の手術の翌日つまり芝居の翌日、お延はお礼を兼ねて岡本の家を訪れる。

岡本の住居は藤井の家と略同じ見当にあるので、途中迄は例の川沿の電車を利用する事が出来た。終点から一つか二つ手前の停留所で下りたお延は、其所に掛け渡した小さい木の橋を横切って、向こう側の通りを少し歩いた。その通りは二三日前の晩、酒場を出た津田と小林とが、二人の境遇や性格の差違から来る縺れ合った感情を互に抱きながら、朝鮮行きだの、お金さんだのを問題にして歩いた往来であった。それを津田の口から聞かされていなかった彼女は、二人の様子を想像する迄もなく、彼等とは反対の方角に無心で足を運ばせた後で、叔父の宅へ行くには是非共上らなければならない細長い坂へ掛かった。すると偶然向こうから来た継子に言葉を掛けられた。（五十九回）

漱石は終の棲家早稲田南町で最後まで江戸川橋の終点を利用したが、飯田橋から神田川沿いの線路が大曲の先から石切橋、江戸川橋まで延びたのが明治四十年。大曲と石切橋の中間に東五軒という停留所が出来たのが明治四十三年。お延の降りた「終点から一つか二つ手前の停留所」はこの東五軒であろう。石切橋ではありえない。石切橋から先は今も昔もお延が川を渡った側に面した道はない。「そこに掛け渡した小さな木の橋」とは西江戸川橋のことである。この辺に住んでいたことのある菊池寛は『死者を嗤う』で「石切橋と小桜橋の間の小さい橋」と書いている。そのあとお延は「向こう側の通りを少し歩いた。」津田と小林が歩いた道を逆方向に歩いている。そしてその先の細長い坂を上がって行く。

岡本の家は藤井の近所である。お延の家からは岡本の方が近くにある。子供同士がクラスメイト（おそらく執筆当時の漱石の長男と同じ十歳）で、岡本の長男一《はじめ》は真事に工事中の穴に掛け渡された丸太橋を渡ったら百円やると言って、真事が本気になって渡ったら逃げてしまったという（七十四回）、漱石ならではの「贈与詐欺事件」の当事者であり、一はまた岡本（父親）とのやりとりの中で漱石と息子たちのやりとりを忠実に再現しており、そのため岡本は半分引退した実業家ではあるが、お延の叔父ということも重なって、『明暗』の中では漱石の分身度は決して低くない。プチブルの度合いでは金のない藤井よりも岡本の方が当時の漱石に近い。そのため岡本の家は高級な、少しだけ都心寄りの小日向の台地に設定されたのであろう。

十九、『それから』ミステリツアー

『明暗』と違って『それから』は、漱石の他の作品同様固有名詞は何のためらいもなく使われているが、小説を読んだ感じでは、具体的な場所の特定という観点からは不思議なことに両者に大きな径庭はない。『それから』の中で主人公が歩き廻った跡はどのように描かれているのだろうか。

代助の家はどこにあるか。三千代が神楽坂に買い物に来たついでに白百合を持って代助の家を訪れる。このときの三千代の物言いは素人のくどくどしさを嫌って玄人漱石の言葉にリライトされている。

……大抵は伝通院前から電車へ乗って本郷まで買物に出るんだが、人に聞いてみると、本郷の方は神楽坂に比べて、何うしても一割か二割物が高いと云うので、この間から一二度此方へ来て見た。此前も寄る筈であったが、つい遅くなったので急いで帰った。今日は其積で早く宅を出た。が、御息み中だったので、又通り迄行って買物を済まして帰り掛けに寄る事にした。所が天気模様が悪くなって、薬店を上がり掛けるとぽつぽつ降り出した。傘を持って来なかったので、濡れまいと思って、つい急ぎ過ぎたものだから、すぐ身体に障って、息が苦しくなって困った。……（『それから』十ノ五回）

代助の家は神楽坂の坂を上がって、さらに藁店の坂の上にある。その先が矢来で、代助の住む高台の町と矢来は、後に新宿へ行く電車が通るようになった谷で遮断されている。

神楽坂へかかると、寂《ひっそ》りとした路が左右の二階家に挟まれて、細長く前を塞いでいた。中途迄上って来たら、それが急に鳴り出した。代助は風が家の棟に当る事と思って、立ち留まって暗い軒を見上げながら、屋根から空をぐるりと見廻すうちに、忽ち一種の恐怖に襲われた。（同八ノ一回）（論者注記。地震が起こったのである。）

代助の家は決して分かりやすい表通りに面した家ではないようである。前の年に実家を出て（親掛りのまま志賀直哉みたいに）独立した。平岡とはすでに文通も途絶えがちになっていたので引越しの通知も年始状で代用したとある。その平岡が「車をがらがらと門前まで乗り付けて、此所だ此所だと梶棒を下ろさした声は慥かに三年前分れた時そっくりである」（同二ノ一回）とまるで初めて訪れる家を探す雰囲気を見せないのは、平岡の性格をよく出しているとはいえやはり少し変である。そして平岡同様代助の家を始めて訪れる三千代にしても、少しも迷った様子が見えないのはやはり疑問が残る（同四ノ五回）。三千代にしてみればこれ以上道になんぞ迷っていられない事情なのは判るが。

代助の実家、平岡もそれこそ何度か遊びに来たであろう代助の父の家（兄の家）は青山である。青山のどの辺りであろうか。

……中々暮れそうにない四時過から家を出て、兄の宅迄電車で行った。青山御所の少し手前迄来ると、電車の左側を父と兄が綱曳で急がして通った。挨拶をする暇もないうちに擦れ違ったから、向こうは元より気が付かずに過ぎ去った。代助は次の停留所で下りた。（同七ノ三回）

代助は自宅を出て外壕線で揚場から牛込見附、新見附、市谷見附、赤坂見附と、当然ながら堀端の見張り塔を辿って進み、赤坂見附から青山渋谷方面行きに乗り換えて「御所の手前の次の停留所」、青山一丁目で下車している。後に代助は嫂に三千代の存在を打ち明けたとき、心の動揺を抑えきれずに兄の家から三千代の家の前まで移動した。代助は青山一丁目から南北に交差する塩町行きの電車に乗り、塩町（四谷三丁目）から津の守坂を下って市谷の方へ歩くというのである。

……（兄の家から）角へ来て、四谷から歩く積で、わざと、塩町行の電車に乗った。練兵場の横を通るとき、重い雲が西で切れて、梅雨には珍らしい夕陽が、真赤になって広い原一面を照らしていた。（同十四ノ五回）

角上（津守）を下りた時、日は暮れ掛かった。士官学校の前を真直に濠端へ出て、二三町来ると砂土原町へ曲がるべき所を、代助はわざと電車路に付いて歩いた。彼は例の如くに宅へ帰って、一夜を安閑と、書斎の中で暮すに堪えなかったのである。濠を隔てて高い土手の松が、眼のつづく限り黒く竝んでいる底の方を、電車がしきりに通った。代助は軽い箱が、軌道の上を、苦もなく滑って行っては、又滑って帰る迅速な手際に、軽快の感じを得た。其代り自分と同じ路を容赦なく往来《ゆきき》する外濠線の車を、常よりは騒々敷悪んだ。牛込見附迄来た時、遠くの小石川の森に数点の灯影を認めた。代助は夕飯を食う考もなく、三千代のいる方角へ向いて歩いて行った。

約二十分の後、彼は安藤坂を上って、伝通院の焼跡の前へ出た。大きな木が、左右から被さっている間を左りへ抜けて、平岡の家の傍まで来ると、板塀から例の如く灯が射していた。代助は塀の本に身を寄せて、凝と様子を窺った。（同十四ノ六回）

ふだんは代助は平岡の家を訪問するときは安藤坂などというるさい電車の走る路は通らない（おまけに遠回りになる）。このときだけ外壕線、飯田橋、大曲、安藤坂、伝通院というメインストリートを歩んだ（放心状態で歩いても大丈夫なように）。そして平岡の家から聞こえる物音に打ちひしがれて夢中で夜の道を歩き廻る。

その平岡の寓居は伝通院付近のどの辺りか。


代助は門を出た。江戸川迄来ると、河の水がもう暗くなっていた。彼はもとより平岡を訪ねる気であった。から何時もの様に川辺を伝わないで、すぐ橋を渡って、金剛寺坂を上った。（同十一ノ四回）

……代助は竹早町へ上って、それを向こうへ突き抜けて、二三町行くと、平岡と云う軒燈のすぐ前へ来た。格子の外から声を掛ると、洋燈を持って下女が出た。が平岡は夫婦とも留守であった。（同十一ノ四回）

三千代の家は竹早町の外には出ていないだろう。代助は散歩のついでに三千代の家の方へ行くことはある。そのときは江戸川縁を適当に歩き、(何本もある)上がる坂は決まっていない。しかし直接三千代を訪れるときは(中之橋を渡って)金剛寺坂を使うというのである。代助の棲む藁店から竹早への最短コースなのだろう。

小説では最後の「道行き」になるが、代助が自宅で三千代に求婚したとき、

雨は小降になったが、代助は固より三千代を独り返す気はなかった。わざと車を雇わずに、自分で送って出た。平岡の家迄附いて行く所を、江戸川の橋の上で別れた。代助は橋の上に立って、三千代が横町を曲る迄見送っていた。夫から緩くり歩を回らしながら、腹の中で、「万事終る」と宣言した。(同十四ノ十一回)

このとき代助の立っていた橋が難解である。前項の繰り返しになるが、大曲(白鳥橋)から江戸川橋まで順に、中之橋、小桜橋、西江戸川橋(前田橋)、石切橋の四つの橋が架かっている。代助なら中之橋〜金剛寺坂ルートであろうが、小桜橋〜新坂というルートもある。こちらの方が少しだけ傾斜が緩いようである。代助がいつものルートで中之橋に立っていたとすると、中之橋はどの坂も見通せないから、三千代は橋を渡って右折して川沿いの道をほんの少しだけ(二、三十メートルだけ)進み、金剛寺坂に続く道(坂)を求めてすぐ左に曲がり、代助の前から姿を消す。これを果たして「代助は橋の上に立って、三千代が横町を曲るまで見送っていた」と表現できるだろうか。少し冷たいようである。もちろんおかしくはない。もうひとつの小桜橋であるが、この橋は坂が見通せるから代助は橋の上に立っ

て、三千代が最初の坂を上り切り、そこから次なる坂（たぶん新坂）へ向かうために横丁へ曲がるまで、三千代を見送っていたという記述と矛盾しない。心臓の悪い三千代にもその方がふさわしいだろう。そうすると代助はこの日に限り始めから小桜橋に決めていたということになる。でも代助は（漱石は）女に対してそんな親切（作為的）なことをするだろうか。三千代の（裏神保町からの）引越しの日さえ（直前に門野から聞いていたのに）忘れていたくらいである。引用の「代助は固より三千代を独り返す気はなかった。わざと車を雇わずに、自分で送って出た。平岡の家迄附いて行く所を、江戸川の橋の上で別れた。」という文章からもそんなところは窺えないのではないか。やはり中之橋説をとるべきか。代助はもともと冷たいところのある男なのである。

二十、『それから』ミステリツアー（承前）――二つの誤記事件

以上のように『明暗』と『それから』を比べてみて、固有名詞が書かれようが書かれまいが、漱石の場合はその小説世界の現実感にほとんど影響がないことが分かる。明白といえば明白、曖昧といえば曖昧。ただひとつ確かなのは、漱石の頭の中にはそれらの場所は具体的な映像を伴なって厳然と存在していることだろう。それはどの作家も同じであろうが、漱石は自分の小説を、固有名詞を書き倒すか秘匿するか、はっきり二分した。しかし作品の雰囲気は（少なくともそのことによっては）変わらない。読者はいずれの場合もそこに同じ漱石の顔を見るだけである。漱石は最初からある方針を以って書き始めるのであろうか。それとも書いてみるまでは本人も分からないのであろうか。いずれにせよ固有名詞を避けたからといって、後代それを一つ一つ糾されようとは、漱石は夢にも思っていなかったに違いない。

しかしここでせっかく『それから』を掘り下げてきたついでに、割と知られる『それから』の二ヶ所の「誤記事件」なるものについて考えてみよう。

「いや、僕が彼方へ行っても可い」

歯切れのわるい返事なので、門野はもう立って仕舞った。そうして端書と郵便を持って来た。端書は、今日二時東京着、ただちに表面へ投宿、取敢えず御報、明日午前会いたし、と薄墨の走り書の簡単極るもので、表に裏神保町の宿屋の名と平岡常次郎という差出人の姓名が、表と同じ乱暴さ

加減で書いてある。（『それから』一ノ四回）

これはふつう漱石の誤記とされるものであるが、この部分の「表と同じ乱暴さ」を「裏と同じ乱暴さ」と訂正した『それから』の版を見たことがない。同様に「裏に裏神保町」が正しいとする校訂者もいないようである。実際にどちらかの「表」を「裏」と置き換えたところで、不自然さは増しこそすれ決して改善されないからである。

思うに代助はこのとき葉書の通信面（裏面）を見ているのであり、当然漱石もその面を見ているので、見ている面が一応「紙の表側」である。紙の表側を見ている人間は（鏡をあてがわない限り）同時に裏側を見ることは出来ない。裏側を見るには紙をひっくり返さなければいけない。代助は「紙の表側」の通信面を読み、その文面に「ただちに表面へ投宿」とあるので、おもむろに葉書をひっくり返して発信者の所番地を確認した。その字がつい今まで読んでいた「紙の表側」の通信面と同じように乱暴な字であった、という意味で「表と同じ乱暴さ加減」と書いたのである。

つまり漱石に言わせれば、「（葉書の）表面に書いてあるナニガシが、（今自分の見ている）表側と同じ書き方であった」ということなのだが、書き分けると字面が無粋になるのを嫌って両方とも簡単に「表」にしたのであろう。

漱石はリリースされた本は文字通り自分の手から離れた存在であるとして、その中に矛盾があるように見えたとしても加筆訂正等は行なわない作家であった。しかし決して誤植に無関心だったわけではない。書き間違いに頰被りするタイプでもない。書き間違いはむしろ気にする方だったろう。校正の重要さは十分認めていたのである。

この場合は理屈から言えば右の部分は、

「表に裏神保町の宿屋の名と平岡常次郎という差出人の姓名が、同じような乱暴さ加減で書いてある。」と改めた方が無難であろうが、現行の本文は不思議な簡潔の美を放っており、漱石も筆を入れなかったのであろう。

このケースとは反対に、長井の家族を紹介したくだりで、

代助の父は長井得といって、御維新のとき、戦争に出た経験のある位な老人であるが、今でも至極達者に生きている。役人を已めてから、実業界に這入って、……

誠吾という兄がある。学校を卒業してすぐ、父の関係している会社へ出たので、今では其所で重要な地位を占める様になった。梅子という夫人に、二人の子供が出来た。兄は誠太郎と云って十五になる。妹は縫といって三つ違である。

誠吾の外に姉がまだ一人あるが、是はある外交官に嫁いで、今は夫と共に西洋にいる。誠吾と此姉の間にもう一人、それから此姉と代助の間にも、まだ一人兄弟があったけれども、それは二人とも早く死んで仕舞った。母も死んで仕舞った。

代助の一家は是丈の人数から出来上っている。そのうちで外へ出ているものは、西洋に行った姉と、近頃一戸を構えた代助ばかりだから、本家には大小合せて五人残る訳になる。（同三ノ一回）

漱石は原稿では四人、わざわざ「よつたり」とルビを振って書いている。単に数え違いをしたのか。

新聞にそのまま掲載されたのはいいとして、出版時の校正者はそう思って五人に直した（のだろう）。漱石も別段不都合を唱えなかった。爾来五人で本文が確定しているようである。しかしここでは漱石は意図的に四人と書いたように思われる。嫂の梅子は長井家の人間ではないからである。登世の亡霊などと言うつもりはないが、一族の生き残りという観点から見ると、他家から来た嫁なり養子というものは、確かに一族ではない。漱石はいったん本になってしまったらもう苦情を言う人ではなかったが、おそらく「四人」の正当さを主張すると自身の（養子として家から出たり入ったりという）鬱陶しい事情も思い出さないわけにはいかないので黙っていたのであろう。

以上、『それから』の「葉書の表事件」と「四人《よつたり》事件」は決して単純な誤記ではないというのが論者の意見である。そんなことより『それから』では冒頭代助の家を急襲した平岡が、俥代を払うのに宿にがま口を忘れたから二十銭貸してくれと婆さんに言っていたのに、外で一緒に食事したあと電車で帰って行ったことの方がひっかかる。電車賃はどうしたのだろう。また代助から借りたのか。代助は銅貨を持ち歩くような男だろうか。平岡は最初から俥代は代助に出させるつもりで玄関ではああ言ったがその実背広のポケットに煙草銭くらいは忍ばせていたのか。論者の推測は平岡が俥代を払うとき十五銭に値切って五銭の電車賃を確保していたというものである。漱石は（江戸市民の常として）概して金には細かくこだわる人だが、それはあくまで自分に即した話であって、（小説の中でも）他人のこととなると（この場合は平岡）案外関心を示さないことがある。漱石と金の問題については今後改めて触れることもあるだろう。

二十一、津田の道行きの謎

ところで『明暗』では先述した以外に広く誤記と認定されている箇所が昔から一ヶ所ある。本当に誤記か。津田が日暮れて目的の軽便の駅で解き放たれてから温泉宿で最初の夜を迎えるまで（百七十一回から百七十七回まで）、津田の姿は夢のような、まるで彼岸に足を踏み入れたかのように描かれる。物語の冒頭に頻出した（津田の）モノローグがまた復活する。

「己は今この夢見たようなものの続きを辿ろうとしている。東京を立つ前から、もっと几帳面に云えば、吉川夫人にこの温泉行を勧められない前から、いやもっと深く突き込んで云えば、お延と結婚する前から、——それでもまだ云い足りない、実は突然清子に背中を向けられた其刹那から、自分はもう既にこの夢のようなものに祟られているのだ。そうして今丁度その夢を追懸ようとしている途中なのだ。顧みると過去から持ち越した此一条の夢が是から目的地へ着くと同時に、からりと覚めるのかしら。それは吉川夫人の意見であった。従って夫人の意見に賛成し、またそれを実行する今の自分の意見でもあると云わなければなるまい。然しそれは果たして事実だろうか。自分の夢は果たして綺麗に拭い去られるだろうか。自分は果たしてそれ丈の信念を有って、此夢のようにぼんやりした寒村の中に立っているのだろうか。……すべて朦朧たる事実から受ける此感じは、自分が此所迄運んで来た宿命の象徴じゃないだろうか。今迄も夢、今も夢、是から先も夢、その夢を抱いてまた東京へ帰って行く。それが事件の結末にならないとも限らない。いや多分はそうなりそうだ。じゃ何のために雨の東京を立ってこんな所迄出掛て来たのだ。畢竟馬鹿だから？　愈馬鹿と事が極まりさえすれば、此所からでも引き返せるんだが」

此感想は一度に来た。半分と掛らないうちに、是丈の順序と、段落と、論理と、空想を具えて、抱き合うように彼の頭の中を通過した。然しそれから後の彼はもう自分の主人公ではなかった。（百七十一回）

この湯河原最初のモノローグで、思考が「畢竟馬鹿だろうか？」に行き着いたとき、漱石は津田を生きた人間でなく（死んだ）木偶人形と宣言した。漱石にとっては（たとえ象徴的な意味にせよ）、自分が自分の主人公でないということはその人物の頭の中は書けないということである。漱石にとって馬鹿は死に等しい。死者の思考を書くわけにはいかない。続く百七十二回の冒頭で「馬車はやがて黒い大きな岩のようなものに突き当ろうとして、その裾をぐるりと廻り込んだ。」と書いたのは、この馬もまた津田を黄泉の国へ運ぶ役割を与えられていることを示そうとしたのであろう。したがって、「ああ世の中には、こんなものが存在していたのだっけ、どうして今までそれを忘れていたのだろう」に続く問題のモノローグもまた、外見上の形式はともかく、実際につぶやいているのは（死にかけている津田ではなく）物語の語り手にほかならない。

「彼女に会うのは何の為だろう。永く彼女を記憶するため？　会わなくても今の自分は忘れずにいるではないか。では彼女を忘れるため？　或はそうかも知れない。けれども会えば忘れられるだろうか。或はそうかも知れない。或はそうでないかも知れない。松の色と水の音、それは今全く忘れていた山と渓の存在を憶い出させた。全く忘れていない彼女、想像の眼先にちらちらする彼女、わざわざ東京から後を跟けて来た彼女、はどんな影響を彼の上に起すのだろう」（百七十二回）

この「彼の上」は誤記であるというのだが、果たしてそうだろうか。その証拠に「彼の上」の代わりに正しいとされる「自分の上」「己の上」のような語句に置き換えてみても、しっくり来ない。繰り返すがこのモノローグは津田のものというよりは漱石のものなのである。漱石が代行していると言ってもよい。さらに漱石は続けて丁寧にも補足している。

「運命の宿火だ。それを目標《めあて》に辿りつくより外に途はない」

詩に乏しい彼は固より斯んな言葉を口にする事を知らなかった。けれども斯う形容して然るべき気分はあった。彼は首を手代の方へ延ばした。

「着いたようじゃないか。君の家は何れだい」（百七十二回）

木偶人形の津田が決して思いつくことのない「運命の宿火」という言葉を、漱石が津田に代わって述べているのである。津田を載せた車を牽く痩せ馬は鼻や口から「運命の宿火」を吐いているように見える。その馬は津田自身かも知れない。運命の宿火はまた地獄の業火とも言えよう。

ついでながら、百七十一回で自分を喪失した津田は、漱石によって律儀にも百七十三回末尾で「そうだ馬鹿になるはずがない。……」と気付かされ、無事に津田本人に戻っている。

似たような記述はお延にもある。月曜日の午後岡本の家を訪れると叔父が庭いじりをしている。食後の腹ごなしかと思ったら叔父だけ昼食前だと言う。叔母に食事の用意を言いつけるが叔母は二度手間になるので文句を言う。叔父も負けていないで減らず口をきく。

自業自得な夫に対する叔母の態度が澄ましたものであると共に、叔父の挨拶も相変らずであった。久し振で故郷の空気を吸ったような感じのしたお延は、心のうちで自分の目の前にいる此一対の老夫婦と、結婚してからまだ一年と経たない、云わば新生活の門出にある彼等二人とを比較して見なければならなかった。自分達も長の月日さえ踏んで行けば、斯うなるのが順当なのだろうか、……お延は今の津田に満足してはいなかった。然し未来の自分も、此叔母のように膏気が抜けて行くだろうとは考えられなかった。……女らしい所がなくなって仕舞ったのに、まだ女として此世の中に生存するのは、真に恐ろしい生存であるとしか若い彼女には見えなかった。（六十回）

要するに漱石に言わせれば『明暗』は三人称で書かれているのだから、津田・お延を、彼・彼女・彼等と書くのは自然であり、主人公の心に踏み入って書くときはそれが時には自分となり己となりうる。セリフやモノローグのカギ括弧の問題ではない。右記の例えば「彼等二人」は「自分達二人」とした方が文章としてはすっきりするが、「自分」が重複するのを避けてここは「彼等」としたのであろう。つまりどんな時でも作者漱石は任意に「彼」と書くことが出来るのである。

誤記をいうなら津田の湯河原行きの経験の方であろう。百四十回で吉川夫人から清子のいる温泉の名を知らされたとき、津田はわりと最近そこを訪れたことがあるように書かれている。一日がかりで東京から行かれるかなり有名なその温泉場の記憶は、津田に取ってもそれほど旧いものではなかった。急にその辺りの景色を思い出した彼は云々と書かれている。ところが百七十一回以降の記述を読むと、読者は津田がこの場所を始めて訪れていると判定せざるを得ない。思うに津田の道行きのシーンは早くから漱石の頭の中で組立済みであったために、吉川夫人から話を切り出されたときにその温泉場が始めての場所だとは漱石も津田も思えなかったのだろう。

最後にもうひとつ、津田の地獄行きの馭者を務めた宿屋の男のことを漱石は手代と書いているが、翌朝津田とこの手代が挨拶しているところへ散歩から帰った浜の生糸屋夫婦が合流すると、手代がいきなり番頭に昇格している。もちろん旅館に番頭と手代二人いておかしくないのだが、漱石が地の文で何のことわりもなく手代のことを番頭と書き始めているので、読者はちょっと驚く。まるで津田（漱石）にとっては手代であるが浜の夫婦（商人・素町人）から見ると番頭であると言いたげな書きぶりである。それとも旅館にはちゃんと二人いて漱石の筆が不親切だった（足らなかった）だけなのか。いずれにせよ番頭なり手代は（役に立つ男手として）後で再登場する可能性もあるのでおろそかにすることは出来ない。

二十二、津田の道行きの謎（承前）――物語の始まりはいつか

そしてもうひとつ、冒頭でも少し触れたが、この津田の道行きシーンが物語の実質的な始まりという印象を与えることについて、その根拠を挙げたい。

①津田の温泉行きの目的と津田の意図が明確に語られていること。

彼には最初から三つの途があった。そうして三つより外に途はなかった。第一は何時迄も煮え切らない代りに、今の自由を失わない事、第二は馬鹿になっても構わないで進んで行く事、第三即ち彼の目指す所とは、馬鹿にならないで自分の満足の行くような解決を得る事。

此三ヶ条のうち彼はただ第三丈を目的にして東京を立った。所が汽車に揺られ、馬車に揺られ、山の空気に冷やされ、烟の出る湯壺に漬けられ、愈目的の人は眼前にいるという事実が分り、目的の主意は明日からでも実行に取り掛れるという間際になって、急に第一が顔を出した。すると第二も何時の間にか、微笑して彼の傍に立った。彼等の到着は急であった。けれども騒々しくはなかった。眼界を遮ぎる靄が、風の音も立てずにすうと晴れ渡る間から、彼は自分の視野を着実に見る事が出来たのである。

思いの外に浪漫的であった津田は、また思いの外に着実であった。そうして彼は其両面の対照に

気が付いていなかった。だから自己の矛盾を苦にする必要はなかった。彼はただ決すれば可かった。然し決する迄には胸の中で一戦争しなければならなかった。――馬鹿になっても構わない、いや馬鹿になるのは厭だ、そうだ馬鹿になるはずがない。――戦争で一旦片付いたものが、又斯ういう風に三段となって、最後迄落ちて来た時、彼は始めて立ち上れるのである。

人のいない大きな浴槽のなかで、洗うとも摩るとも片の付かない手を動かして、彼はしきりに綺麗な温泉《ゆ》をざぶざぶ使った。（百七十三回）

津田と清子の（期待された）「道ならぬ恋」は、始まる前にもう終わっているのである。津田は自分の理性と欲望の相克を意識していないと漱石は言っている。難しく書いているが、つまるところ津田は欲望を滅却したのである。他の選択肢を選ばない自由を津田が喜んで行使すると宣言した以上、二人に今以上のドラマはもう起こり得ない。

②浜の夫婦の婦人の方が津田の浸かっている湯舟に入って来そうになる。（百七十四回）

『草枕』の那美さんは女主人公であるから別格として、『三四郎』の汽車の女は物語冒頭の読者（観客）の目を覚ます映画的手法である。浜の夫婦も明らかに端役であるから、本来こんな風呂場のシーンは物語の始めの方に出てくるのがふつうである。

③「彼（津田）は背の高い男であった。長い足を楽に延ばして、それを温泉《ゆ》の中で上下へ動かしなが

ら、透き徹るもののうちに、浮いたり沈んだりする肉体の下肢を得意に眺めた。」（百七十四回）

「彼は眼鼻立の整った好男子であった。顔の肌理も男としては勿体ない位濃やかに出来上っていた。彼は何時でも其所に自信を有っていた。鏡に対する結果としては此自信を確かめる場合ばかりが彼の記憶に残っていた。」（百七十五回）

漱石もまた女に比べて男の外見をあまり書かない方であるが、それでも背の高い主人公は何人も登場する。津田と容姿が一番似ているのは『それから』の代助であろうが、代助は津田ほど俗物でない。俗物ということでは津田に近い三四郎と『虞美人草』の小野さんも背が高い。甲野さん、『行人』の長野一郎も長い人と書かれ、『心』のKも先生よりは高い。『彼岸過迄』の須永市蔵は直接の記述はないが、千代子が背の高い女と書かれているのでやはり並みの男よりは高いであろう。野々宮宗八もまた背が高いと書かれる（三四郎より高い）。

彼（代助）の皮膚には濃やかな一種の艶がある。……（『それから』一ノ一回）

代助も背の低い方ではないが、兄は一層高く出来ている。其上この五六年来次第に肥満して来たので、中々立派に見える。

「何うです、彼方へ行って、ちと外国人と話でもしちゃ」（同五ノ三回）

「野々宮さん。ね、ね」……

「野々宮さんを愚弄したのですか」……

「あなたを愚弄したんじゃ無いのよ」

三四郎は又立ち留った。三四郎は背の高い男である。上から美禰子を見下した。(『三四郎』八ノ十回)

湯から上がって、二人が板の間に据えてある器械の上に乗って、身長を測ってみた。広田先生は五尺六寸ある。三四郎は四寸五分しかない。

「まだ延びるかも知れない」と広田先生が三四郎に言った。(同十一ノ五回)

代助の姿かたちについての描写が小説の中で登場するのは(三千代の登場に合わせて)早い方である。それでも肌の艶(『それから』一ノ一回)と背の高さ(同五ノ三回)の記述には四章分の時差がある。三四郎については、野々宮の紹介に続いて演説をする学生の背の高いのに驚き、同じ学生が運動会で走るのを見て(背の高いだけあってその足の速さに)驚き、よし子の背が「のっぽ」なのにこれまた驚く。では三四郎は高くないのかと思ったら右記のようにやっと山場の章になって、「三四郎は背の高い男である」とさらりと書かれる。しかし大分後から言い訳のように五尺四寸五分(百六十五センチ)であることが明かされる。当時としてはまあ高い方かも知れない。どさくさに紛れてという感じがしないでもないが、漱石も身長については劣等感があったのだろう。

それにしても津田の場合は遅い紹介である。新聞連載が始まってもう半年が過ぎようとしている。『心』も『道草』も、漱石のこれまでの小説の連載期間はだいたい三ヶ月と少しである。

④「階上の板の間迄来て其所でぴたりと留まった時の彼女は、津田に取って一種の絵であった。彼は忘れる事の出来ない印象の一つとして、それを後々迄自分の心に伝えた。」
「棒のように硬く立った彼女が、何故それを床の上へ落さなかったかは、後から其刹那の光景を辿るたびに、何時でも彼の記憶中に顔を出したがる疑問であった。」（以上百七十六回）

先の項でも述べたように『明暗』には（作者が）物語の今現在に張り付いているように見えて突然突き放したような時空の瞬間移動が行なわれるケースがままある。これは物語冒頭、作者がまだ主人公を客観的に描こうとしていた名残のようにも見える。物語の進行とともに叙述は熱を帯び、一見余裕とも思えるこのような時空のワープは見られなくなる。物語の終盤に来てこの例のような書き方をすることは不自然でもあり読者に肩透かしを喰わせることにもなりかねない。思うにこの百七十六回の津田と清子の、動きもセリフもない、まるで夢を見ているような再会シーンの描写は、物語の最初のエピソードとして早くから漱石の頭の中にあったのではないか。そしてその百七十六回に至る数回分の記述が、同じようにまるで物語の導入部分のような印象を与えているのではないだろうか。行ったことのない湯河原が津田の記憶に残っていたというのも同じ理屈からである。漱石はそのことが脳裡にあったので「ふつうの小説とは逆の三角形の底辺から頂点へすぼまっていくやり方」という発言になったのではないか。

二十三、津田の服装の謎

会社帰りに病院に寄った津田は和装であった。

物語の最初の日、水曜日に診察所では「無言のまま帯を絞め直して、椅子の背に投げ掛けられた袴を取り上げ」（一回）たとあり、帰宅してお延に「着物を脱ぎ換えさせ」（三回）られていることからも、その日津田が着物を着ていたことは疑いようがない。また着替えさせられたあとの津田がお延に半ば強制的に銭湯に行かされるとき、やっと「今日帰りに小林さんへ寄って診て貰って来たよ」（三回）と言っていることから、お延は夫が病院に寄ってきたことを知らなかったのであり、夫の通勤の恰好がいつもと変わらなかったことが分かる。

そして翌日吉川邸に寄った帰りに乞食を見た津田が「身に薄い外套を着けていた」（十三回）こと、さらに手術を予約するため翌々日の金曜日に再び病院に立ち寄ったとき玄関で「靴を穿いた」（十七回）と書かれているから、物語が始まったときの津田は着物の上に薄い外套をはおり、靴を履いて会社へ行っていたことになる。そしてステッキは持っていたものの鞄は持っていなかったようである。

休日の服装も津田は和服である。土曜日会社を休んで藤井の家に行った時の津田の服装ははっきりとは書かれない。玩具をねだる真事に「袂《たもと》」を掴まれ、小林と一緒に藤井を辞すときには外套を着ている（小林は着ていない）。翌日曜日津田が起き出したとき、盛装して澄まし込んだお延の横には「昨夜遅く其所へ脱ぎ捨てて寝た筈の彼の袴も羽織も、畳んだなり、ちゃんと取り揃えて、渋紙の上へ載せてあった」（三十九回）とあり、津田は土曜と同じ服装で病院へ行くことになっていたのだろう。退院したあと小林の送別会のために出かける時にも「彼は帯の間から時計を出して見た」（百五十四回）とあるから、つまり津田は日常生活すべて和装で過ごしていたと思われるが、奇妙なことに温泉場に出かける朝、「簞笥の抽斗から自分の衣裳を取り出したお延は、それを夫の洋服と並べて渋紙の上へ置いた」（百六十七回）ことから、旅行に限り津田は洋服を着たことになる。しかし荷物にお延の仕立てたどてらが入っていることは入院前からの約束事である。してみると津田の洋服は鉄道専用であろうか。

『明暗』の物語年代は前述したように大正の初めと思われるが、そのころの勤め人はあらかた洋装になっていた。小林が藤井の家で新調の背広を着ていたのは妹の縁談報告のためとしても、『行人』で大学と会社に通っていた一郎二郎の兄弟も、『彼岸過迄／風呂の後』で新橋駅（の荷物掛りか）に出ていた森本も、『門』の宗助も、みな洋服で通勤していたと書かれている。『それから』の平岡も洋装であるし、少し前にさかのぼっても、明治四十年に書かれた『虞美人草』の小野さんも（ハイカラとは断っているが）大学へ出る時には背広を着ている。

ちなみにこのお金さんの縁談はどうなったのだろうか。岡本家の見合いも進展があるのだろうか。両者とも登場人物のバトルのダシに使われてしまったが、結末近くお延の前に現れた小林は必ず出るであろう金〈費用〉の話に関連して妹の結婚話にもう一度触れるのであろうか。それとも津田の妹お秀との対比という意味でも小林の妹お金さんの存在はお秀ともども思い出されないのか。継子と同じように。

漱石が痔の手術をしたのは明治四十四年と翌大正元年の二回、おおむね『彼岸過迄』の前後の時期にあたる。勤めをしない漱石は着物を着て、袴に靴という出で立ちで神田錦町の佐藤病院へ通ったのであろう。肛門科だから和服を着るという決まりではないようだ。『明暗』の待合室ではズボンをはいた男の記述もある。サラリーマンの津田は洋服姿で会社に通っていたと考えるのが自然であるが（新聞掲載時の挿画も主人公は洋服を着ているようだ）、思うに診察所での津田を描くとき、正直な漱石は自分の姿をそのまま書いたのであろう。そして大正四年の湯河原行きには行動に便利な洋服を着ていたのであろう。

これはどうでもいいことのように思えるが、漱石らしいところではある。つまり自分自身の意識（この場合は袴を脱いで診察台に上がったという記憶・意識、あるいは洋服姿で軽便に乗ったという事実）に対し、嘘を書きたくないという強い気持ちの表出である。

もう一つの漱石らしいところは、痔疾の治療に性病科の看板を掲げる病院をあえて選んでいることであろう。普通の人は無用の誤解を避けるため痔の手術などで入院するときは病院の名前を気にするものである。特に花柳病に縁のない人ならなおさらである。漱石は（世間的には）人の誤解はまったく気にならない。なぜなら誤解するのは誤解した人の方が一〇〇％悪いからである。誤解された方に責任は無いというのが漱石のような人の考え方である。漱石は決して芸者買いを忌避するものではなかったが、結果として実生活でも最も花柳病と縁のなかった漱石は病院の待合室でかろうじてその周辺の匂いを嗅ぐにとどまった。

ちなみに津田が通った診察所の医師の名と、東京を食い詰めて朝鮮へ落ちて行こうという津田の友人の名は同じ小林である。ふつうの小説の中ではまずありえない設定と言ってよい。漱石は明らかに意図

的に同じ名前を用いている。手術の前日藤井の家での、

小林は……其病院のある所だの、医者の名だのを、左も自分に必要な知識らしく訊いた。医者の名が自分と同じ小林なので「はあそれじゃあの堀さんの」と云ったが急に黙ってしまった。（二十九回）

という叙述をするためだけに企まれたものではないだろう。堀や関が通った病院の名を小林も知っていたことと、その病院の名前が何であるか（誰かと同姓であるかないか）ということとは因果関係がないからである。

ではなぜ同じなのかというと、医師小林も漂浪者小林も等しく津田を援け、そして津田を罰する（かも知れない）ということであろう。津田とお延の長いバトルの終わった百五十三回で、医師は津田に、「出血はもう殆んど止まっているが、完治には三、四週間かかる」と告げている。津田の方は医師に黙って湯河原へ行くことにする。それは「平生の彼には似合わない粗忽な遣り口」で「不謹慎」であることを津田自身自覚すらしている。そもそも温泉宿に既婚者清子に会いに行くということは、倫理的に問題があることは漱石自身も承知の上である。そして虚構の作品世界であっても、まず倫理性が担保されなければならないというのが漱石の生き方である以上、津田には何がしかの罰が用意されているはずである。もとより大した罰ではあるまい。吉川夫人のたくらみは、ちょっとしたいたずらの範疇を出ない。倫理世界を破壊するような大袈裟なものではない。ただし罰そのものは課せられるだろう。小林医師は（結果として）その賦課のある意味での「宣告者」になる。

友人小林は、津田の慢心を戒めるために登場し、お延の慢心を戒めるためにも登場したかも知れない、津田に嫌がらせをさえする友人というよりは敵対者であるが、性格的には明らかに『それから』の平岡の血筋を引く者である。平岡が代助に三千代を与え密告して代助を罰したように、小林も津田に対する救済と断罪の神としての役割を担っている。実際に小説に叙述されるかどうかは別にして、津田は最後に小林に首を垂れ、(ある程度の範囲内で)謝罪と感謝を述べるような筋書きになると思われる。津田が小林に与えた古い外套と同じくらいには、津田は小林に恩を返されるであろう。さらに小林は妹を藤井の家に住み込ませて藤井の好意で嫁がせてもらおうともしていることから、小林は単なる敵対者でなく漱石の同情もある程度得ている身内の一人といえよう。実際に漱石は似たようなシチュエーションで山田房子を嫁に出しているし鏡子に乞われて中根の父に古外套を差し出している。したがってこれまた長いお延と小林の対決シーンも、両者に注がれる漱石のシンパシィの量は意外なことに(あるいは当然と言うべきか)ほぼ拮抗している。

二十四、津田由雄とは誰か

ところで議論にうんざりしていたはずの津田は退院後小林と会食してさらなる議論を耐え忍んでいる。津田は漱石に似て癇癪持ちのくせに妙に辛抱強いところがある。これを低徊趣味というのであろうか（真の意味で）。三四郎はある程度漱石の性向を受け継ぎつつ、田舎から上京して来たということで漱石とは決定的に別人格として造型されているが、津田も同様に一部は漱石丸出しであるにもかかわらず、背の高い俗物として描かれている。三四郎もまあ俗物であろう。三四郎は作品の中では狂言廻しの役柄だが、津田も『明暗』ではややその趣が無いではない（特にお延を主人公としてみた場合）。津田はまた嗜好の勝った人として、贅沢な男としては『それから』の代助にも似ている。津田の俗なところを半分取り去ったら代助になるだろう。

お延は先に述べたように漱石が始めて（という意識は無かったであろうが）その内面（心の動き方）を詳しく描いた女主人公であるが、登場人物として性格的にはやはり自分の意思で行動する漱石作品の諸先人たちの影響を受けている。お延は誰に一番似ているだろうか。あえて言えば口が達者で攻撃的なところは（漱石の女性は皆口が達者であると言えるが）『彼岸過迄』の田口千代子か。策略家で自分勝手なところは『虞美人草』の甲野藤尾か。崖からいつでも飛び込みそうなところ（乱暴な強そうなところ）は『草枕』の志保田那美が代表選手。『三四郎』の野々宮よし子、『行人』の長野直子も作中ではそのように書かれるが、よし子もお直も乱暴という感じはしないから、那美さんの次に強そうなのはやはり千代子か。しかし「軍人になったらさぞ強かろう」（那美さん）「大蓋はちと猛烈過ぎる」（千代子）という評価はお延には向かないから、ふつうに考えるとお延が一番似ているのは『三四郎』の里見美禰子ということになりそうだが、美禰子は美形に過ぎよう。ただ美禰子は三四郎の前ではあるが独白に近い台詞を発する場面も書かれており（われは我が愆を知る。我が罪は常に我が前にあり等）、三四郎に出したハガキのうち菊人形への誘いは事務的なものだとしても、羊の絵を描いたハガキは意図的なものであり、それより野々宮宗八に手紙を出しているような記述もあるので、ある意味ではお延の先駆者と言えるかも知れない。

清子は『それから』の三千代であろう。ふたりともおっとりしているようで、主人公（男）の失態を見逃さない。清子は津田に「ただ貴方はそういう事（待ち伏せ）をなさる方なのよ」（百八十六回）と言い、三千代は代助がやって来て父親の援助が受けられなくなりそうだと弱音を吐いたとき「斯うなるのは始めから解かってるじゃありませんか。貴方だって、其位な事は疾うから気が付いて入らっしゃる筈だと思いますわ」と代助をやり込める。「三千代は少し色を変えた。」とは漱石もはっきり書いたものである。金銭がからむと恋愛感情も色彩が変化してしまうのか（以上『それから』十六ノ九回）。

清子は『行人』のお直にも似ているようである。ずうずうしいまでに落ち着き払ったところ、浮世離れした感じはお直の血を引く者であろう。ただし（和歌山で停電のときに）「居るわ貴方。人間ですもの。嘘だと思うなら此処へ来て手で障って御覧なさい」（『行人／兄』三十五回）というような際どい所は清子にはない（はずである）。

小林もまた何度も繰り返すように人物は『それから』の平岡に最も近い。小林も平岡も、いったいなぜ彼らが主人公の親友たりえたか、小説の中に書かれている材料だけから判断すると理解に苦しむところである（漱石はもっと友人に恵まれた人間であったはずである。しかしまあ敢えて言うなら、世辞を言わない所、無理に人に話を合わせない所が若い主人公の気に入ったのであろう）。平岡は密告者でもある。平岡が沈黙を守れば少なくとも代助が実家を追われることはなかった。もうひとりの密告者は『虞美人草』の浅井である。浅井はある意味で『虞美人草』の結末をつけるため作者によって無理やり放たれた刺客である。浅井が宗近の家に駆け込まなければ宗近は小野さんの家に走ることもなく、小野さんは無事大森へ出かけたことであろう。事件（藤尾の望まない方の）は何も起こらなかったはずである。

では小林もまた密告者になりうるのか。結論から言うと、小林は津田の顔に泥を塗るような悪党にはなりえないと思われる。その理由は、前項と重なるが、小林の露出（出演）機会が多すぎたということと、妹（お金さん）を漱石の分身たる藤井の家から嫁入らせようとしているからである。漱石は身内はかばうのである。小林は平岡と同じ敵役ではあるが、最後まで津田の秘密をしゃべることはしない。それまでにもう充分しゃべり過ぎたということは、しゃべらせたのが外ならぬ漱石であるからには、漱石の同情も当然あるからである。

お秀は『行人』の一郎二郎の妹お重で間違いない。津田の妹であり「二人共ねちねちした」ところがあると書かれる（九十七回）。お秀の開陳する理屈を聞いていると『明暗』の女の登場人物ではお延以上に漱石の血を引いていることが分かる。『明暗』の中では藤井叔父、津田、岡本に次いで漱石度の高い人物であろう。お延は五番手というところか。それにしても津田とお延とお秀の三人は何となく皆似ている。藤井と岡本が似通っているという同じ理由で、この三人は世代や境遇の面からも似ている感じを抱かせるのであろう。漱石にも小説家であるからには勿論ねちねちしたところはある。

その藤井と岡本であるが、脇役なのでやや詳しく書くと、藤井は津田の父の弟で文筆業、名は不詳、住む処は早稲田と江戸川をはさんだ反対側の高台であるがほぼ漱石と見ていい人物である。妻はお朝、長男は真弓、今年から九州帝大の講師という。長女と次女は名前がないが漱石の残したメモ（創作ノート）によると、きく（喜久）・きた（喜多）か。二人とも嫁いで台湾と福岡にいる。次男が家にいる十歳の「甥の」真事。藤井がなぜ兄（京都の津田）と苗字が違うか分からないとは前述したところ。

岡本は小日向台に住む実業家、名は小説には出てこないがメモでは精《くわし》とある。岡本とお延は戸籍上は血が繋がっていない。岡本の妻はお住。お延の母の妹か（お延の父は文人趣味で岡本の叔母の血縁という感じがしないし岡本家の子供たちがお延より年下であることから推測）。長女継子二十歳、次女百合子十四歳、長男一《はじめ》十歳。一と藤井の真事は同級生。岡本とお住の夫婦は漱石夫婦と年恰好は同じ。藤井夫妻も（吉川夫妻も）同じくらいである。岡本と吉川は帝大の同級生であるがおそらく法科、藤井は文科であろう。岡本の細君の名が『道草』の健三の細君と同じ住というのは、健三・御住の夫婦を津田・お延の夫婦と同類項扱いされたくなかったからであろう。（『道草』の）御住は鏡子の分身であり、お延は鏡子とは無縁であるから、まあ無用の心配であるが、仮初めにも間違いのないよう住という名を岡本の細君として貼り付けておいて、後顧の憂いを無くしたのであろう。漱石としては健三・御住という「本丸」は守りたかったのであろう。それに比べると津田・お延は漱石の「鬼っ子」である。藤井岡本の叔父叔母、とくにお朝お住二人の叔母はモデルを云々する以前に、ほとんど入神といってよい出来栄えの人物造形である。母を早く亡くした漱石はいったい何を見て彼女たちを描いているのだろうか。

漱石は母のことを「常に大きな眼鏡を掛けて裁縫《しごと》をしていた。……母はそれを掛けた儘、すこし顋を襟元へ引き付けながら、私を凝と見る事が屢あったが、老眼の性質を知らない其頃の私には、それがただ彼女の癖とのみ考えられた。」（『硝子戸の中』三十七回）と書いていて、これだけでも充分感興を呼び起こさずにはいられないが、『硝子戸の中』の記述の通りなら、母の記憶自体は惜しい事に数えるほどしかないと言う。

元来主人は平常枯木寒巌の様な顔付はして居るものの実の所は決して婦人に冷淡な方ではない、嘗て西洋の或る小説を読んだら、其中にある一人物が出て来て、其が大抵の婦人には必ずちょっと惚れる。勘定をして見ると往来を通る婦人の七割弱には恋着するという事が諷刺的に書いてあったのを見て、これは真理だと感心した位な男である。そんな浮気な男が何故牡蠣的生涯を送って居るかと云うのは吾輩猫抔には到底分らない。或人は失恋の為だとも云うし、或人は胃弱のせいだとも云うし、又或人は金がなくて臆病な性質だからだとも云う。どっちにしたって明治の歴史に関係する程な人物でもないのだから構わない。（『猫』二篇）

察するに漱石の驚くべき婦人に対する観察眼はこの「必ずちょっと惚れる」というある種の執着心か

ら来るものであるらしい。単なる人間的興味というよりは、漱石は基本的には人間嫌いであるから、漱石の全作品に聳える神技ともいうべき婦人の描写はひとえにこの「真理」から生成されたものと言えよう。そして漱石が近代日本の歴史に関係するほどの人物であるからには、これを研究せざるべからずというのもまたむべなるかなである。

さて最後に吉川夫人であるが、これは漱石の作品の中では『それから』の嫂（梅子）に近いが、それよりも実在の鏡子夫人に一番似ている。それも、久米正雄の例の愚痴っぽい小説に何度も出て来る夏目夫人に生き写しである（でっぷり太った外見さえも）。漱石も吉川夫人を書くときは鏡子を手本にしたのではないか。『猫』では漱石は三人の娘と細君を登場させている。『明暗』では（男の子も設けていたので）新たに息子も使っている。鏡子を使わない理由がない。

吉川は岡本の同盟者にして津田の会社の経営者である。やはりメモによると吉川正夫・吉川奈津の夫婦には（小説では子供がないことになっているが）直之助という夭折した子がいたらしい。

二十五、「明暗劇場」出番一覧

『明暗』に出てくる登場人物を連載回ごとに挙げてみる。物語の今現在を基準に考えて、今現在実際に生きて活動する者、劇に例えていうと実際に舞台なりスクリーンで演技する者全員を、セリフの有無にかかわらず網羅する（実際に登場しなくても、回想シーンや想像シーン、電話、会話等の中でその人物がしっかり語られる場合は、カッコ書きで挙げる。小説の現実を離れて漱石による説明的文章で語られるような場合、劇でいえばト書きやナレーションでその人物が語られるような場合も同じくカッコ書きで挙げる。ただしちょっとだけ添え物的に名前が出てくる程度ならその限りでない）。

また、（いくつもないが）重要と思われる「小道具」については、登場人物のあとに［　］で掲げてみた。数字（アラビア数字）は漱石の執筆日付である。

十月二十七日（水曜）

一回　津田　小林医師　5・19

二回　津田　（清子）　5・19

三回　津田　お延　5・20

四回　津田　お延　（吉川）　5・21

五回　津田　お延　（岡本）　5・22

六回　津田　お延　（津田の両親）　5・23
七回　津田　お延　（岡本）（お時）　5・24
八回　津田　お延　5・25

十月二十八日（木曜）
九回　津田　吉川　少年給仕　（吉川の客）（毛の長い茶色の犬）　5・26
一〇回　津田　吉川夫人　吉川の書生　（お延）　5・27
一一回　津田　吉川夫人　（お延）　5・28
一二回　津田　吉川夫人　吉川の書生　5・29
一三回　津田　（飯田橋の乞食）（吉川夫人）　5・30
一四回　津田　お延　（津田の父）　5・31
一五回　津田　お延　（津田の父）　6・1

十月二十九日（金曜）
一六回　津田　吉川　（上司佐々木）（津田の父）（岡本）　6・2
一七回　津田　看護婦　（診察所の患者たち）（堀）（関）　6・3
一八回　津田　お延　お時　6・4

十月三十日（土曜）

二十五、「明暗劇場」出番一覧

一九回	津田　お延		6・5
二〇回		（藤井）（津田の父）	6・6
二一回	津田　真事　大道手品師	（藤井）（津田の父）	6・7
二二回	津田　真事　大道手品師	（藤井）	6・8
二三回	津田　真事	（藤井）（岡本一）（真事の級友）	6・9
二四回	津田　真事	（藤井）（岡本一）	6・10
二五回	津田　藤井叔母　お金	（藤井）	6・11
二六回	津田　藤井叔母	（藤井）（小林）（お金）	6・12
二七回	津田　藤井叔母	（藤井の子たち）	6・13
二八回	津田　藤井　藤井叔母　小林　真事	（お金）	6・14
二九回	津田　藤井　藤井叔母　小林	（お金）（藤井の下女）	6・15
三〇回	津田　藤井　藤井叔母　小林　真事		6・16
三一回	津田　藤井　藤井叔母　小林　真事	（お金）	6・17
三二回	津田　藤井　藤井叔母　小林	（お延）（津田の父）（お秀）	6・18
三三回	津田　小林	（藤井）（藤井叔母）	6・19
三四回	津田　小林	（酒場の若者客）（酒場の客たち）	6・20
三五回	津田　小林	（酒場の探偵風の客）	6・21
三六回	津田　小林		6・22
三七回	津田　小林	（酒場の下女）（藤井）（お金）	6・23

三八回　津田　お延　（お時）　6・24

十月三十一日（日曜）

三九回　津田　お延　6・25

四〇回　津田　お延　見習看護婦　（車夫）（薬局の書生）　6・26

四一回　津田　お延　見習看護婦　（お秀）（岡本叔母）　6・27

四二回　津田　小林医師　（看護婦）　6・28

四三回　津田　お延　看護婦　（岡本叔母）　6・29

四四回　津田　お延　看護婦　（岡本叔母）　6・30

四五回　お延　継子　百合子　（車夫）（岡本叔母）（津田）　7・1

四六回　お延　岡本叔母　継子　百合子　（津田）　7・2

四七回　お延　岡本叔母　百合子　（津田）　7・3

四八回　お延　継子　三好　（売店の男）（岡本一）（岡本）（吉川夫人）　7・4

四九回　お延　岡本叔母　継子　百合子　（吉川夫人）　7・5

五〇回　お延　岡本　岡本叔母　（茶屋の男）（百合子）（津田）（吉川）　7・6

五一回　お延　継子　岡本叔母　7・7

五二回　お延　継子　岡本　岡本叔母　吉川　吉川夫人　三好　7・8

五三回　お延　継子　岡本　岡本叔母　吉川　吉川夫人　三好　7・9

五四回　お延　継子　岡本　岡本叔母　吉川　吉川夫人　三好　ボーイ　（猿＝漱石）　7・10

五五回　お延　吉川夫人　吉川　（継子）（岡本）（岡本叔母）（三好）　7・11
五六回　お延　岡本　岡本叔母　継子　（津田）　7・12
五七回　お延　お時　（津田）　7・13
十一月一日（月曜）
五八回　お延　（津田）（看護婦）（お時）　7・14
五九回　お延　お時　継子　7・15
六〇回　お延　岡本　岡本叔母　（植木屋）（岡本の下女）（津田）　7・16
六一回　お延　岡本　岡本叔母　（津田）　7・17
六二回　お延　岡本　岡本叔母　（津田）　7・18
六三回　お延　岡本　岡本叔母　（津田）（継子）（吉川夫人）　7・19
六四回　お延　岡本　岡本叔母　（三好）　7・20
六五回　お延　岡本　岡本叔母　（津田）（継子）　7・21
六六回　お延　岡本　岡本叔母　（津田）（継子）　7・22
六七回　お延　岡本　岡本叔母　（継子）　7・23
六八回　お延　岡本　岡本叔母　（津田）　7・24
六九回　お延　岡本　岡本叔母　継子　（植木屋）　7・25
七〇回　お延　継子　7・26
七一回　お延　継子　（津田）　7・27

七二回　お延　継子　（津田）　7・28
七三回　お延　継子　百合子　（津田）　7・29
七四回　お延　岡本　岡本叔母　継子　百合子　一　（真事）　7・30
七五回　お延　岡本　岡本叔母　（藤井）　7・31
七六回　お延　岡本　岡本叔母〔岡本小切手〕　（津田）　8・1
七七回　お延　岡本　お時　（津田）（小林）　8・2
七八回　お延［お延の手紙］　（お延の両親）　8・3
七九回　お延　（津田）（津田の父）（お延の父）　8・4

十一月二日（火曜）

八〇回　お延　お時　（津田）（継子）（岡本夫妻）　8・5
八一回　お延　小林　お時　（津田）　8・6
八二回　お延　小林　（津田）（お金）　8・7
八三回　お延　小林　（津田）（藤井夫妻）　8・8
八四回　お延　小林　（津田）　8・9
八五回　お延　小林　（津田）　8・10
八六回　お延　小林　（お時）（津田）　8・11
八七回　お延　小林　お時　（津田）　8・12
八八回　お延　小林　（津田）　8・13

八九回　お延　［清子？の手紙］　（お時）（津田）　8・14
九〇回　お延　お時　（津田）（小林）（お秀）　8・15
九一回　（お秀）（津田）（お延）（堀）　8・16
九二回　津田　お秀　（看護婦）（お延）　8・17
九三回　津田　お秀　（お延）　8・18
九四回　津田　お秀　（津田の両親）（お延）　8・19
九五回　津田　お秀　（堀）（お延）（津田の両親）　8・20
九六回　津田　お秀　（堀）（津田の両親）　8・21
九七回　津田　お秀　（お延）（津田の両親）　8・22
九八回　津田　お秀　お時　（薬局の書生）（小林）（お延）　8・23
九九回　津田　お秀　（お延）（堀）　8・24

二十六、「明暗劇場」出番一覧（承前）

十一月二日（火曜）（承前）

一〇〇回　津田　お秀　（お延）（堀の家族）（津田の両親）　8・25
一〇一回　津田　お秀　（お延）（小林）（津田の両親）　8・26
一〇二回　津田　お秀　（お延）　8・27
一〇三回　お延　（薬局の書生）（津田）（お秀）　8・28
一〇四回　津田　お延　お秀　（津田の両親）　8・29
一〇五回　津田　お延　お秀　（津田の両親）　8・30
一〇六回　津田　お延　お秀　8・31
一〇七回　津田　お延　お秀　9・1
一〇八回　津田　お延　お秀［岡本小切手］［お秀小切手］　9・2
一〇九回　津田　お延　お秀　9・3
一一〇回　津田　お延　お秀　（堀）（津田の両親）　9・4
一一一回　津田　お延　（お秀）　9・5
一一二回　津田　お延　（岡本）（津田の父）（お秀）　9・6
一一三回　津田　お延　（お秀）（藤井）（岡本）（吉川）　9・7

十一月三日（水曜）

一一四回　津田　洗濯屋　（お延）（吉川夫人）　9・8
一一五回　津田　小林医師　（お延）（吉川夫人）　9・9
一一六回　津田　小林　（お延）（吉川夫人）　9・10
一一七回　津田　小林　（お延）（岡本）　9・11
一一八回　津田　小林　（お延）（岡本）（吉川）（藤井）（お秀）　9・12
一一九回　津田　小林　（お秀）（藤井）　9・13
一二〇回　津田　小林　（お秀）（吉川夫人）　9・14
一二一回　津田　小林　（吉川夫人）（お延）　9・15
一二二回　津田　看護婦　車夫　［津田の手紙］　（吉川夫人）（お延）　9・16

＊お延　お時　（お秀）

一二三回　お延　（お秀）（堀の家族）　9・17
一二四回　お延　お秀　9・18
一二五回　お延　お秀　（吉川夫人）（藤井）（岡本）　9・19
一二六回　お延　お秀　9・20
一二七回　お延　お秀　（津田）　9・21
一二八回　お延　お秀　（津田）　9・22
一二九回　お延　お秀　（津田）（吉川夫人）　9・23
一三〇回　お延　お秀　（津田）（堀）　9・24

一三一回　津田　吉川夫人　（お秀）　9・25
一三二回　津田　吉川夫人　（お延）（お秀）　9・26
一三三回　津田　吉川夫人　（お延）（お秀）（藤井）（岡本）　9・27
一三四回　津田　吉川夫人　（お延）（お秀）（清子）　9・28
一三五回　津田　吉川夫人　（お延）（お秀）　9・29
一三六回　津田　吉川夫人　（お延）　9・30
一三七回　津田　吉川夫人　（お延）（清子）　10・1
一三八回　津田　吉川夫人　（お延）（清子）　10・2
一三九回　津田　吉川夫人　（清子）　10・3
一四〇回　津田　吉川夫人　（清子）　10・4
一四一回　津田　吉川夫人　（清子）（関）　10・5
一四二回　津田　吉川夫人　（お延）（お秀）　10・6
一四三回　お延　（吉川夫人）（お秀）（津田）　10・7
一四四回　お延　お時［津田の手紙］　（津田）　10・8
＊　津田　看護婦　（お秀）（吉川夫人）（お秀）
一四五回　津田　お延　看護婦　10・9
一四六回　津田　お延　（小林）（吉川夫人）　10・10
一四七回　津田　お延　（吉川夫人）（小林）　10・11
一四八回　津田　お延　（小林）（お秀）（車夫）　10・12

一四九回　津田　お延　（小林）（お秀）　10・13
一五〇回　津田　お延　10・14
一五一回　津田　お延　（お時）（吉川夫人）（お秀）（小林）　10・15
一五二回　津田　お延　（小林）（吉川夫人）　10・16
十一月四日（木曜）〜
十一月七日（日曜）
一五三回　津田　お延　小林医師　看護婦　10・17
十一月八日（月曜）
一五四回　津田　お延　（小林）　10・18
一五五回　津田　（小林）（原）（夕刊売りの少年）　10・19
一五六回　津田　小林　10・20
一五七回　津田　小林　10・21
一五八回　津田　小林　10・22
一五九回　津田　小林　（レストランの客）　10・23
一六〇回　津田　小林［餞別］（レストランの女給）　10・24
一六一回　津田　小林［餞別］（お延）　10・25
一六二回　津田　小林　原　10・26

一六三回　津田　小林　原　10・27
一六四回　津田　小林　原　［原？の手紙］　10・28
一六五回　津田　小林　原　［原？の手紙］　10・29
一六六回　津田　小林　原　［餞別］　10・30

十一月九日（火曜）

一六七回　津田　小林　お延　吉川の書生　［果物籃］　10・31
一六八回　津田　軽便の相客AB　11・1
一六九回　津田　軽便の相客AB　11・2
一七〇回　津田　軽便の相客AB　［果物籃］　11・3
一七一回　津田　手代　11・4
一七二回　津田　手代　女中A　（馬車の痩馬）（清子）　11・5
一七三回　津田　女中A　11・6
一七四回　津田　浜の夫婦　勝さん　11・7
一七五回　津田　11・8
一七六回　津田　女中B　（清子）　11・9
一七七回　津田　（清子）（お延）　11・10

十一月十日（水曜）

一七八回　津田　手代（番頭）　浜の夫婦　（清子）　11・11
一七九回　津田　（浜の夫婦）（清子）　11・12
一八〇回　津田　女中C　（浜の夫婦）（清子）（老書家）　11・13
一八一回　津田　女中C［果物籃］　（小林）（清子）　11・14
一八二回　津田　女中C［果物籃］　（庭の犬）（清子）　11・15
一八三回　津田　清子［果物籃］　（女中C）　11・16
一八四回　津田　清子　女中C　11・17
一八五回　津田　清子　（関）　11・18
一八六回　津田　清子　11・19
一八七回　津田　清子　11・20
一八八回　津田　清子　女中D　（吉川夫人）　11・21

＊一二二回と一四四回は途中で描写の主体〈主人公〉が入れ替わっている。

二十七、天野屋の怪

遅く到着した津田のために給仕をした宿屋の下女（前項の女中A）は、ふつうに考えると津田の部屋の担当であろうが、津田がさり気ないふうを装って客が少ないようだがと探りを入れると、下女は「新館とか別館とか本館とかいう名前を挙げて」説明する。津田はこの宿屋が案外広いのに驚く。


「一人で来る人は少ないだろうね、斯んな所へ」

「そうでも御座いません」

「だが男だろう、そりゃ。まさか女一人で逗留しているなんてえのはなかろう」

「一人いらっしゃいます、今」

「へえ、病気じゃないか。そんな人は」

「そうかも知れません」

「何という人だい」

受持が違うので下女は名前を知らなかった。

「若い人かね」

「ええ、若いお美くしい方です」

「そうか、一寸見せて貰いたいな」

「お湯に入らっしゃる時、此室の横をお通りになりますから、御覧になりたければ、何時でも――」

「拝見出来るのか、そいつは有難い」

津田は女のいる方角丈教わって、膳を下させた。（百七十二回）

下女は清子の名前までは知らないと書いている。この下女はそのあと津田を風呂場に案内する。成分がきつくない方の湯である。下の湯の方が能く効くので療治が目的の客は下の階へ行くという。津田が湯を使っていると男女連れの客が入って来そうになる。津田は背中を流しに来た勝さんからそれが横浜の生糸商人の夫婦であると聞く。してみると浜の「夫婦」もまた湯治が主目的でないのである。風呂からの帰り道で津田は迷子になり、そこで清子に遭う。このとき清子は階上に津田は階下に位置する（美禰子と三四郎のように。お延の初登場シーンでは津田とお延の夫婦は同じ地平面に立っていた）。二人は互いのシルエットに立ちすくむ。しかし一瞬の後清子はすべてを拒否するかのように部屋の前の灯りを消して自室へ引き返す。静寂をさえぎったのは清子の部屋から聞こえたベルの音である。

同時に彼の気の付かなかった、自分の立っているすぐ傍の小さな部屋で、呼鈴の返しの音がけたたましく鳴った。

やがて遠い廊下をぱたぱた馳けて来る足音が聴こえた。彼は其足音の主を途中で喰い留めて、清子の用を聴きに行く下女から自分の室の在所を教えて貰った。（百七十六回）

この下女（前項の女中B）は清子担当の下女であろうか。客の名前も知らない下女が用を聴きに行くのはおかしいからである。しかし先ほどの下女（A）と同一人物である可能性も、なくはない。

一夜明けて津田は洗面所から朝の散歩をしていた浜の夫婦を見る。今朝は清子が風呂に来なかった、散歩にも出て来なかったと夫人が番頭にしゃべっている（百七十八回）。

津田が昨日と同じ朝風呂へ行くと予感通り清子（と思われる女性）が風呂場にやって来るのが足音で知れるが、先客（津田）に気付いたらしく外へ出てしまう。風呂の外は崖になっていて崖の上には浜の夫人の声がする。風呂は崖の下である。浜の夫人と清子が崖の上と下で話をする。清子の声は聞こえないようだ。大きな声を出せない質なのか、自分の声を津田かも知れない他人に聞かれるのが嫌なのか。あるいは漱石は清子の生の声をこの後の予定される津田との真の再会までとっておくつもりなのか。清子は崖の方へ上って行く（百七十九回）。

津田が入った新しい方の普通の温泉が崖の下にある。そのまた下にあるという効能の強い方の温泉は、よほどの階下にあるらしい。アクシデントに見舞われた人間が自力で上がって来づらいことが想像される。

津田に朝食の給仕をする下女（前項の女中C）は昨夜の下女（もしくは下女たち）とは明らかに別人である。

「浜のお客さんのいる所は、新しい風呂場から見える崖の上だろう」
「ええ。あちらへ行って御覧になりましたか」

「いいや。大方そうだろうと思った丈さ」

「よく当りましたね。ちとお遊びに入らっしゃいまし、旦那も奥さんも面白い方です。……」

……

「もう一人奥にいらっしゃる奥さんの方がお人柄です」

間取りの関係から云って、清子の室は津田の後《うしろ》、二人づれの座敷は津田の前に当った。両方の中間に自分を見出した彼は漸く首肯いた。

「すると丁度真中辺だね、此所は」

真中でも室が少し折れ込んでいるので、両方の通路にはなっていなかった。

……

「其奥さんは何故一人でいるんだね」

「少し身体がお悪いんです」

「旦那さんは」

「入らっしゃる時は旦那さまも御一所でしたが、すぐお帰りになりました」

「置いてき堀か、そりゃ非道いな。それっきり来ないのかい」

「何でも近いうちにまた入らっしゃるとかいう事でしたが、何うなりましたか」

「退屈だろうね、奥さんは」

「ちと話しに行って、お上げになったら如何です」

「話しに行っても可いかね、後で聴いといて呉れ玉え」

「へえ」と答えた下女はにやにや笑う丈で本気にしなかった。……（百八十回）

……

「宅に関さんという方がお出だろう」

今朝給仕をしたのと同じ下女は笑い出した。

「関さんが先刻お話した奥さんの事ですよ」

「左右か。じゃ其奥さんで可いから、是を持って行って上げて呉れ。そうしてね、もしお差支えがなければ一寸お目に掛りたいって」（百八十一回）

この下女（女中C）は津田から渡された果物籠を持って清子の部屋へ行き、しばらくして「お待遠様。大変遅かったでしょう」「少しお手伝いをしていたもんですから」「お部屋を片付けてね、それから奥さんのお髪を結って上げたんですよ。……」と言いながら戻って来る。そして津田と女中Cは清子の部屋へ向かう。

下女は先へ立った。夢遊病者として昨夕彷徨った記憶が、例の姿見の前へ出た時、突然津田の頭に閃めいた。

「ああ此所だ」

彼は思わず斯う云った。事情を知らない下女は無邪気に訊き返した。

「何がです」

津田はすぐ胡麻化した。

「昨夕僕が幽霊に出会ったのは此所だというのさ」

下女は変な顔をした。

「馬鹿を仰しゃい。宅に幽霊なんか出るもんですか。そんな事を仰しゃると――」

客商売をする宿に対して悪い洒落を云ったと悟った津田は、賢こく二階を見上げた。

「此上だろう、関さんのお室は」

「ええ、よく知ってらっしゃいますね」

「うん、そりゃ知ってるさ」

「天眼通ですね」

「天眼通じゃない、天鼻通と云って万事鼻で嗅ぎ分けるんだ」

「まるで犬見たいですね」（百八十二回）

つまりこの女中Cは、清子の名前を知らなかった女中Aでなく、前夜階段の下で津田と会った女中Bでもない。津田の朝食の給仕をしていることから津田の担当らしいが、女中の中では年長者なのか清子の髪を結うことも出来る。なるほど女中Cは津田と対等らしい口をきいているようにも見える。

ともあれ津田と清子は再会を果たし、女中Cは途中で退席する。下女は（現存の）小説の最後に、別な下女としてまた登場する。


此時下から急ぎ足で階子段を上って来る草履の音が聴えたので、何か云おうとした津田は黙って様子を見た。すると先刻とは違った下女が其所へ顔を出した。

「あの浜のお客さまが、奥さまにお午から滝の方へ散歩にお出になりませんか、伺って来いと仰しゃいました」

「お供しましょう」清子の返事を聴いた下女は、立ち際に津田の方を見ながら「旦那様も一所に入らっしゃいまし」と云った。

「有難う。時にもうお午なのかい」

「ええ只今御飯を持って参ります」

「驚いたな」

津田は漸く立ち上った。（百八十八回）

この最後の下女は何者であるか。前項の出番表では一応浜の夫婦者を受け持つ新しい女中Dとしているが、先に登場している女中Aか女中Bである可能性もある。

清子は浜の夫人によって「別館の奥さん」と言われているから（百七十八回）、清子の部屋は別館である。浜の夫婦の部屋は崖の上とされ、風呂にも近いようである。この夫婦は成金でもあろうから値段の高い（と思われる）新館であろうか。風呂の近くの斜面の上に新館を作ったのか。津田の部屋は先の引用文にもあるように、新館と別館の間にあるというから、これがすなわち本館であろう。してみると女中Cは本館担当の女中頭、この女中から詳しく様子を語られる老書家とぼんやり暮らす一人客はともに津田と同じ本館の客であろう。清子のベルで駆け付けた女中Bは別館担当、最後の女中Dは新館担当と比定できる。二人ともCに比べると若いような感じである。すると最初の夜に出て来た女中Aは誰だったのか。津田の入院時もそのとき限りで二度と現れない十六、七の見習看護婦なる者がいた。いずれにせよ旅館の間取りは適当（想像だけ）でいいとしても、女中のキャスティングを決めてしまわないことには『明暗』の続きは一行も作れるものではない。それとも女中の出番はもう終わったのであろうか。津田と清子の露払いに利用されただけで、役割はこれから先もう無いのであろうか。

二十八、「明暗劇場」オールキャスト

『明暗』は津田とお延の物語であるが、もう一人の主人公は清子である。劇として見ると三人が主役である。これに次ぐ主役クラスが小林、お秀、吉川夫人の三人。この以上六名が先に述べた『明暗』の筋書に直接影響を与える「五人衆プラスワン」である。

次の藤井、お朝、真事、お金、岡本、お住、継子、百合子、一、お時、吉川、三好、この十二人がいわゆる主役のファミリーとも言える人たちであろう。脇役とも言えるし準主役と取れなくもない人物もいる。

ある性格や役割を担う渋い役どころの登場人物が次に位置する。小林医師、看護婦（栃木県）、大道手品師、藤井の下女、岡本の植木屋、画学生原、軽便の相客AB、手代（番頭）、女中C、女中D、勝さん、浜の夫婦、そして実際に登場して来るかは微妙だが、関と堀。これで十六人。

その他セリフのあるなしにかかわらず、『明暗』に登場する人物は、入院の時だけ現れた見習看護婦、お延の来る時だけいた薬局生、吉川の会社の少年給仕、吉川の書生、酒場の相客（若者と探偵）、女中AB、劇場の案内の男、劇場の売店の男、病院の隣りのシッシッシと唄う洗濯屋、送別会の店に向か

う津田の眼前に夕刊を突きつける売り子、温泉宿の老書家ともう一人の籠り切りの相客、津田とお延の乗った二台の自宅近くの俥夫、病院の俥夫、この十七人も追加されて然るべき。ここまでで総勢五十一名である。

それから名前だけ出て来て実際には登場しない、小説ならではの人物として、津田の父母、お延の父母、藤井の九州帝大に勤める長男、台湾と福岡にいる長女と次女、(彼女らの夫も)、真事の同級生三人、お秀の二人の子、そしてお秀やお延の中ではまるで生きた人物のように活動する堀の母が挙げられるが、堀の家には堀の弟妹や親戚も同居しているという。もう一人津田の上司の佐々木と、さらに歌舞伎座で話の出た漱石たる「猿」。

あとはそれと反対に名も身分もないが実際には「登場」する、いわゆるエキストラに近い端役の扱いになるが、津田の見た飯田橋の乞食、診察所の待合客、音羽の酒場の客、銀座のレストランの客、歌舞伎座から乗った岡本家の俥夫(おそらく四台)、小田原鉄道と軽便の乗客。動物としては会社の給仕が手なずける毛の長い茶色の犬、津田を乗せた馬車を牽く痩せた馬、津田が清子へ使いにやった下女を待っている間に手持ち無沙汰にからかう温泉宿の軒下の犬。

『明暗』ではこのあと滝へ行くことになってその前で中断しているので、漱石の日記に出て来る不動滝へ行く場面は必ず使われるはずだが、そこに登場するのは茶屋のかみさんと亭主。彼らについての噂話を津田たちは宿に帰ってから女中の誰かに聴く。今のところで確実なのはそれくらいであろうか。

宿の相客たる老書家が墓碑銘を書いているのは思わせぶりであり、いくら漱石が思わせぶりを書く人でないといっても、そこに何らかの仕掛けがあるとつい思ってしまう。夫婦でないかも知れない浜の夫婦もまた一癖ある男女のようであるが、しかし彼らが『明暗』のこのあとの主人公たちのストーリーに直接介入することはないであろう。津田は宿に清子がいることしか知らされていないのであるから、津田と清子の二人の外へ（将来へ）向かって展開していく話があるとすれば、それは必ず湯治に出発する前に芋が埋められていなければならない。必ずその種が明示されていなければならない。津田や清子やお延まで含めて、湯河原で作者も知らない芋に遭遇するわけには行かないのである。

二十九、関と堀、台詞のない脇役

『明暗』の登場人物の中では重要度は決して低くないものの、漱石の同情を全く引かないのが関と堀の性病科コンビと言って悪ければ実業家コンビである。

関については津田の診察所待合室での回想シーンに、先述した「突然時空を超えた書き方」の例に追加したくなるような記述がある。

津田は長椅子の肱掛に腕を載せて手を額に中てた。彼は黙禱を神に捧げるような此姿勢のもとに、彼が去年の暮以来此医者の家で思い掛なく会った二人の男の事を考えた。

其一人は事実彼の妹婿に外ならなかった。此暗い室の中で突然彼の姿を認めた時、津田は吃驚した。そんな事に対して比較的無頓着な相手も、津田の驚ろき方が反響したために、一寸挨拶に窮したらしかった。

他の一人は友達であった。是は津田が自分と同性質の病気に罹っているものと思い込んで、向こうから平気に声を掛けた。彼らは其時二人一所に医者の門を出て、晩飯を食いながら、性《セックス》と愛《ラッヴ》という問題に就いて六ずかしい議論をした。

妹婿の事は一時の驚ろき丈で、大した影響もなく済んだが、それぎりで後のなさそうに思えた友達と彼との間には、其後異常な結果が生れた。

其時の友達の言葉と今の友達の境遇とを連結して考えなければならなかった津田は、突然衝撃を受けた人のように、眼を開いて額から手を放した。（十七回）

津田と関との待合室での遭遇は「去年の暮」以降のこととある。津田は先の曜日カレンダーに従えば十月二十八日に吉川邸を訪問して夫人に結婚してどのくらいになるかと聞かれて、「ええもう半歳と少しになります」（十回）と即答しているから、津田の結婚は三月末か四月初めであろう。とすれば津田を動顛させた清子の結婚話は一月終わり頃か遅くとも二月には判っていなければならない。驚いた津田が吉川夫人も巻き込んで二ヶ月くらいの間にバタバタと段取りをして、（なぜか学校の春休みの期間中に）お延と挙式したと思われる。清子と関の結婚式はその前とされる（百三十七回）から、まあ二月か。ことによると大塚楠緒子と同じ三月（初め）かも知れない。

余談だが明治二十八年三月に大塚楠緒子が結婚して四月には漱石は松山に旅立っている。周囲はびっくりして皆翻意を迫ったものの漱石は耳を貸さなかった。理由は生涯明かされなかったが失恋説が有力。『それから』の連載が終わったのが明治四十二年十月、初版が翌年一月。楠緒子はその頃から体調を崩し明治四十三年十一月に三十五歳で亡くなっている。佳人薄命とは言うものの、興味深い偶然ではある。

次に「其後異常な結果が生れた」「其時の友達の言葉」とは何を指すか。

漱石の何度か書き直された原稿の、破棄された下書きに次の二葉の断片がある。

①「……それぎりで後のなさそうに思えた友達の上には、津田から云って容易ならん運命が」

②「……それぎりで後のなさそうに思えた友達と彼との間には、大変な結果が生れた。彼は其時云っ

た友達の言葉を明らかに覚えていた。」（「明暗」草稿）

草稿①を見る限り「異常な結果」とは関でなく津田にとって異常という意味だから、端的に今年二月頃の清子の結婚を指すと見ていい。決してそのあとの津田と清子の湯河原での再会にまつわるトラブル（があるとして）を指すのではなかろう。「津田から云って」を削除したのは単に言い回しがくどくなるのを避けたのであろう。

「其時の友達の言葉」の「其時」とは、草稿②を読むと「大変な結果が生れた」（決定稿の「異常な結果」）つまり関と清子の結婚のとき、とも考えられるが（結婚に際して関が津田に何か言ったのかとも思えるが）、津田と関は互いの結婚式には出席しておらず（百三十七回）、何より草稿②を没にしているのだから、確定した本文通り、改行の意図を生かして、ここでは「性と愛という問題に就いて六ずかしい議論をした」時としたい。漱石は先述した『心』の下宿の玄関における間取りの描写のように、あるいは前書きで少し触れた津田の結婚と福岡へ行った藤井の従妹のエピソードのように、指示語や代名詞が必ずしも直前の語を指さない（意味しない）ことが多いのである。

ではその時の「友達の言葉」とはどのようなものであろうか。「性と愛という問題に就いて六ずかしい議論をした」ときに発せられた関の言葉とは何か。漱石のいう「むずかしい」とは、抽象的、理屈っぽいということで、かつあまりいい意味では使われないようである。『行人』に女景清のエピソードを聴いていた一郎の、感想のような議論のような意見の開陳と、珍しくお直がそれを受けて（正当にも）

皮肉っぽい切り返しをして一郎が嫌な顔をしたというくだりがある。

「男は情慾を満足させる迄は、女よりも烈しい愛を相手に捧げるが、一旦事が成就すると其愛が段々下り坂になるに反して、女の方は関係が付くと夫から其男を益慕う様になる。是が進化論から見ても、世間の事実から見ても、実際じゃなかろうかと思うのです。夫で其男も此原則に支配されて後から女に気がなくなった結果結婚を断ったんじゃないでしょうか」
「妙な御話ね。妾女だからそんな六ずかしい理窟は知らないけれども、始めて伺ったわ。随分面白い事があるのね」（『行人／帰ってから』十九回）

『行人』の一郎は「塵労」では巨きな知性を見せるが、「帰ってから」までは神経を病んでいるせいか大したことを話していない。関が津田にしゃべった内容もこの程度のものであると推測される。このような話が出て来た「性と愛という問題に就いての六ずかしい議論」というのは恐らく男女の性行為において、愛情は無しに済まされぬものか、無くても機能するように見えるがそもそもこの両者は全く別者であるか、というような議論のことであろう。ではそもそも愛とは何かという話になると、頭の直った一郎の出番になり関や津田では手に負えなくなる。

このような「関の言葉」と連結して「今の友達の境遇」つまり「清子を娶った亭主としての関」を考えたときに、津田はあることに思い当って衝撃を受けた。津田の頭に何が閃いたのか。

「関の清子に対する愛情は薄くなり、反面清子のそれは濃くなる」

夫が妻を愛さなくなったとき、その妻を代わりに愛そうとすることは、人は許さないかも知れないが天は許すのではないか。あるいはもっと控えめに、その妻と親し気に会話することくらいは許されるのではないか。これは『それから』で具体的に試された道であるが、津田は今までとりあえず過ぎたこととして葬り去ろうと努力していた清子とのいきさつに対し、それを一瞬猶予してよいかも知れないという「天啓」を受けたのではないか。

清子の愛情の方はどう始末をつけるのか、清子の気持ちが関から離れない以上所詮天も人も許さないことになりはしないか。しかし津田も漱石も他人の感情を斟酌できる部類の人間ではない。代助（と漱石）は人の妻三千代がこちらの申し出を拒絶する、あるいは有難く志のみ頂いておく、その前に驚いて逃げ出すといった可能性について考慮した形跡がない。三千代の感情に関心がない。津田も清子の変心・変身にはずっと悩んで来たが、清子が何を思い感じているかは現実には考えようとしていない。これが漱石の小説で女の口からしばしば出てくる「あなたは本当に自分勝手」というあきらめに似た不満の源泉である。

ではなぜ津田はこんな時期に天啓を受けたのか。それは前日吉川夫人に会い清子のことをほのめかされたからに他ならない。吉川夫人は津田の会社帰りの訪問を受けたときにはすでに清子の流産・湯治を知っていた。しかし世間一般にはよくあることだが、男がもし逃げた女に何の未練も感じなくなってしまっていたとしたら、吉川夫人の企みはそもそも夫人の中で起こしようがない。『明暗』そのものが成り立たない。津田の「未練」はもちろん消えずに残っていたわけだが、吉川夫人はちゃんとそれを見抜き、自分の予想が外れていなかったことに自信を持つ。そして小説としては津田の心の中にあるその細い火種にもう一度点火するアクションが欲しいところなので、それでこんな持って回ったような叙述を挿入したのである。あまりはっきり書くと馬鹿みたいだし、何も書かないと少し不安、つまり漱石は津田の未練が吉川夫人と共有されたまま小説の最後まで維持されるという結構の根拠が、少しばかり弱いのではないかと感じたのだろう。この極めて分かりにくいエピソードはそのための地中の芋として挿入されたのではないか。

ちなみに関が結婚前に性病科を訪れたことで、津田が清子の体調・病気についてはっと思い当たったという推理は、同じ立場のお秀の健康状態について言及がない（むしろ元気一杯のように見える）ことを除外しても、このとき津田は清子の流産を知らなかった（津田が吉川夫人からそのことを始めて聞いたのは百四十回見舞いを受けた病室であった）ことから、成り立たないことが分かる。津田が千里眼でそれを予測したのなら漱石はそう書くはずであるし、そもそも津田は女の体調を慮るタイプの男ではない。

また話はそれるが、『それから』で平岡のしくじった大阪の銀行で会計に穴をあけて免職になった部下の姓が関である。そして『心／両親と私』で「私」の妹の夫の姓も関という。彼は妊娠中の細君（主人公の妹）の流産を怖れて遠方から一人で義父の見舞いにやって来て（義父がなかなか死なないので）足止めを余儀なくされる詰らなくも気の毒な男として書かれている。その『心』で登場人物の名が明記されているのは「静（お嬢さん）」と「作さん（田舎の近所の人）」だけであるが、それとは別に姓が書かれているのは、この「関」だけである。漱石は何を伝えようとしていたのか。

三十、『明暗』美人度ランキング

漱石は女の健康状態に気を配らなかったが、容貌には大いに関心があった。漱石は女（若い女）の登場人物については美形の度合いで厳密に順位を付けている（ように思える）。『明暗』ではまず、一位お秀、二位清子、三位継子、四位百合子、五位お延、の順であろう。お金さんとお時はやや劣るようである。

ちなみに『猫』では、雪江さん、金田富子の順。しかし富子が化粧をするとこの順位は逆転する。『虞美人草』は藤尾、小夜子、糸子の順。『三四郎』は美禰子、広田先生の夢の少女、汽車の女、よし子、三輪田の御光さんの順。『それから』は三千代、佐川の令嬢、縫子の順であろう。『彼岸過迄』では、大蓁・小蓁《ちいがま》たる千代子・百代子、それから少しややこしいが小間使いのお作が挙げられよう。『行人』ではさらにややこしくなるが、あえて順位をつければ、三沢の婚約者、その親友（二郎の非公式見合い相手）、三沢の遠縁の出戻った娘さん、三沢のあの女の付添看護婦、三沢のあの女、お直、お兼さん、お重、女景清、の順番になろうか。

若い女性が複数登場しない作品では、『坊っちゃん』のマドンナ、『草枕』の那美さん、『門』の御米、『心』のお嬢さん、『道草』の御縫さんと、それぞれに（比較対象の相手はいないものの）一定の魅力があるように描かれている。『道草』御住の扱いは難しい。御住はまだ若いが鏡子がモデルなのは歴然としているので漱石の創造した女性の列に加えにくい。器量だけでいえば御住が自分でも言っているように御縫さんの方が器量よしであろうがそれ以上のことは言いにくい。

彼らのうち子供がいるのは、『三四郎』汽車の女、『行人』お直、『明暗』お秀の三人である。皆同い年くらいの子供を持つが、三人ともその子供と離れているという設定（制約）の下で小説に描かれる。お秀は一泊二日だが、お直は五、六日、赤の他人の汽車の女は少なくとも数ヶ月に及ぶ。ついでに彼女たちは揃って夫から冷淡にされているという変な共通点も併せ持つ。若い女で子供がいると小説が書けなくなるとでもいうのだろうか。まあ一緒にいると確かにうるさいので、『猫』や『道草』みたいになっても困るし、『行人』でも芳江とお直を両方同時に登場させると、どうしてもトーンが変わって作品の統一感に影響を与えてしまうようである。

流産等で子のない女も三人いて、『それから』三千代、『門』御米、『明暗』清子。人妻で子供のないのは四人、『草枕』の那美さん、『行人』の出戻った娘さん（娘さんというのは変だが漱石はそう書いている。そして『草枕』の那美さんの場合は家が大きいのでお嬢さんと呼ばれる）、お兼さん（あれなら僕が貰やよかったと不思議なことを二郎に言わせている。お兼さんはなぜかまだ子供が出来ない）、そして新婚のお延である。あとは『行人』女景清と三沢のあの女を除いて処女である。

この処女でない漱石作品の若い女たちは全員、お延とお秀を除いて、作中では何らかの不倫かそれに類するアクシデントの対象者・当事者・候補者として描かれている。『明暗』は完結していないからお延とお秀にもその可能性はあるのか。

お秀が（那美さんと同じく）「器量望みで」貰われた・嫁入ったと不自然なくらい繰り返し書かれるのは、お秀もまたかつてこの種の出来事の遠い仲間であったと漱石は言いたいようである。ではお秀はそれでいいとして、お延にはこれからその種の事件が降りかかって来るというのか。津田と清子は不倫に類する事件を予測されるような状況に置かれていることは間違いない。するとお延はある意味では（関とともに）当事者と言えなくはないが、それはあくまで被害者としての当事者であろう。関はともかくお延が平岡や安井と同等の立場に置かれるとはとても思えない。それにそもそも津田にそんな「勇気」はないのである。それではお延自身が何らかの行為に出るのか。

「（小林に）そうですか。私はまた生きてて人に笑われる位なら、一層死んでしまった方が好いと思います」（八十七回）

「当り前ですわ、此上貴方（津田）に疑ぐられる位なら、死んだ方が余っ程増しですもの」（百四十七回）

自分で死ぬ死ぬと言う人間に死んだ試しはない。漱石自身も『心／両親と私』三回でそう書いている。お延が（藤尾のように）物語の最後で死んでしまう、あるいは「この主人公は最後に妙な運命に陥る」（『それから』予告）というふうに考えて、もしかすると小林と朝鮮へ駆け落ちしてしまうのじゃないかと疑う読者もいるかも知れない。しかしお延は物語と自分自身の主人公ではあるが決して『門』の坂井の弟や安井のような「冒険者《アドヴェンチュアラー》」ではない。津田と同様「突飛な」女ではない。お延に降りかかる運命は、せいぜい物語の最後で小林とともに湯河原の津田の許へ向かおうとするという程度のものではないか。

その根拠はこれまた不自然なまでにくどい内容のお延と小林のバトルにある。不自然を嫌う漱石がお延を夫の敵対者かも知れない小林と「親しく」言い争いをさせたということは、お延と小林が永遠に交わらない仇同士というよりは、後日二人もしくは原を入れた三人での「道行き」を暗示するためと言えなくもないだろう。この道行きは、行なわれるとすれば男女の事件とは別箇の義務的なものであろうが、その因をなす二人のバトルもまた形を変えた「地中の芋」に他ならない。

思うに『道草』『明暗』を含む三部作では、漱石はもう女を前述の「不倫かそれに類するアクシデント」に巻き込まなくなった（巻き込まれそうにはなるが）と言えよう。書かれなかった最終作品も、女主人公は悩みこそすれ、三千代や御米のような行動からは自由になっていた（卒業した、あるいは死んでいた）と思われる。則天去私三部作のもう一つの基調と言えるだろう。

III　棗色の研究

三十一、お延「見上げる女」

繰り返すが『明暗』は津田とお延の物語である。漱石は嘘の吐けないタイプの人間であるが、その反対に津田もお延も「嘘吐く人」として描かれている。津田とお延は『明暗』の全篇を通じて（漱石の筆法を真似れば）嘘の「吐き競」をやっている。その意味でも津田とお延は似た者夫婦である。

角を曲って細い小路へ這入った時、津田はわが門前に立っている細君の姿を認めた。其細君は此方を見ていた。然し津田の影が曲り角から出るや否や、すぐ正面の方へ向き直った。そうして白い繊い手を額の所へ翳す様にあてがって何か見上げる風をした。彼女は津田が自分のすぐ傍へ寄って来る迄其態度を改めなかった。

「おい何を見ているんだ」

細君は津田の声を聞くと左も驚ろいた様に急に此方を振り向いた。

「ああ吃驚した。――御帰り遊ばせ」

同時に細君は自分の有っているあらゆる眼の輝きを集めて一度に夫の上に注ぎ掛けた。それから心持腰を曲めて軽い会釈をした。

半ば細君の嬌態に応じようとした津田は半ば逡巡して立ち留まった。

「そんな所に立って何をしているんだ」

「待ってたのよ。御帰りを」

「だって何か一生懸命に見ていたじゃないか」

「ええ。あれ雀よ。雀が御向こうの宅の二階の庇に巣を食ってるんでしょう」

津田は一寸向こうの宅の屋根を見上げた。然し其所には雀らしいものの影も見えなかった。細君はすぐ手を夫の前に出した。

「何だい」

「洋杖《ステッキ》」

津田は始めて気が付いた様に自分の持っている洋杖を細君に渡した。それを受取った彼女は又自分で玄関の格子戸を開けて夫を先へ入れた。それから自分も夫の後に跟いて沓脱から上った。

夫に着物を脱ぎ換えさせた彼女は津田が火鉢の前に坐るか坐らないうちに、また勝手の方から石鹸入を手拭に包んで持って出た。

「一寸今のうち一風呂浴びて入らっしゃい。また其所へ坐り込むと臆劫になるから」(三回)

お延の初登場シーンはここに掲げた第三回であるが、早くも津田の妻としてのお延の性格がすべて出揃っている。
①「自家の門前で」「まぶしそうに斜め上方を見上げる」という漱石得意の設定下で夫の気を惹こうとしている。まだ恋人のつもりなのか。津田はそれには乗らない。むしろ「この上まだ俺を騙そうとするのか」と思う方である。
②物語での最初のセリフから嘘を二つ吐いている。「ああびっくりした」と「雀が巣をくっている」

という二つ。漱石は嬌態と書くが、嘘は嘘である。

③しっかり者の新婦らしく夫を立ててはいるものの、「飯の前に風呂へ行け」と夫をコントロールしようとしている。それはもちろん夫のためを思ってのことでもあるが、同時に主婦としての自分の都合に合致させるがためでもある。これもまた夫を自分好みに変えるための策略の一環であろう。

お延が津田を騙そうとするのはなかば夫の愛を得たいがためである。津田のつく嘘は妻に対する見栄、自己の保身のためである。両者は別なもののように見えるが実は同じものであろう。「見栄と自己保身」が夫婦愛をどうはぐくむか、あるいはスポイルするかが『明暗』の隠し味（隠されたテーマ）とも言えようが、それはひとまず置き、このお延の登場シーンにおける「見上げる」ポーズには誰でもすぐ思いつく先行モデルが存在する。

不図眼を上げると、左手の岡の上に女が二人立っている。女のすぐ下が池で、池の向こう側が高い崖の木立で、其後が派手な赤煉瓦のゴシック風の建築である。そうして落ちかかった日が、凡ての向こうから横に光を透してくる。女は此夕日に向いて立っていた。三四郎のしゃがんでいる低い陰から見ると岡の上は大変明るい。女の一人はまぼしいと見えて、団扇を額の所に翳している。顔はよく分らない。けれども着物の色、帯の色は鮮かに分った。白い足袋の色も眼についた。只額に少し皺を寄せて、対岸《むこうぎし》から生い被さりそうに、高く池の面に枝を伸した古木の奥を眺めていた。団扇を持った女は少し前へ出ている。白い方は一足土堤の縁から退がっている。三四郎が見ると、二人の姿が筋違《すじかい》に見える。（『三四郎』二ノ四回）

あまりも有名な三四郎と美禰子の初会の場面である。美禰子はここでは名前はまだ無い、ただの池の女であるが、池の女は岡を下りたあと三四郎の前を通る。白衣の女の方は「これは椎」と美禰子に「まるで子供に物を教えるように」言う年長の付添い看護婦である。このときの美禰子は（大学の病院に）入院中の知人の見舞いに訪れていたのであるが、病院は入院患者や看護婦の家でもあるから、いわばホームグラウンドのような場所で三四郎に出会ったことになる。

女が何かを見上げているとはっきり書かれている漱石の小説はさすがに『三四郎』と『明暗』だけだが、その原型ともいえる、男が女を見下ろす、男が二階から女を見染めるというようなシーンが漱石にはいくつかある。女は実際には「見上げる」ことはないが、彼女が彼を見ようとすると見上げるしかないシチュエーションに置かれるわけである。

『虞美人草』では宗近君と甲野さんが京都の旅館蔦屋の裏二階からたまたま琴を弾く小夜子を見る。また藤尾は（いくら宗近から糸子へ来信があったとはいえ）不気味にもその場景をまるで実体験したかのようにはっきりイメージする。

「二階の欄干《てすり》から、見下すと隣家の庭が悉皆《すっかり》見えるんです。——序に其庭の作りも話しましょうか。ホホホホ」（『虞美人草』六ノ四回）

藤尾が小野も来ている前で糸子を苛める場面は『明暗』の継子の見合いの席で吉川夫人にいたぶられるお延を彷彿する。

もうひとつ、「自家の門前」という条件も見逃せない。女の自宅でなければ男の自宅の、なぜか家の前で女は読者にその姿を晒すのである。

……健三がまだ十五六の時分、ある友達を往来へ待たせて置いて、自分一人一寸島田の家へ寄ろうとした時、偶然門前の泥溝に掛けた小橋の上に立って往来を眺めていた御縫さんは、一寸微笑しながら出合頭の健三に会釈した。それを目撃した彼の友達は独乙語を習い始めの子供であったので、「フラウ門に倚って待つ」と云って彼をひやかした。(『道草』二十二回)

例の小路を二三度曲折して、須永の住居っている通りの角迄来ると、彼より先に一人の女が須永の門を潜った。敬太郎はただ一目其後姿を見た丈だったが、青年に共通の好奇心と彼に固有の浪漫趣味とが力を合せて、引き摺るように彼を同じ門前に急がせた。一寸覗いて見ると、もう女の影は消えていた。(『彼岸過迄/停留所』二回)

あの女は其時廊下の薄暗い腰掛の隅に丸くなって横顔丈を見せていた。其傍には洗髪を櫛巻にした背の高い中年の女が立っていた。自分の一瞥はまず其女の後姿の上に落ちた。そうして何だか其処に愚図々々していた。するとその年増が向こうへ動き出した。あの女は其年増の影から現われたのである。其時あの女は忍耐の像の様に丸くなって凝としていた。けれども血色にも表情にも苦悶の迹は殆んど見えなかった。自分は最初其横顔を見た時、是が病人の顔だろうかと疑った。ただ胸が腹に着くほど背中を曲げている所に、恐ろしい何物かが潜んでいる様に思われて、それが甚だ不快であった。自分は階段を上りつつ、「あの女」の忍耐と、美しい容貌の下に包んでいる病苦とを想像した。（『行人／友達』十八回）

『行人』の引用部分は、狂言廻したる二郎が三沢も入っている病院で三沢のあの女（芸者）を始めて見る場面である。『三四郎』の引用場面と道具立てが酷似していることに驚かされる（狂言廻したる三四郎が野々宮宗八もいる大学の、病院も兼ねた大学の庭で、野々宮の彼女たる「池の女」を始めて見る場面である）。この場合女に必ずと言っていいほど「庇護者」が附いていることについてはまた別の機会に述べたいが、ここでは漱石はお延を自家の門前に見上げるポーズで立たせ、かつ夫の津田が同じ平面に立ってそれを見ているという設定でお延を『明暗』読者に披露したことだけは何度でも言っておきたい。『明暗』が先行モデルのバリエーション（位相の違い）であることは、津田とお延が既に夫婦であることに由来するものであろう。

三十二、お延「見上げる女」(承前)——『文鳥』と『永日小品』

漱石の女の登場とその書き方に関連して、ここで『虞美人草』や『三四郎』と同じ頃に書かれたリアリズム(ファンタジィでないという意味)の掌編『文鳥』と『永日小品』から不思議な記述を引用したい。漱石には珍しく何を言いたいのかはっきりしないが、ある意図を持って書かれたことは間違いない。漱石本人の若い頃の恋愛体験として語られることが多いが、それが漱石の小説全般に影を落としているのであれば、『明暗』とまったく無関係とも言い切れないかも知れない。

「昔し美しい女を知って居た。此の女が机に凭れて何か考えている所を、後から、そっと行って、紫の帯上げの房になった先を、長く垂らして、頸筋の細いあたりを、上から撫で廻したら、女はものう気に後を向いた。其の時女の眉は心持八の字に寄って居た。夫で眼尻と口元には笑が萌して居た。同時に恰好の好い頸を肩迄すくめて居た。文鳥が自分を見た時、自分は不図此の女の事を思い出した。此の女は今嫁に行った。自分が紫の帯上でいたずらをしたのは縁談の極った二三日後である。」

「自分は急に易籠《かえかご》を取って来た。そうして文鳥を此の方へ移した。それから如露を持って風呂場へ行って、水道の水を汲んで、籠の上からさあさあと掛けてやった。如露の水が尽きる頃には白い羽根から落ちる水が珠になって転がった。文鳥は絶えず眼をぱちぱちさせていた。

昔紫の帯上でいたずらをした女が、座敷で仕事をしていた時、裏二階から懐中鏡で女の顔へ春の光線を反射させて楽しんだ事がある。女は薄紅くなった頬を上げて、繊い手を額の前に翳しながら、不思議そうに瞬をした。此の女と此の文鳥とは恐らく同じ心持だろう。」（以上『文鳥』）

「……はっと思って向こうを見ると、五六間先の小路の入口に一人の女が立っていた。何を着ていたか、どんな髷に結っていたか、殆んど分らなかった。ただ眼に映ったのは其の顔である。其の顔は、眼と云い、口と云い、鼻と云って、離れ離れに叙述する事の六ずかしい——否、眼と口と鼻と眉と額と一所になって、たった一つ自分の為に作り上げられた顔である。百年の昔から此処に立って、眼も鼻も口もひとしく自分を待っていた顔である。百年の後迄自分を従えて何処迄も行く顔である。黙って物を云う顔である。女は黙って後を向いた。追付いて見ると、小路と思ったのは露次で、不断の自分なら躊躇する位に細くて薄暗い。けれども女は黙って其の中へ這入って行く。黙っている。けれども自分に後を跟けて来いと云う。自分は身を穿める様にして、露次の中に這入った。

黒い暖簾がふわふわして居る。白い字が染抜いてある。其の次には頭を掠める位に軒燈が出ていた。真中に三階松が書いて下に本とあった。その次には硝子の箱に軽焼の霰が詰っていた。其の次には軒の下に、更紗の小片を五つ六つ四角な枠の中に並べたのが懸けてあった。それから香水の瓶が見えた。すると露次は真黒な土蔵の壁で行き留った。女は二尺ほど前に居た。と思うと、急に自分の方を振り返った。そうして急に右へ曲った。其の時自分の頭は突然先刻の鳥の心持に変化した。そうして女に尾いて、すぐ右へ曲った。右へ曲ると、前よりも長い露次が、細く薄暗く、ずっと続いている。自分は女の黙って思惟するままに、此の細く薄暗く、しかもずっと続いている露次の中を鳥の様にどこ迄も跟いて行った。」（『永日小品／心』）

「二人は二畳敷の二階に机を並べていた。其の畳の色の赤黒く光った様子が有々と、二十余年後の今日迄も、眼の底に残って居る。部屋は北向で、高さ二尺に足らぬ小窓を前に、二人が肩と肩を喰っ付ける程窮屈な姿勢で下調をした。部屋の内が薄暗くなると、寒いのを思い切って、窓障子を明け放ったものである。其の時窓の真下の家の、竹格子の奥に若い娘がぼんやり立っている事があった。静かな夕暮抔は其の娘の顔も姿も際立って美しく見えた。折々はああ美しいなと思って、しばらく見下していた事もあった。けれども中村（是公）には何にも言わなかった。中村も何にも言わなかった。

女の顔は今は全く忘れて仕舞った。ただ大工か何かの娘らしかったという感じ丈が残っている。無論長屋住居の貧しい暮しをしていたものの子である。我等二人の寝起する所も、屋根に一枚の瓦さえ見る事の出来ない古長屋の一部であった。下には学僕と幹事を混ぜて十人許り寄宿していた。そうして吹き曝しの食堂で、下駄を穿いた儘、飯を食った。食料は一箇月に二円であったが、其代り甚だ不味いものであった。それでも、隔日に牛肉の汁を一度宛食わした。」（『永日小品／変化』）

『文鳥』（明治四十一年）の物語はふつうに読めばひどい話である。漱石は規則正しい人であるが、それはあくまで自己に即して（自分自身に対して）規則正しいのであって、人の都合を斟酌することに規則正しいのではない。ペットの世話に向いている人ではない。むしろ動物や草花の世話は不向きな人であろう。もちろん家族の世話をする人では尚更ない。死んでしまった文鳥を何の咎もない下女の目の前に放り出す末尾のシーンに驚かない読者はいまい。しかしこの森田草平の持って来た文鳥によって漱石の女性観がいくらかでも明らかになるとすれば、森田も文鳥も以って瞑すべしということであろう。少なくとも小鳥の大家内田百閒はその方面では何の寄与もしなかったわけであるから。

『永日小品』（明治四十二年）の中の「心」という段落（章）は、もしかすると『夢十夜』（明治四十一年）の方に入れて考えるべき問題かも知れない。エッセイとすればあまりにも思わせぶりな一文であり、直截を重んじた漱石らしくない。その次の「変化」というのは学生時代と比べて今の自分たちの境遇が変わってしまったという感慨であり、この古長屋の寄宿舎は小石川極楽水傍の新福寺のことであるが、『満韓ところどころ』（明治四十二年）には中村是公（広島人）だけでなく当時の自炊仲間橋本左五郎（岡山人）や佐藤友熊（薩州人）のことも懐かしく語られており、その佐藤を、

①「ちょうど白虎隊の一人が、腹を切り損なって、入学試験を受けに東京に出たとしか思われなかった。」（『満韓ところどころ』二十一回）

と書いているのは、『坊っちゃん』の山嵐（会津人）を連想させてたまらなく可笑しい。漱石の諧謔趣味は日記の中でもあと二つ発揮されていて、

②「午少し前中村是公がくる。薄茶色の雨コートを着て丸でオットセイのお化けのようななりをして玄関に立っていた。」（明治四十四年六月十一日の日記）

③「昨夕、鈴木（三重吉）が酔ぱらってくる。白縮緬の半襟に薩摩絣、茶の千筋の袴へ透綾の羽織を着て丸で傘屋の主人が町内の葬式に立って、懐に強飯の折でも入れていそうである。」（明治四十四年六月十三日の日記）

これらはまさに漱石の三大滑稽知人描写と言えるもので、これに匹敵するのは夏目伸六の書いた岩波茂雄くらいか。しかし③について『明暗』(二十六回)で小林に転用したのは、たとえ小林が鈴木三重吉の面影を有していたと仮定しても、五年という空白を考えて、やはり少し無理があったようである。それとも漱石は、前述の見合い場面に挿入した『猫』の世界のように、『坊っちゃん』風の啖呵までも『明暗』に取り込んで構わないと思ったのか(『明暗』にべらんめえを混入させて可と思ったのか)。しかし①のような与太を「坊っちゃん」には語らせなかったピュアな所が『坊っちゃん』という作品を際立たせているのだとすれば、③を参照したことはやはり『明暗』にとっては余計なことだった(漱石としては珍しい例だが)と、言わざるを得ないのではないか。

三十三、『明暗』の変

さて誤記のようで誤記でなく、かと言って限りなくおかしなところもあるのが漱石の小説であるが、『明暗』では説明しづらい箇所はあといくつも残っていないようである。

岡本に誘われている観劇が入院と重なったことについても、津田はお延に、

「御前は行きたければ御出な」（三回）

「御前は行ってもいいんだよ。折角誘ってくれたもんだから」（四回）

「だから御前は御出でよ、行きたければ。己は今のような訳で、何うなるか分からないんだから」（五回）

としつこいくらい鷹揚なところを見せていたのに、入院当日急に気弱になったのか、あるいはお延が盛装したのが気に入らないわけでもないだろうが、津田はいつの間にか（女房が勝手に外出するのを極端に嫌う）漱石丸出しになって、と言って行くなと命ずることも能わず（命令してしまえば自分の責任になってしまうので）、結局お延の意向を聞いて、

「とうとう白状したな。じゃお出よ」（四十四回）

と一ヶ月少しの（執筆している）間に別人格のようになってしまっている。これは大変漱石らしいところではある。

そしてまた津田は、前にも触れたが病室でお秀とねちねちと言い争いをしながらも、

「其上彼は何んな時にでもむかっ腹を立てる男ではなかった。己れを忘れるという事を非常に安っぽく見る彼は、また容易に己れを忘れる事のできない性質に父母から生みつけられていた。」（九十七回）

とわざわざ断っているにもかかわらず、お昼を過ぎて腹が減ったからか、それともお秀があまりにもくどいせいか、

「何を生意気な事を云うんだ。黙っていろ、何にも解りもしない癖に」

「事実とは何だ。己の頭の中にある事実が、お前のような教養に乏しい女に捕まえられると思うのか。馬鹿め」

「黙れ」

（お秀「黙りません」）（百二回）

と癇癪を破裂させているが、漱石の場合「癇癪」はいわゆる「別腹」で、これも計算づくの描写であろう。

しかし六十回と七十回に語られる岡本でのお延の部屋についての径庭は、明らかに矛盾していないだろうか。観劇の（手術の）翌日、礼を兼ねて岡本の家を訪れたお延は、心が落ち着かないままである。

継子の居間はとりも直さず津田に行く前のお延の居間であった。其所に机を並べて二人いた昔の心持が、まだ壁にも天井にも残っていた。硝子戸を嵌めた小さい棚の上に行儀よく置かれた木彫の人形も其儘であった。薔薇の花を刺繍にした籃入のピンクッションも其儘であった。二人してお対

に三越から買って来た唐草模様の染付の一輪挿も其儘であった。

四方を見廻したお延は、従妹と共に暮した処女時代の匂を至る所に嗅いだ。甘い空想に充ちた其匂が津田という対象を得て遂に実現された時、忽然鮮やかな焔に変化した自己の感情の前に抃舞したのは彼女であった。眼に見えないでも、瓦斯があったから、ぱっと火が点いたのだと考えたのは彼女であった。空想と現実の間には何等の差違を置く必要がないと論断したのは彼女であった。

(七十回冒頭)

お延は半年前まで暮らした昔の自分と継子の部屋を懐かしむ。しかしその岡本の家は最近建て替えたばかりであった。

岡本の邸宅へ着いた時、お延は又偶然叔父の姿を玄関前に見出した。羽織も着ずに、兵児帯をだらりと下げて、其結び目の所に、後へ廻した両手を重ねた彼は、傍で鍬を動かしている植木屋としきりに何か話をしていたが、お延を見るや否や、すぐ向うから声を掛けた。

「来たね。今庭いじりを遣ってる所だ」

植木屋の横には、大きな通草の蔓が巻いた儘、地面の上に投げ出されてあった。

「そいつを今その庭の入口の門の上へ這わせようというんだ。一寸好いだろう」

お延は網代組の竹垣の中程にある其茅門を支えている釿なぐりの柱と丸太の桁を見較べた。

「へえ。あの袖垣の所にあったのを抜いて来たの」

「うん其代り彼所へは玉縁をつけた目関垣を拵えたよ」

近頃身体に暇が出来て、自分の意匠通り住居を新築したこの叔父の建築に関する単語は、いつの間にか急に殖えていた。言葉を聴いた丈ではとても解らない其目関垣というものを、お延はただ「へえ」と云って応答《あしら》っているより外に仕方がなかった。

「食後の運動には好いわね。お腹が空いて」

「笑談じゃない、叔父さんはまだ午飯前なんだ」（六十回冒頭）

これを合理的に解釈するには、岡本邸の新築が数年前のことでも、その新しい家から嫁に出たお延は、そのたった何年かの期間を懐かしく回顧していたのだという考え方。もう一つは新築といっても屋敷全体まるごと建て替えるのではなく、一部を残したまま余剰の地面を利用した新築であったという説。お延（と継子）の部屋は昔のまま残されたのである。岡本は（プチ）ブルジョアで敷地も狭くないはずなので、この方が事実に近いかも知れない。実際に夏目家でも借りていた早稲田の家を漱石の死後買い取って、書斎を保存したまま改築している。漱石はそれを予見したのだろうか。岡本は実務家（商人）で自分の書斎など持たないと思われるから、岡本家で漱石山房に最も近いと言えるのはお延と継子の勉強部屋であることだけは確かだが。

ついでに言うと岡本にはもう一つおかしなところがあって、右記引用部分の続きに岡本が糖尿病でトーストと豆腐しか食えなくなっていると嘆くシーンがあるが、前日の継子のお見合いの食堂では皮付きの鶏もも肉に喰らい付く場面が描かれ、吉川に「君は相変わらず旨そうに食うね。奥さん、此岡本君が今よりもっと食って、もっと肥ってた時分、西洋人の肩車へ乗った話を」云々と言われている

（五十四回）。

人前で健常者を装う糖尿病患者は多くないと思うが、お延も初耳だったような書きぶりから、岡本はごく最近診断を下されて、前日の見合いの席では「今日は特別」とばかり無茶をやったのだろうか。細君（お住）がよく黙っていたと感心させられる。

それからこれは少し意味合いが異なるが、病室での津田の呟きで誰でも思わず首を傾げるものがある。

「お延お前お秀に詫まったらどうだ」（百六回）

「だからおれは何にもお前を疑ってやしないよ」（百四十七回）

前者はお秀が持参した金を気持ち良く出すことが出来ないので、後者はお延が吉川夫人の見舞いに来た理由を問いただそうと詮索して、共に苛立っているのに手を焼いた津田のトンデモ発言である。お秀もお延も当然呆れて怒りはいや増すのであるが、津田はそもそも彼女たちが何をイラついていたのかさえ解っていないようである。読者もこの津田のセリフの意味を理解することが出来ないので、まあ喧嘩（夫婦喧嘩）だから仕方ないくらいでお茶を濁すのが関の山である。これを合理的に解釈することはほとんど困難であるがあえて言えば、

①漱石は嘘を吐くことの出来ない人間である。

②津田は嘘を吐くように造型されている。

③漱石も津田も女の気持ちは分からない。

それでこの例のような成行きで彼女たちがイライラしたため手を焼いた津田がつい面倒くさくなった時に、津田の口からヘンなセリフが出てしまうのであろうか。この時の津田の気持ち（漱石の気持ち）

は読者は本当に解らない。しかしその源泉は前に述べた津田（とお延）の「嘘（見栄と自己保身）」であろう。であれば津田とお延が同じことをする以上、お延も『明暗』のどこかでトンデモ発言をしている筈であるが。

三十四、『三四郎』会話行方不明事件

『明暗』は途中で作者が亡くなっているので色々言われる余地もあろうが、他の作品にも変な所は探せば見つかるようである。『三四郎』第五章は菊人形を見に行って三四郎と美禰子が二人はぐれて束の間のランデヴーを楽しむ、と見せかけて実態は美禰子の野々宮に対する心の内の葛藤（というのは大袈裟であるが）、女性らしい心の動きを描いている例のストレイシープの章である。日曜日の午から三四郎が広田先生の家に着くと野々宮と美禰子が議論している。セリフの前の括弧は論者の（余計な）ノートである。

（野々宮）「そんな事をすれば、地面の上へ落ちて死ぬ許りだ」是は男の声である。
（美禰子）「死んでも、其方が可いと思います」是は女の答である。
（野々宮）「尤もそんな無謀な人間は、高い所から落ちて死ぬ丈の価値は充分ある」
（美禰子）「残酷な事を仰しゃる」

……

四人は既に曲り角へ来た。四人とも足を留めて、振り返った。美禰子は額に手を翳している。
（『三四郎』五ノ四回）

三四郎は一分かからぬうちに追付いた。追付いても誰も何とも云わない。只歩き出した丈である。しばらくすると、美禰子が、

（美禰子）「野々宮さんは、理学者だから、なおそんな事を仰しゃるんでしょう」と云い出した。話しの続きらしい。

（野々宮）「なに理学を遣らなくっても同じ事です。高く飛ぼうと云には、飛べる丈の装置を考えた上でなければ出来ないに極っている。頭の方が先に要るに違ないじゃありませんか」

（美禰子）「そんなに高く飛びたくない人は、それで我慢するかも知れません」

（野々宮）「我慢しなければ、死ぬ許ですもの」

（美禰子）「そうすると安全で地面の上に立っているのが一番好い事になりますね。何だか詰らない様だ」

野々宮さんは返事を已めて、広田先生の方を向いたが、

（野々宮）「女には詩人が多いですね」と笑いながら云った。すると広田先生が、

（広田）「男子の弊は却って純粋の詩人になり切れない所にあるだろう」と妙な挨拶をした。

野々宮さんはそれで黙った。よし子と美禰子は何か御互の話を始める。三四郎は漸く質問の機会を得た。

（三四郎）「今のは何の御話しなんですか」

（野々宮）「なに空中飛行器の事です」と野々宮さんが無造作に云った。三四郎は落語のおちを聞く様な気がした。（同五ノ五回）

野々宮と美禰子がこうしゃべってはいけないということは勿論ない。野々宮の「〜ですもの」という丁寧な言い方は、ほとんど他に例を見ない言い方だが、『明暗』で津田が吉川夫人や清子に対するときに使っている（ちょっとだけ緊張するときに出る口調なのであろう）。美禰子の「詰らない様だ」も「詰らない様だこと」の語尾を飲み込んだと思えば（美禰子としては滅多にないことだが）いいのかも知れない。しかしここでは明らかに男女の言葉遣いが逆転しているようである。とくに美禰子の「何だか詰らない様だ」という言い方は、独白としてもやはり変である。ではそれは誰か他の人の言葉だったのか。

二人の論旨は明白である。野々宮は（漱石のように）理詰めに、空を飛ぶにはそれなりの理論と準備が必要でいたずらな冒険は自己にも社会にも何も齎さないと正論を言っている。美禰子は女だから（と漱石は考える）理屈でなく自分の感情を優先させる。あるいは飛行機の話に託してまったく別なことを考えている。人は自ら一歩踏み出さなければ現実は何も変わらない。理屈をひねくっているだけじゃ詰らないから行動に移せと言っている。野々宮に早く求婚せよと言っているかのようである。

考えるだけで何もしないで地面に突っ立っているのは安全かも知れないが、それは責任を取りたがらない男でそんな男はつまらない。漱石は自身がそう思われつけてきたので分かっていた。「何だか詰らないようだ」というのは漱石自身の（我が身に対する）つぶやきでもあった。したがって美禰子のセリフとしては「何だか詰らない」が美禰子の心情を正しく語っており、末尾の「様《よう》だ」は漱石がつい顔を出したので、この部分は削除してもいいのか。

あるいは「何だか詰らない様だ」は本来会話の続きでなく地の文であったという考え方もあるかも知れない。するとそのつぶやきは、本来この小説では三四郎の目を通してのみなされるはずであるから、ちょっとここでは不自然である。

論者の考える正解は、問題の二人の最後の台詞の話し手を男女入れ替えるというもの。

（美禰子）「そんなに高く飛びたくない人は、それで我慢するかも知れません」
（美禰子）「我慢しなければ、死ぬ許ですもの」
（野々宮）「そうすると安全で地面の上に立っているのが一番好い事になりますね。何だか詰らない様だ」

野々宮さんは返事を已めて、広田先生の方を向いたが、
（野々宮）「女には詩人が多いですね」と笑いながら云った。……

美禰子は「そんなに高く飛びたくない人は、それで我慢するかも知れません。——我慢しなければ、死ぬ許ですもの」としゃべったのである。ダーシは入れなくてもいいかも知れないが、後述するように最初の「我慢」とあとの「我慢」は少し意味合いが異なるのと、もともとこの台詞部分は地の文で分割されていたがゆえに現行のような形になってしまったというのが論者の推測であるから、やはりダーシ（ダッシュ）は付けておいた方が無難か。

「高く飛ぶには理論が要る」と言う野々宮に対し、美禰子は「少し飛ぶだけなら科学の理論武装は無しで我慢・省略してもいいのではないか。とりあえず飛んでみればいいのではないか。もし落ちたらその時の痛みは、それはそれで（また別に）我慢・忍耐するしかない」と言い返した。つまり「理論は要ら

ない、怪我は辛抱せよ」と反論したわけである。そして生意気にも「死ぬ許り」という野々宮の言葉をそのまま（鸚鵡返しに）使って、「もし痛みが我慢できないほどの怪我であれば、そのときはもう死ぬだけだ」（痛みに耐えられなければ死ぬしかない）と厭味っぽく付け足したのである。

野々宮の最初の言葉「そんな事をすれば、地面の上へ落ちて死ぬ許りだ」と、従来野々宮の発言とされた「我慢しなければ、死ぬ許ですもの」を比べて、「り」の字を送る送らないの差異は漱石らしい気紛れ・筆致と誰でも思うが、しかし漱石といえどもまったくランダムに仮名を送っているわけでもないだろうから、「死ぬ許りだ」と書いて「死ぬ許だ」と書かなかった、「死ぬ許ですもの」と書いて「死ぬ許りですもの」と書かなかったのに理由があるとすれば、やはりそれは前者が野々宮の、後者が美禰子の発声を念頭に置いていたとするのが合理的ではないか。

ところが野々宮も美禰子の反論に対し、同じように自分（野々宮）の主張を皮肉っぽく「引用」することによって美禰子に仕返しすると同時に、この実りのない会話にケリをつけようとしている。この野々宮の（冷酷とも取れる）やり方は漱石そのままであり、「何だか詰らない様だ」というのは女の皮肉屋を嫌う漱石の本音であるとともに興醒めした野々宮の捨てゼリフと理解できる。とすると野々宮と美禰子の間は『三四郎』の中ではもうこれ以上発展する可能性はないのである。

そうであれば最後の「野々宮さんは返事を已めて」というのは、野々宮が美禰子の最後の発言に対して何も答えなかったという意味ではなく、（人を馬鹿にはしているが）ちゃんと答えた上でこれ以上話を続けたくないので美禰子との会話を打ち切ったということである。漱石は人との議論においては強迫的なまでに律儀な所を見せるから（つまりしつこいとも丁寧ともとれる誠実さを見せるから）、野々宮が美禰子の言葉に何も返さないまま広田先生の方を顧みて何か他のことを言うことは考えにくい。

このような会話がなされたからこそ、このあとの、

「私《わたくし》そんなに生意気に見えますか」

という美禰子の言葉がよく理解されるのである。漱石の女は常にはっきりものを言う。美禰子は漠然と三四郎に問いかけたわけではない。ましてストレイシープ云々のためではなおさらない。生意気でないと自分を迷子に例えたり迷子の英訳について口に出来ないわけのものでもあるまい。

三十五、『三四郎』会話行方不明事件（承前）――描き残されたカンヴァス

ところで前項美禰子の台詞は当初漱石の地の文によって分割されていた筈と述べたが、無謀にもその地の文を勝手に拵えて、その上で重複は承知だがその前後の本文を再度掲げてみよう。新聞掲載の切れ目はここでは考えない。

……ただそのうちの何所かに落ち付かない所がある。それが不安である。歩きながら考えると、今さき庭のうちで、野々宮と美禰子が話していた談柄が近因である。三四郎は此不安の念を駆る為めに、二人の談柄をふたたび剔抉《ほじくり》出して見たい気がした。

四人は既に曲り角へ来た。四人とも足を留めて、振り返った。美禰子は額に手を翳している。

三四郎は一分かからぬうちに追付いた。追付いても誰も何とも云わない。只歩き出した丈である。しばらくすると、美禰子が、

「野々宮さんは、理学者だから、なおそんな事を仰しゃるんでしょう」と云い出した。話しの続きらしい。

「なに理学を遣らなくっても同じ事です。高く飛ぼうと云には、飛べる丈の装置を考えた上でなければ出来ないに極っている。頭の方が先に要るに違ないいじゃありませんか」

「そんなに高く飛びたくない人は、それで我慢するかも知れません」美禰子は顔だけ野々宮さんの

方へ向けて、少しだけ笑みを浮かべながら、尚も話を続けた。

「我慢しなければ、死ぬ許ですもの」

「そうすると（やはり私の言う通り始めから）安全で地面の上に立っているのが一番好い事になりますね。何だか詰らない様だ」

野々宮さんは（それぎりで）返事を已めて、広田先生の方を向いたが、

「女には詩人が多いですね」と笑いながら云った。（原初『三四郎』五ノ四～五回）

「やはり私（野々宮）の言う通り始めから」と「それぎりで」という蛇足は話を分かりやすくするために論者があえて（括弧付きで）加えただけであるから無視するとして、最後の行の（野々宮の確定本文たる）「笑いながら云った」は、その前の美禰子に関する論者の仮に付け加えた説明的な叙述（傍線部分）を削除する直接の原因になったものと思われる。二人とも笑顔と書くのはくどい。また美禰子の冷笑とも皮肉とも取れる表情をこんなところで作者自らが書いてしまうのは早計である。漱石は美禰子の性格にある「乱暴」（『三四郎』六ノ四～五回）なところを、あくまでも登場人物の口からのみ指摘させるべきだと思い直して、この傍線部分を抹消した。自分で書いておいて気が引けるが、確かに余計な一行である。

『三四郎』は原稿が保存されているから、もし右記のような削除部分（消込部分）が原稿に何らかの形で残っておれば、研究者がとっくに指摘している筈である。それが無い（と断言は出来ないが）ということは、やはり原稿は本文通りになっているのであろうが、漱石が原稿を新しくして書き直してしまった（その際に会話文を示す鉤括弧を整頓し忘れた）という可能性は捨て切れない。暴論かも知れないが、

男女の会話の語尾があのような形で放置されている「乱暴」さ加減に比べると、この愚挙にも三分の理がありはしないか。
漱石が美禰子の会話文が二つ続いたのを見過ごしてしまった理由であるが、これは漱石の書く鉤括弧が小さくて目立たないせいもあろう。原稿紙のマスを一字分使わないで、申し訳程度に文字の肩に書き添えているだけである。漱石は読点も一マス取っていない。そもそも国文の伝統に会話部分を括弧で括るなどというものはない。一葉でさえ使用していない。(『猫』によると)維新前にないものに疎なものはないのであるから、漱石も仕方なく使っていたに過ぎまい。

余談だが文節の始まりは字下げするとして、会話文も字下げした後に鉤括弧から始めるというのが(岩波の)漱石全集のお決まりである。しかし漱石は会話文の頭の一文字も(地の文同様)一字分だけ下げたマスから書き始めている。鉤括弧はその文字の付属物として慎ましやかに同じマスに収まっている。あるいはマスに関係なく義務的にちょんぼり書き加えられているだけである。これを活字印刷にするときはやはり通常の他の作家の小説文章のように、会話文は字下げしないでふつうに始めた方がより漱石の書いた原稿に近いのではないか。

愚挙・余談ついでに言っておくと、編集(校正)が丁寧になされていないという意味で、『三四郎』には一ヶ所おかしなところがある。三四郎が始めて野々宮よし子に会うシーンで、
後ろから看護婦が草履の音を立てて近付いて来た。三四郎は思い切って戸を半分程開けた。そう

して中にいる女と顔を見合せた。（片手に握《ハンドル》りを把《も》った儘）

眼の大きな、鼻の細い、唇の薄い、鉢が開いたと思う位に、額が広くって顎が削けた女であった。

……（『三四郎』三ノ十二回）

小説の文章に但し書きを挿入すること自体は珍しくないが、この括弧内の「片手にハンドルをもったまま」という文は三四郎が逆立ちでもしていない限り、ごくふつうの弁明の必要のない言い廻しである。漱石に書き間違いがあるといっても、こんな下書きみたいな表現をそのまま本文にしている箇所は、漱石の全作品の中でここだけである。ここは編集者が「三四郎は思い切って戸を半分程開けた。そうして片手に握りを把った儘、中にいる女と顔を見合せた。」と直して（括弧を外した上で語順を変えて）何の問題もないところである。『三四郎』の本文では右の引用箇所に続いて、よし子の様子がやや官能的に（読者はこの部分をわざと無視しようとする。そうしないと三四郎が二股男になりかねないからであるが）描写されたあと、

三四郎は此表情のうちに嬾い憂鬱と、隠さざる快活との統一を見出した。其統一の感じは三四郎に取って、最も尊き人生の一片である。そうして一大発見である。三四郎は握《ハンドル》りを把《も》った儘、──顔を戸の影から半分部屋の中に差し出した儘、此刹那の感に自己《みづから》を放下し去った。

「御這入りなさい」

女は三四郎を待ち設けた様に云う。……（同三ノ十二回）

最初のハンドルと二度目のハンドルの間隔は全集本でも文庫本でも十行くらいのものである（漱石山房の原稿紙で最大二枚分くらいか）。であれば最初の括弧書きの方の「片手に握りを把った儘」の部分は、ふつうに文章に入れ込むか、あるいはもう丸ごと削除してもいいのではないか。漱石は覚えのつもりで括弧付きで（かつ丁寧なルビ付きで）書き留め、それはすぐ後に「三四郎は握りを把った儘」という表現で使われたので、最初の方は直しておけばいいものを、二枚か三枚か前の原稿を見返すのが面倒でつい忘れてしまったのだろう。こんなところは担当者なり校正者がちょっと確認すれば済んだ筈である。ファンゴッホのタブローには画の隅っこの方に塗り残しがままある。たしかにファンゴッホは細部に関心が無い。しかしカンヴァスの目立つ部分であれば、（小説なら本文そのものの部分に）下書きの線がそこにそのまま残されていることなどありえないではないか。

いやいやここは三四郎とよし子の初会シーンで、三四郎と美禰子のそれに準じる重要なシーンであるから、「戸を半分開ける」と「ハンドルを持ったまま」は対になって二度繰り返されるというのは漱石の計算通りだから、描写文の重なるのを避けて片方を括弧書きにしたのだという意見もあるかも知れない。しかしよし子は美禰子との対照のために造型された女ではあるが美禰子と対等な存在として小説の中で扱われているわけではあるまい。美禰子が団扇を持ったのと同じ手柄を立てさせるために三四郎に握りを把たせているとは思えない。

このあと団子坂へ出かけた一行は「七つばかりの迷子の女の子」に遭遇するが、周囲の誰も手を差し延べないうちに巡査に保護される。皆何となく楽観して、（心配はするものの）手を出さないのだが、それはあたかも皆で責任逃れをしているようだというのが広田先生の意見である。「七つばかり」というのはこれも漱石としては珍しい断定、即断である。野々宮が煮え切らないシーンばかり書いているので（三四郎も煮え切らないが）、漱石はここでは我もそうならじとやっつけたのか。でもこれを書いているとき漱石の女の子は筆子十歳、恒子八歳、栄子六歳、愛子四歳、（純一は二歳）と揃っていたのだから、「七つばかり」というのはとくに想像力を要するわけではない。

……三四郎は、外の見物に隔てられて、一間ばかり離れた。美禰子はもう三四郎より先にいる。見物は概して町家のものである。教育のありそうなものは極めて少ない。美禰子は其間に立って、振り返った。首を延ばして、野々宮のいる方を見た。野々宮は右の手を竹の手欄から出して、菊の根を指しながら、何か熱心に説明している。美禰子はまた向こうをむいた。見物に押されて、さっさと出口の方へ行く。三四郎は群集を押し分けながら、三人を棄てて、美禰子の後を追って行った。（同五ノ六回）

「どうかしましたか」と思わず云った。美禰子はまだ何とも答えない。黒い目を左も物憂そうに三四郎の額の上に据えた。其時三四郎は美禰子の二重瞼に不可思議なある意味を認めた。其意味のうちには、霊の疲れがある。肉の弛みがある。苦痛に近き訴えがある。三四郎は、美禰子の答えを予期しつつある今の場合を忘れて、此眸と此瞼の間に凡てを遺却した。すると、美禰子は云った。

「もう出ましょう」（同五ノ七回）

三四郎はよし子を見ても美禰子を見ても自己を放擲する。自分の意思というものがない（これを低徊趣味という)。うぶなのか馬鹿なのか。女にとっては好都合なのか不都合なのか。このとき三四郎と美禰子は、他の人たちとはぐれるというより美禰子が故意に逃げ出したという方が当たっている。三四郎は引き摺られて行ったに過ぎない。美禰子は「なに大丈夫よ。大きな迷子ですもの」に続いて「責任を逃れたがる人だから、丁度好いでしょう」(五ノ九回)と難しいことを言う。責任を逃れたがる、というのは明らかに野々宮(でなければ読者)に聞かせるために言っているのである。そして「迷子の英訳を知っていらしって」は自分のことを(野々宮に見捨てられた)迷子と見ているのであり、「私そんなに生意気に見えますか」というのは、繰り返しになるが出掛けの空中飛行器のやりとりを引き摺っているのである。相手の言葉を引用するという皮肉・厭味な物言いを、美禰子自身も自覚してかつ気にしているのである。

「いえ大丈夫」と女は笑っている。手を出している間は、調子を取る丈で渡らない。三四郎は手を引込めた。すると美禰子は石の上にある右の足に、身体の重みを託して、左の足でひらりと此方側へ渡った。あまりに下駄を汚すまいと念を入れ過ぎた為め、力が余って、腰が浮いた。のめりそうに胸が前へ出る。其勢で美禰子の両手が三四郎の両腕の上へ落ちた。
「迷える子《ストレイシープ》」と美禰子が口の内で云った。三四郎はその呼吸《いき》を感ずる事が出来た。(同五ノ十回)

このくだりは漱石の全作品の中で最も肉感的な箇所であろう。三四郎池という名が付けられた理由も分かるというもの。しかし『三四郎』の前半部分はどう読んでも、美禰子の心は野々宮に向かっている。三四郎はダシにされているに過ぎない。

低徊趣味、探偵趣味もあり、(たとえ長男であっても)末っ子らしい尻の軽さを見せる俗物、女性には初心、だが真っ直ぐな性格で憎めない、という三四郎の血は(坊っちゃんから受け継いだものであるが)『彼岸過迄』の田川敬太郎、『行人』の長野二郎、『心』の私(地方出身の学生)に引き継がれた。彼らは独自には進化は遂げなかった。その意味で『明暗』の津田はやはり三四郎の直接の子孫であろう。三四郎がよし子と(あるいはよし子と美禰子の合成人物と)結婚したちぐはぐな姿が津田とお延に一部写されていると言ってもいいかも知れない。

三十六、『行人』芳江急成長の謎

『三四郎』で迷子の女の子が七歳と書かれたことについて漱石の沢山いる子女のせいにしたが、『行人』の一郎お直の子芳江の年齢についてはそうもいかないようである。そもそも『行人』は半年の中断もあって分かりにくい作品になっているが、ストーリーに直接関係ない芳江という女児からして分かりにくい書き方がされている。

まず「兄」では主人公たちの関西紀州旅行が描かれて例の「和歌山一泊事件」があるので小学生以下の子供の出る幕はない。ただお直とお兼さん（岡田の女房）とのやり取りの中で子供の話が出たら無口なお直も「その小さい一人娘の平生を」喜んで語ったとされ、「よくまあお一人でお留守居が出来ます事」「お重さん（妹）によく馴付いておりますから」と紹介されているにとどまる。お直の年齢からも、ここではその子が幼稚園や学校を休めないからではなく、反対に幼くて旅行には手が掛かり過ぎるから置いて来ているのであろうと思わせる。岡田が用意した絵葉書にも子供用のものが特にあるような書き方もされていないので、ふつうに考えると識字前・学齢前だが母親がいなくても何とかなる、数えで四、五歳せいぜい六歳という感じであろうか。

「帰ってから」では長野家の様子も描かれるのでその子の名前も分かる。

芳江というのは兄夫婦の間に出来た一人ッ子であった。留守のうちはお重が引受けて万事世話をしていた。芳江は元来母や嫂に馴付いていたが、いざとなると、お重丈でも不自由を感じない程世話の焼けない子であった。自分はそれを嫂の気性を受けて生れたためか、そうでなければお重の愛嬌のあるためだと解釈していた。

芳江は我々が帰るや否や、すぐお重の手から母と嫂に引渡された。二人は彼女を奪い合う様に抱いたり下したりした。自分の平生から不思議に思っていたのは、この外見上冷静な嫂に、頑是ない芳江がよくあれ程に馴付得たものだという眼前の事実であった。この眸の黒い髪の沢山ある、そうして母の血を受けて人並よりも蒼白い頬をした小女は、馴れ易からざる彼女の母の後を、奇蹟の如く追って歩いた。それを嫂は日本一の誇として、宅中の誰彼に見せびらかした。

「芳江さんは御母さん子ね。何故御父さんの側に行かないの」などと故意とらしく聞いた。

「だって……」と芳江は云った。

「だって何うしたの」とお重が又聞いた。

「だって怖いから」と芳江はわざと小さな声で答えた。それがお重には猶更忌忌しく聞こえるのであった。

「なに？　怖いって？　誰が怖いの？」（以上『行人／帰ってから』三回）

嫂は無言の儘すっと立った、室の出口で一寸振り返って、芳江を手招きした。芳江もすぐ立った。

「おや今日はお菓子を頂かないで行くの」とお重が聞いた。芳江は其処に立った儘、何うしたものだろうかと思案する様子に見えた。嫂は「おや芳江さん来ないの」と左も大人しやかに云って廊下の外へ出た。今迄躊躇していた芳江は、嫂の姿が見えなくなるや否や急に意を決したものの如く、ばたばたとその後を追駈けた。(同七回)

「大変遅くなりました。嘸御窮屈でしたろう。生憎御湯へ這入っていたものだから、すぐ御召を持って来る事が出来なくって」

嫂は斯う云いながら兄に挨拶した。そうして傍に立っていた芳江に、「さあお父さんに御帰り遊ばせと仰ゃい」と注意した。芳江は母の命令《いいつけ》通り「御帰り」と頭を下げた。(同二十八回)

芳江は頑是ない幼児のようでもあり、声量の調節が出来、頭を下げることも知るいっぱしの少女予備軍のようでもある。しかしこのあと(二郎が家を出たあと)、お貞さんの結婚を迎えるときの芳江の描写には驚きを禁じ得ない。

芳江が「叔父さん一寸入らっしゃい」と次の間から小さな手を出して自分を招いた。「何だい」と立て行くと彼女は何処からか、大きな信玄袋を引摺出して、「是お貞さんのよ、見せたげましょうか」と自慢らしく自分を見た。……

「是卵甲よ。本当の鼈甲じゃないんだって。本当の鼈甲は高過ぎるから御已めにしたんですって」と説明した。自分には卵甲という言葉が解らなかった。芳江には無論解らなかった。けれども女の子丈あって、「是一番安いのよ。四方張よか安いのよ。玉子の白味で貼り付けるんだから」と云った。「玉子の白味で何処をどう貼り付けるんだい」と聞くと、彼女は、「そんな事知らないわ」と取り済ました口の利き方をして、さっさと信玄袋を引き摺って次の間へ行って仕舞った。（同三十四回）

さらに結婚式当日には「あのお貞さんは手へも白粉《おしろい》を塗けたのよ」（同三十五回）とも言っている。なるほど女の子はおませではある。『猫』（十篇）では招魂社に嫁に行きたいが途中水道橋を通るのが嫌だと言った長女のとん子（推定七歳）に合わせて、次女のすん子（推定五歳）に「御ねえ様も招魂社がすき？　わたしも大すき。一所に招魂社へ御嫁に行きましょう。ね？　いや？　いやなら好いわ。わたし一人で車へ乗ってさっさと行っちまうわ」と言わせているくらいである。芳江もこれくらいのことは言いかねない。金銭感覚を身に着けている子供もいるであろう。しかしたとえ丸ごと誰かの口真似にせよ、右の芳江のセリフはどう考えてもその金銭感覚の「実質」を理解している者の言いようとしか思えない。本当に俄かに成長したのか。

半年後に書かれた「塵労」にこの子供は二ヶ所だけ出て来る。「大変大きくなったね」と書かれる。半年で大きくなったと評されるのは、やはり学齢どころか幼稚園入園前の幼い子供の扱いであろう。

帰りがけに挨拶をしようと思って、ちょっと嫂の室を覗いたら、嫂は芳江を前に置いて裸人形に美しい着物を着せて遣っていた。

「芳江大変大きくなったね」

自分は芳江の頭へ立ちながら手を掛けた。芳江はしばらく顔を見なかった叔父に突然綾されたの

で、少しはにかんだ様に唇を曲げて笑っていた。（『行人／塵労』十二回）

「もう好い加減に芳江を起さないとまた晩に寝ないで困るよ」

嫂は黙って起った。

「起きたらすぐ湯に入れて御遣んなさいよ」

「ええ」……

「芳江は昼寝ですか、どうれで静だと思った」

「先刻何だか拗ねて泣いてたら、夫限《それっきり》寝ちまったんだよ。何ぼなんでも、もう五時だから、好い加減に起して遣らなくっちゃ……」（同二十六回）

……嫂は全くの局外者らしい位地を守るためか何だか、始終芳江のおもりに気を取られ勝に見えた。日が暮れさえすればすぐ寝かされる習慣の芳江は、昼寝を貪り過ぎた結果として、其晩はとうとう自分が帰る迄蚊帳の中へ這入らなかった。（同二十七回）

やはり「本物の鼈甲は高すぎるから卵甲にした」という発言をするには、いくらそれが大人の口真似にせよ芳江には少しばかり早過ぎるのではないかと思わざるを得ない。漱石は前述のように女の子供は沢山いてよく知っているわけだから、これはむしろ漱石の金銭に対する感じ方の問題ではないか。しかしお金の問題はまた稿を改めたい。

三十七、漱石作品最大の誤植

それは実は漱石の書いたものでない。漱石全集にあるものではない。それは鏡子の『漱石の思い出』という改造社から昭和になって出た回想録である。該当箇所は「雛子の死」の終わりの方。

この雛子の急死の模様は「彼岸過迄」の中の一篇「雨の降る日」という中に詳しく書かれております。この小説は亡くなった子供の悲しみからようやく気をとりなおして、一月から四月迄「朝日新聞」に連載したものなのですが、亡くなった子供の追憶ともいうべき「雨の降る日」は、丁度雛子の二度目の誕生日の三月二日に書き出して、百ヶ日に当る七日に書きおわった、それも何かの因縁で、子供のためにいい供養をしてやったというようなことが、急死のあった時いあわされた中村古峡さんへ宛てた手紙に書いてあります。こんな因縁めいたことをいうなどということはなかったのですが、今度のことはよほど身にしみたのでしょう。……しかしずいぶん感じの強い人と申しますか気の弱い人と申しますか、理屈の上では迷信的なことを一切けなしつけている癖に、怪談じみた因縁ばなしなどいたしますと、怖がりまして、もうよしてくれ、ねられないからなどと、よく寝がけにこんな話になりますと降参したものでした。……（夏目鏡子『漱石の思い出』四八／雛子の死）

この「七日」とあるべき部分がなぜかすべての出版物で「七月」と誤植されたまま今日に至っている。『彼岸過迄』は鏡子も書いているように（明治四十五年の）一月から四月まで連載された。そのうち「雨の降る日」は明治四十五年三月二日に起筆して、五日後の明治四十五年三月七日に擱筆している。右記引用文はたまたま角川文庫昭和四十一年版から採ったものであるが、改造のオリジナルも現在書店で買える他社の文庫本も該当箇所は皆同じである。つい最近せっかく（翻刻でなく）復刊されたものも、少なくともその部分は直されないままでしまったようである。

「三月」「書き出して」「百ヶ日」「七月」で、つい見過ごされるのだろうか。あるいは誰もが自動修正（翻訳）して読み進めているのだろうか。しかし他ならぬ漱石の事績の範疇でこんなことが起こりうるのだろうか。（製作者側の周囲で）何らかの理由で故意に見過ごす者があったとしても、それが百年近くも維持されるものであろうか。七月に書き終わるのなら「彼岸過ぎ」の出る幕はないではないか。

漱石の五女雛子が夕食中に急死したのが明治四十四年十一月二十九日。漱石はそのとき書斎で元朝日にいたこともある中村古峡と面談中だった。漱石が雛子の骨を拾ったのが十二月三日。『彼岸過迄』を書き始めたのは長谷川如是閑宛書簡によると明治四十四年十二月二十八日頃と思われる。それから明治四十五年四月二十九日までの約四ヶ月間、漱石は「一日一回」を自身に課した。修善寺の大患を経て『彼岸過迄』（全百十八回）から始まったこの執筆スタイルは死ぬまで続けられたことになる。その中の「雨の降る日」（全八回）は、まさに連載中の明治四十五年三月二十一日に奇しくも同じ中村古峡に出された手紙によっても、書かれた日にちが確認される。

「雨の降る日」につき小生一人感慨深き事あり、あれは三月二日（ひな子の誕生日）に筆を起こし同七日（同女の百ヶ日）に脱稿、小生は亡女の為好い供養をしたと喜び居候
（括弧内も漱石の文章のまま）

八回分を六日間で書いたことになるが、小説の中で宵子が亡くなるのが第四回、通夜から骨上げまで第五回から第八回、ほとんど事実に即して書いているのでこの後半の四回分を二日間で書いたのだろう。

『彼岸過迄』の登場人物の骨子はある三姉弟である。軍人上りの実業家須永の細君（長姉）、その須永が目をかけていた後輩田口要作の細君（次姉）、この姉妹の弟たる高等遊民松本恒三の三人である。神田の須永は若死にして細君と市蔵を残す。田川敬太郎は市蔵の友人で小説の狂言廻し。内幸町の田口は実業家として成功して千代子・百代子・吾一の三子あり。矢来の松本は漱石の分身で、眉間に痘痕ならぬ大きな黒子があるという異例の設定下、敬太郎に尾行されるというおかしな登場の仕方をしたが、「雨の降る日」という短い挿話の中で家族の名前が全員紹介された。細君の名は御仙、五子あり上から咲子十三歳、名前不詳の長男十一歳、重子九歳、嘉吉七歳、そして宵子享年二歳である。五子のうち最初の四人は漱石の子たちと年齢だけ同じ。漱石のその下に出来た二人の男の子は小説では省略された。長男の名前がないのは縁起が悪いので夏目家の惣領に遠慮したのか。次男の名には精一杯縁起の良い字を選んでいるが。

火葬場は二日間かかったようで、小説では（二日目の）骨上げに行くのは母親の御仙、宵子の子守を

していた清という下女、そして市蔵と千代子の四人である。出掛けに御仙が（竈の）「鍵を茶の間の用簞笥の上に置いたなり」（「雨の降る日」七回）忘れたというのは雛子のとき実際にあった事を流用したもの。漱石は日記に「火葬場に着いて鍵はときくと妻は忘れましたという。愚な事だと思って腹が立つ」と書いている。前の日に「一等の竈に入れて鍵を持って帰る。十円だけれども子供だから六円くらい」とも漱石は書いている。金額のことに関心が行くのはいつもの通りだが、してみれば上等の竈の鍵は漱石の責任のようにも思える。漱石が持って帰った鍵を鏡子が携行し忘れたと言って漱石は怒ったのだ。しかし小説では市蔵が気を利かせて持って出ていた。それでも御仙が騒ぎ出したあとにおもむろに鍵を取り出したというので、市蔵は千代子から冷血不人情と罵られる。この「鍵事件」は『明暗』でも少し形を変えて使われていて、入院の朝津田とお延がいったん出発したあと、お延の俥だけ引き返して、お延は用簞笥の抽斗に鍵をかけてその鍵の束を帯の中に格納し、津田に向かって安心せよとばかりにポンと叩く場面がある。津田の反応ははっきりとは書かれない。読者にとっても今一つ分かりにくいシーンだが、「しっかり者」「策略家」というお延のイメージのための数行とも取れるし、一週間家を空ける津田の心情をシンボライズしたものとも取れる。それとも津田とお延を、落合の焼場に行くときの市蔵と千代子に置き換えてみれば、このシーンはせっかちな千代子に責められた市蔵への贖いだろうか。漱石はあのときは千代子のヒステリィ、一人相撲だと市蔵（と津田）に言い訳したかったのか。

しかし漱石がまったく責任を鏡子一人に押し付けて鏡子に腹を立てたのは間違いないから、直後の『彼岸過迄』では市蔵の機転で何となくやり過ごすことにしてしまったが（その代償として叱責は千代子の口から発せられたが）、やはり癪に障るので五年後に蒸し返したのではないか。とんだ「記念」というべきであった（とくに鏡子には）。ところでやはり五年後漱石自身が焼かれたのは雛子のときと同じ竈であった。生きていれば怖がるところであったが、このときだけはさぞ喜んだことだろう。

鍵の話はともかく、誤植や誤記がいくらあったからといって研究に値するものはない。正せば済むからである。ビートルズのある楽曲のように、歌詞を間違えたテイクがそのままリリースされてそれをファンが歓ぶこともあるだろうし、ミストーンと思われる箇所でも、聴いているうちに肯定的に受容される場合もあるだろう。しかし小説は音楽でないのだから、うっかりミスは後から訂正するしかないし、訂正しなくてよいとすればそれは価値のない出版物ということになる。もちろん鏡子と松岡の『思い出』はそうではない。このままでは漱石も雛子も浮かばれない、と論者も昔（ただの読者として）思ったことがあるが、その漱石の子たちも皆とっくに鬼籍に入ってしまった。もう直さなくても困る人は誰もいないかも知れない。しかし繰り返し言うが、正月から書き始め、お彼岸過ぎには書き終えようとしてそういうタイトルにしたのだから、七月まで書いていたのでは『つゆのあとさき』になってしまうではないか。

三十八、漱石作品最大の謎――須永の母はなぜ市蔵を一人で帰したか

「須永の家は彼と彼の母と仲働きと下女の四人暮しである事を敬太郎はよく知っていた」(『彼岸過迄／停留所』二回)

須永市蔵は父親が早く亡くなったあと母と二人駿河台の屋敷を売って神田小川町か淡路町辺りのこぢんまりした家に住んでいる。この下女は「須永の話」で改めて登場するがなぜか下女でなく小間使いと紹介される。小説ではそのあとはずっとお作という名で語られる。仲働きはついにこの小説では登場しない。

市蔵は若死にした父が「小間使い」(父のときも下女でなく小間使いと書かれる)に生ませてしまった秘密の子である。ところが須永家では子供が出来なかったのでこれを嫡男として育てることにした。その後須永の母はままあることではあるが女の子を一人生むが、妙という名のその女の子は早世してしまった。須永の母の妹(田口の細君)と弟(松本)には子供が沢山いる。長姉だけ子供が出来ないのは不自然であるという理由だけでその子は創られたのだろう。

市蔵の血の秘密は母とその係累の間で永く守られた。市蔵の母が市蔵と我が妹の娘千代子との結婚にこだわったのも、これがためである。

大学を卒業する一年前の夏休み、市蔵と母は鎌倉の田口の別荘へ招かれる。市蔵は気が進まないが母だけでもというつもりもあって送りがてら鎌倉へ行く。その晩東京へ帰ると言う市蔵に千代子は変人だと言う。

「貴方は親不孝よ」（『彼岸過迄／須永の話』十五回）

「相変わらず偏屈ね貴方は。丸で腕白小僧見たいだわ」（同十七回）

「市さんが又何か悪口を云おうと思って見ている」（同二十回）

漱石が若い頃言われつけてきたことを、市蔵が田口の姉妹からずけずけ言われている。市蔵は近所の別荘に来ている高木の存在に精神の不安を抑えきれず、一泊しただけで帰京した。

僕は其晩一人東京へ帰った。母はみんなに引き留められて、帰るときには吾一か誰か送って行くという条件の下に、猶二三日鎌倉に留まる事を肯んじた。僕は何故母が彼等の勧める儘に、人を好く落ち付いているのだろうと、鋭どく磨がれた自分の神経から推して、悠長過ぎる彼女を歯痒く思った。（同二十五回）

母が居ないので、凡ての世話は作という小間使がした。鎌倉から帰って、始めてわが家の膳に向った時、給仕の為に黒い丸盆を膝の上に置いて、僕の前に畏こまった作の姿を見た僕は今更の様に彼女と鎌倉にいる姉妹との相違を感じた。作は固より好い器量の女でも何でもなかった。けれども僕の前に出て畏こまる事より外に何も知っていない彼女の姿が、僕には如何に慎ましやかに如何に控目に、如何に女として憐れ深く見えたろう。……僕は珍らしく彼女に優しい言葉を掛けた。そうして彼女に年は幾何だと聞いた。彼女は十九だと答えた。僕は又突然嫁に行きたくはないかと尋ねた。彼女は赧い顔をして下を向いたなり、露骨な問を掛けた僕を気の毒がらせた。（同二十六回）

市蔵はこのあと作に手伝わせて書架の整理をする。その情景は少しだけ三四郎と美禰子の実質的な初会の日、引越し手伝いのシーンを思わせる。棚の奥から人に借りて忘れていたアンドレーエフの「ゲダンケ」が出てくる。その小説は狂人を装って自分の恋敵をその最愛の夫人の眼前で撲殺してしまうという復讐譚であった。

……僕は此変な心持と共に、千代子の見ている前で、高木の脳天に重い文鎮を骨の底迄打ち込んだ夢を、大きな眼を開きながら見て、驚ろいて立ち上った。

……僕は又突然作に、鎌倉抔へ行って混雑《ごたごた》するより宅にいる方が静で好いねと云った。作は、でも彼方の方が御涼しゅう御座いましょうと云った。僕はいや却って東京より暑い位だ、あんな所にいると気ばかり焦燥《いらいら》焦燥して不可ないと説明して遣った。作は御隠居さまはまだ当分彼地に御出で御座いますかと尋ねた。僕はもう帰るだろうと答えた。（同二十八回）

市蔵は作を見て一筆書きの朝顔のようだと思う。作にお前でも物を考えることがあるかと聞いて、あっても知恵がないからダメだという返答に、お前は幸せだとつい言ってしまう。作はからかわれたと思ったであろうと市蔵は後悔する。やがて母は帰って来る。送って来たのは思いがけず千代子であった（同二十八回）。

其晩は散歩に出る時間を倹約して、女二人と共に二階に上って涼みながら話をした。……僕は先刻の籐椅子の上に腰を卸して団扇を使っていた。作が下から二度許上って来た。……僕は其度毎階級制度の厳重な封建の代に生れた様に、卑しい召使の位置を生涯の分と心得ている此作と、何んな人の前へ出ても貴女《レデー》として振舞って通るべき気位を具えた千代子とを比較しない訳に行かなかった。千代子は作が出て来ても、作でない外の女が出て来たと同じ様に、なんにも気に留めなかった。作の方では一旦起って梯子段の傍迄行って、もう降りようとする間際に屹度振り返って、千代子の後姿を見た。僕は自分が鎌倉で高木を傍に見て暮した二日間を思い出して、材料がないから何も考えないと明言した作に、千代子というハイカラな有毒の材料が与えられたのを憐れに眺めた。(同三十回)

翌日は何時も一人で寝ている時より一時間半も早く眼が覚めた。すぐ起きて下へ降りると、銀杏返しの上へ白地の手拭を被って、長火鉢の灰を篩っていた作が、おやもう御目覚でと云いながら、すぐ顔を洗う道具を風呂場へ並べて呉れた。僕は帰りに埃だらけの茶の間を爪先で通り抜けて玄関へ出た。其時序に二人の寝ている座敷を蚊帳越しに覗いて見たら、目敏い母も昨日の汽車の疲が出た所為か、未だ静かな眠を貪ぼっていた。千代子は固より夢の底に埋まっている様に正体なく枕の上に首を落していた。(同三十二回)

市蔵と作との儚い物語はこれだけである。作には(妙とともに)哀惜の念を禁じ得ないが、ここでどうしても分からないのは須永の母の心情である。「松本の話」ではこのように語られる。

僕自身の家に起った事でない上に、二十五年以上も経った昔の話だから、僕も詳しい顚末は知ろう筈がないが、何しろ其小間使が須永の種を宿した時、姉は相当の金を遣って彼女に暇を取らしたのだそうである。夫から宿へ下った妊婦が男の子を生んだという報知を待って、又子供丈引き取って表向自分の子として養育したのだそうである。是は姉が須永に対する義理からでもあろうが、一つは自分に子のできないのを苦にしていた矢先だから、本気に吾子として愛しむ考も無論手伝ったに違ない。(『彼岸過迄/松本の話』五回)

須永の母はなぜ市蔵をひとり東京へ帰したのであろうか。市蔵は「坊っちゃん」に似て癇性で夜具蒲団が変わると寝られないので外泊は嫌いである。それは彼女も承知であるが、それでも小間使い一人残った家へ帰すだろうか。作は十九歳である。器量や身分が関係ないことは須永の母が身に染みて知っているはずである。趣味は遺伝するかも知れないのである。漱石がそのことに無関心であったわけがない。漱石はもちろん分かって書いている。しかし何より不自然を懼れた漱石は、なぜこのときの市蔵の母の無防備さにもっともな理由を附さなかったのだろうか。小説の冒頭にせっかく書いてあった仲働きを一寸登場させるだけでもよかったのではないか。それでは市蔵と作が二人きりにならない、と漱石が思ったのであれば、なおのこと市蔵の母を得心させる訳を一言書いておくべきではなかったか。細工を嫌ったからといって、みすみす不自然さを見過ごすのは小刀細工をするのと同じことになりはしないか。

お延が津田と一緒に温泉へ行きたいと言い出したとき、津田は家が不用心になるという理由をつけて防戦する。誰か留守番を頼めばいいと言うお延に対し津田は珍しく断乎として自分の考えを通す。

「若い男は駄目だよ。時と二人ぎり置く訳にゃ行かないからね」

お延は笑い出した。

「まさか。――間違なんか起りっこないわ、僅かの間ですもの」

「左右は行かないよ。決して左右は行かないよ」（『明暗』百五十一回）

三四郎は野々宮の留守宅に泊まりに行ったではないかと言われそうであるが、あのときは野々宮が与次郎に頼んでもよかったと言っていることからも、野々宮の下女は相当の婆さんであったに違いない。

漱石自身も同じようなシチュエーションで似たようなことを言っている。糖尿病由来の神経痛に悩まされた漱石が大正五年一月、二度目の湯河原行きの際、鏡子はついて行きたいのだが子供が沢山いてそれも難しい。

……代りに看護婦でもお連れになってはと申しますと、考えておりましたが、まあ、よそうよと申します。なぜですかと訊ねますと、とにかく男一人女一人なんてのはいけないからということにではなるべく年寄りの看護婦をお連れになったらと言いますと、自分ではこの爺さんに間違いはないとは思うが、しかし人間には「はずみ」という奴があって、いつどんなことをしないものでもないからなどいって、とうとう一人で行ってしまいました。（夏目鏡子『漱石の思い出』五七／糖尿病）

このときは中村是公や芸者連れの友人も天野屋で一緒になって、後から鏡子夫人も合流しにやって来たので、漱石は（おそらく生涯で一度きりだろうが）鏡子に疑われても仕方がない成行きになったのだが、そんなことと関係なく、市蔵を独りで帰したときの須永の母の想定される弁明「そんなことがあるもんかね」に対しては読者としても「そうはいかないよ、決してそうはいかないよ」と言いたい。

三十九、保護者付きのヒロイン

『明暗』でお延が始めて登場したとき、お延は津田の前で独りで立っていた。清子の初登場シーンもそれに似ているように見えるが、該当の夜の廊下の場面は「夢幻」とも言えるから、真の登場は翌日津田が下女に連れられて一緒に清子の部屋へ導かれたシーンであろう。清子はそのとき果物籠を提げていたがその籠は（ベテランの）下女が届けたものであること、あるいは元々はパトロンたる吉川夫人から出たものであることを、ここでは覚えておきたい。

いったい漱石の小説ではヒロインが始めて登場するときは、その背後に庇護者のような人物（たいてい年長の女性である）が影のごとく付きまとっていることが多い。もし一緒にいなければ、そのときはちょっと席を外しているのである。もちろん『明暗』三十一回で藤井が話すように未婚の女には父母という所有者が付いているとすれば、登場するヒロインの周囲に親等がいて何の不思議もないのであるが、漱石の作品には妙にこだわる何か別の要素が見え隠れする。

一番典型的なのは前にも引用した『三四郎』の美禰子の登場シーンであろう。年上の看護婦であるのはいいとしても、「これは椎」とまるで「子供に物を教えるように」言った、と記されている。美禰子（里見のお嬢さん）は（子供らしさと全く逆の）落ち着き払った女として造型されているから、こんな叙述は明らかに何か別の意図が隠されていると思わざるを得ない。「これは椎」という看護婦の言葉は丁寧にも後日三四郎の前で美禰子によって繰り返されるが、よし子の初登場シーンでは、三四郎が袷を届けに行ったよし子の病室には（そのときだけ）母親がいる。また三四郎の目を通して汽車の女が始めて描かれたのは途中駅で乗り込んで来た爺さんとその女が一緒になったときからである。このときは鉄道の特別仕様になっていたのか、さすがに婆さんではなかった。

次に印象的なのはやはり『坊っちゃん』のマドンナであろうか。母親らしい「年寄りの婦人」と一緒に、温泉場へ行く停車所で始めてその生きた姿が描かれる。マドンナ（遠山のお嬢さん）の人物像はほとんど描かれず言葉も発していないので性格も声も分からない。にもかかわらず名のみ高い。その逆を行くのが『行人』の三沢の「あの女」であろうか。登場場面では彼女は苦痛のためか身体を折り曲げていたので顔はよく見えないが、そのうしろに「洗髪を櫛巻にした背の高い中年の女が立っていた」と書かれる。この中年女は置屋の古株の下女で、「あの女」に常に付き添う親代わりのような存在であると書かれる。しかし付添として情愛が全く感じられないのでよけい「あの女」の悲惨さが強調される。最後に「あの女」が三沢の遠縁の出戻りの娘さんと顔が似ているというオチらしきものが語られるが、漱石が長野一郎・二郎・お直の物語になぜこんなエピソードを長々と挿入したか、おかげで『行人』全体が分かりにくい小説ということになっている。

庇護者が背後にはびこっているケースは、書かれた順に、『猫』の三毛子（二絃琴の師匠）、金田富子（金田鼻子）、『虞美人草』の藤尾（母親の謎の女）、小夜子（汽車で上京する井上孤堂）、『それから』の佐川の令嬢（見合いの付添）、『心』のお嬢さん（奥さん）、『道草』の御縫さん（島田の後妻）。

『虞美人草』の甲野糸子は両親はいないものの初登場シーンでは年上の藤尾にいじめられる役になっているから、「むきだしの」単独で初登場する未婚女性は『彼岸過迄』の千代子だけということになりそうであるが、千代子は須永の家に入って行く後ろ姿を敬太郎に目撃されるという非常に変則的な登場の仕方をしている。してみると千代子はやはり漱石の中では市蔵と結婚すべく生み出された女だったのではないか。市蔵は漱石によく似ているが千代子は鏡子とまるで正反対のタイプである。漱石は市蔵と千代子を結婚する前の段階で争わせることによって、自身にとって倫理的にやっかいなこの問題を回避しようとしたのではないか。

これ以外の、あとの女はすべて「本当の」人妻である。人妻は当然夫とともに初登場することが多い。『それから』の三千代（平岡）、『門』の御米（宗助）、『行人』のお直（珍しく義母）、『道草』の御住（健三）、『明暗』のお延（津田）。清子は単独で津田の前に現れたようにも見えるが、前述のように宿の年嵩の女中が一緒にいるとも取れ、また清子自身自ら「果物籃」を津田が現れるまで持っていることによりその送り主たる吉川夫人を盾にしているとも取れる。清子は人妻であっても独りで温泉宿にいるという危なっかしい立場であるから、徒手空拳で津田に会うことは憚られたに違いない。ついでに言えば『行人』のお直が夫とともに登場しなかったのは、お直が清子同様人妻としては危うい立場にいると主張しているふうにも取れ、そのせいではないだろうが後日お直は人妻にあるまじき実験に駆り出される。

その意味では『草枕』の那美さんは異例であると言えよう（那美さんを独身女性と見なしても）。

まったく単独で、初回は夜に歌声とともに影だけが見えるという（『明暗』の津田と清子のような）夢幻的なシーン、そして主人公が寝ていると部屋に入って来るというそれこそ夢と区別がつかないシーン、翌朝はっきり主人公と対面を果たすが、それは温泉場から出ようとする主人公の先手を取って、まるで自動ドアのように戸を開けて裸ん坊の（と思われる）主人公を驚かす。もちろん周りには誰もいない。これは那美さんが「出帰りのお嬢さん」であるが故の特別な扱いか。主人公の目の前で思いがけず扉を開けるという女の「細工」は（十年経って）お延にも受け継がれた。そして那美さんは夜に入って温泉に浸かっている主人公の前に今度は有名な入浴姿（裸体）を披露する。『明暗』では浜の婦人は同様のシチュエーションに陥りかかるが、気が付いて入って来なかったのは津田にとっても読者にとってもありがたいことであった。この那美さんの例外に対し唯一考えられる合理的な解は、漱石の中では那美さんがヒロインでなく脇役的な存在であったというもの。『坊っちゃん』のマドンナのようにセリフもなく読者にとっても遠い存在（遠い背景の山の書割）のように描こうとしていたのが、主人公の画工がおせっかいにも探偵趣味を発揮して周囲をたきつけるものだから、那美さんはつい表舞台に出て来てしまった。

マドンナも那美さんも本来的には脇役であるが、それだけでも充分全国的に名の知れたヒロインになってしまったのだから、漱石という作家も不思議な力を持っているものである。

ヒロインに庇護者が付いているというのは、想像するにシェイクスピアに出てくる魔女のようなものであろうか。あるいは漱石の（幾つもない）恋愛体験には必ずこの魔女のような存在があったのかも知れない。そのため漱石がときおり何気なしに書く魔女の出て来ない恋愛譚（というより単に男女が接触するだけの話）は、ふわふわして捕らまえどころのない、よく分からないファンタジィのようになってしまうのであろう。反対に漱石が自分の体験を基に、つまり魔女付きで描く物語は、なぜか異様な現実感をともなって我々に迫って来るのである。

お秀のことを忘れていた。お秀と那美さんだけが一人で初登場する人妻である。あるいはお秀は人妻でなく単に妹という位置づけなのかも知れないが。このふたりは器量望みで貰われたことも共通している。しかしお秀は『明暗』九十二回で津田の前に独りで登場していきなり口喧嘩を始めるが、その前の九十一回は津田もお延も登場せず、まるごとお秀の紹介に費やされている。もちろん津田やお延とのつながりからの記述が主であるが、堀の家が大人数であることが書かれる。堀の母を筆頭に十人くらいの家族である。お秀は確かに変わってはいるが、那美さんと違い本人の境遇はふつうの主婦である。ただし一人で『草枕』一冊分くらいしゃべっている。「謎の女」というなら甲野家の後妻などではなくお秀こそまさしく「謎の女」であろうが、主人公夫婦の暴走を抑えるため漱石が無理に拵えた、ある意味ではお秀は漱石自身の付属物であるとも言えよう。そのために女としても人妻としても例外的な登場の仕方をした。

最後に、話は変わるが前述の『明暗』での清子の真の初登場シーンで清子が果物籃を提げていたことについて、読者は奇妙な先行モデルの存在に気付くかも知れない。それは『三四郎』（四ノ十回）での美禰子の「真の初登場シーン」たる広田先生の引越し先での格好である。それまでの二回は美禰子としてではなく池の女としての顔見せであった。美禰子は手に大きな籃《バスケット》を提げている。美禰子は荷物を持ったまま三四郎に例の優雅なお辞儀をしたのである。これは偶々であろうか。何か別の意図が隠されているのであろうか。サンドウィッチのバスケットも果物籃も単なる小道具を離れて作品中で何度も反芻して参照される。漱石の中で最も有名な小道具のようである。おそらく漱石はこんな問いに答えようとはしまい。美禰子はただ引越しの手伝いに行くのに弁当を持って行っただけのことである。だからそう書いたまでで、別に魂胆も何もない。

しかし読者としては清子の言葉を借りて一度言ってみたい気がする。

「ただ貴方はそういうことをなさる方なのよ」

四十、笑う女

『明暗』ではヒーローとヒロインの出会いは、強いて言えば温泉宿で津田がやっと望みがかなって清子の部屋を訪れるシーンがそれに近い。


「序に僕が関さんの室を嗅ぎ分けて遣るから見ていろ」

彼は清子の室の前へ来て、ぱたりとスリッパーの音を止めた。

「此所だ」

下女は横眼で津田の顔を睨めるように見ながら吹き出した。

「どうだ当ったろう」

「成程貴方の鼻は能く利きますね。猟犬より慥かですよ」

下女は又面白そうに笑ったが、室の中からは此賑やかさに対する何の反応も出て来なかった。人がいるかいないか丸で分らない内側は、始めと同じように索寞《ひっそり》していた。

「お客さまが入らっしゃいました」

下女は外部から清子に話しかけながら、建てつけの好い障子をすうと開けて呉れた。（百八十二回）

『それから』で三千代が始めて代助の家を訪れるシーンがある。金を借りに来たのである。「少し御金の工面が出来なくって？」漱石は女にこう言われると、まるで喰いかけの煎餅を女が横から取って食べてしまったときのように（『行人』女景清のエピソード）、もうその女に求婚しても断られないと確信するのであろうか。


「何か御用ですか」と門野が又出て来た。……

「おや、御呼になったんじゃないのですか。おや、おや」と云って引込んで行った。……

「小母さん、御呼びになったんじゃないとさ。何うも変だと思った。だから手も何も鳴らないって云うのに」という言葉が茶の間の方で聞えた。夫から門野と婆さんの笑う声がした。

其時、待ち設けている御客が来た。……（『それから』四ノ三回）

『行人』では「塵労」の冒頭でお直が二郎の下宿を訪れる。このシーンが当初から『行人』の掉尾をかざるエピソードとして用意されていたか、それとも病後の再開にあたって思いついたものか、それはにわかには判断がつかないが、五回分というその分量は「塵労」の充分な独立を物語る。冬の寒い夜、下女が部屋へやってくる。


「風呂かい」

自分はすぐ斯う聞いた。是より外に下女が今頃自分の室の襖を開ける筈がないと思ったからである。すると下女は立ちながら「いいえ」と答えたなり黙っていた。自分は下女の眼元に一種の笑いを見た。その笑いの中には相手を翻弄し得た瞬間の愉快を女性的に貪りつつある妙な閃があった。

……

……

「だって聞いても仰ゃらないんですもの」

下女は斯う云って、又先刻の様な意地の悪い笑を目元で笑った。自分はいきなり火鉢から手を放して立ち上った。敷居際に膝を突いている下女を追い退けるようにして上り口迄出た。そうして土間の片隅にコートを着た儘寒そうに立っていた嫂の姿を見出した。（『行人／塵労』一回）

年のいった女がよく愛想笑いをするという意味で漱石はこんな書き方をしているようでもない。『行人』の和歌山の一夜でも停電の前後、お直は今着替えているとか、ここへ来てさわってみろとか、二郎を困らせるような、前項で述べた人妻にあるまじき振る舞いに及ぶが、

「おやおや」

下女は大きな声をして朋輩の名を呼びながら灯火を求めた。自分は電気灯がぱっと明るくなった瞬間に嫂が、何時の間にか薄く化粧を施したという艶かしい事実を見て取った。電燈の消えた今、其顔丈が真闇なうちに故の通り残っているような気がしてならなかった。

「姉さん何時御粧《おつくり》をしたんです」

「あら厭だ真闇になってから、そんな事を云いだして。貴方何時見たの」

下女は暗闇で笑い出した。そうして自分の眼ざとい事を賞めた。（『行人／兄』三十六回）

『虞美人草』ではもっと露骨に書かれる。博覧会の翌日小夜子が小野の下宿を訪れる。下女は笑いながら、

「おや御出掛。少し御待ちなさいよ」「余まり周章るもんだから。御客様ですよ」「あら待ってた癖に空っとぼけて」「ホホホホ大変真面目ですね」と言いたい放題である。この小野の下宿の下女は物語の初めの方に登場したときは、浅井がやって来たときであったが、笑う理由を作者によって説明されている。

「御客様」と笑いながら云う。何故笑うのか要領を得ぬ。御早うと云っては笑い、御帰んなさいと云っては笑い、御飯ですと云っては笑う。人を見て妄りに笑うものは必ず人に求むる所のある証拠である。此下女は慥かに小野さんからある報酬を求めている。

……下女が無暗に笑うのは小野さんに愛嬌があるからである。愛嬌のない御客は下女から見ると半文の価値もない。小野さんは此心理を心得ている。今日迄下女の人望を繋いだのも全く此自覚に基づく。小野さんは下女の人望をさえ妄りに落す事を好まぬ程の人物である。（『虞美人草』四ノ四回）

下女は接客用の笑顔を見せているだけなのか、この場合は小野の「可愛さ」に特化した話なのか、物語の最後で宗近が小野の許へ「真面目になれ」と駆け付けたときはもうこの下女は影も形もないが、若い女がよく笑うのは事実としても、漱石はそんな笑い（理由のない笑い）に否定的なのは『心』のこんな記述を見なくても誰もが知るところである。

奥さんは果して留守でした。下女も奥さんと一所に出たのでした。だから家に残っているのは、Kとお嬢さん丈だったのです。……私は何か急用でも出来たのかと御嬢さんに聞き返しました。御嬢さんはただ笑っているのです。私は斯んな時に笑う女が嫌いでした。若い女に共通な点だと云えばそれ迄かも知れませんが、御嬢さんも下らない事に能く笑いたがる女でした。然し御嬢さんは私の顔色を見て、すぐ不断の表情に帰りました。(『心/先生と遺書』二十六回)

思うにヒーローとヒロインが二人きりになろうとするときに、漱石は何か強迫観念のようなものに襲われて下女の笑いを付加せざるを得ないのか、あるいはそこには期待されるような濡れ場はないと読者にまず宣言したいのか、『明暗』で日曜日の朝、津田とお延が入院のために病院に到着したときの窓口のもようはこのときのための特別仕様になっている。

……津田は玄関を上ると、すぐ薬局の口へ行った。

「すぐ二階へ行っても可いでしょうね」

薬局にいた書生は奥から見習いの看護婦を呼んで呉れた。まだ十六七にしかならない其看護婦は、何の造作もなく笑いながら津田にお辞儀をしたが、傍に立っているお延の姿を見ると、少し物々しさに打たれた気味で、一体此孔雀は何処から入って来たのだろうという顔付をした。お延が先を越して、「御厄介になります」と此方から挨拶をしたので、始めて気が付いたように、看護婦も頭を下げた。

「君、此奴を一つ持って呉れ玉え」

津田は車夫から受取った鞄を看護婦に渡して、二階の上り口の方へ廻った。（四十回）

津田とお延は揃って二階の座敷へ上って行くのであるが、そこは待合でなく単に手術入院のための病室である。津田の通っている病院の看護婦は第一回からしばしば登場して津田と顔見知りであるが、この若い見習い看護婦はこのときだけ現れてあとはどこかへ消えてしまっている。後日登場する「栃木県」と呼ばれる看護婦は明らかにこの看護婦ではない。津田の温泉宿到着のときに出て来た女中と同じ扱いである。デビュー前の女優（の卵）か何かをコネで特別に出演させているようなものである。「濡れ場」でなくても漱石は気を遣うのか。

下女の登場は場面の現実感のために必要としても、その下女が無理に笑わなくても、漱石は色々書き込むタイプであるから下女のリアリティは充分保たれるように思える（太宰治の文章とは違うのだから）。なぜ漱石は下女を笑わせているのか。べつに「対照の妙」を狙ったわけでもあるまい。これは別に解答を要する疑問でもないが、試しに答えれば漱石もまた、若い女と二人きりになる恐怖心から、ついこんな設定にしたのではないか。（太宰と違い）対人恐怖というのではなく、ただ若い女と二人きりというのがたまらなく居心地が悪い気がするのであろう。

四十一、女景清「ごめんよ」事件

『明暗』はユニークな小説ではあるが漱石の作品群の中で単独に聳え立っているわけではない。その中で作品の構造として『明暗』に似ている漱石の小説は、『猫』『虞美人草』『行人』の三作品であろう。『明暗』は漱石の集大成ともいえる作品であるが、『猫』にもまた処女作にその作家の全てがあるという意味で漱石の全てがある。ボリュウムもほぼ等しい。ちょっと見には片方は筋もなく思いつくままに書き流したような体裁を取り、もう片方は緻密な設計図に基づいて丹念に構築されたという印象を与える。まるで正反対のようにも見える両者は、その制作の思想という観点から見ると案外似ている。『猫』も『明暗』も作者の「私」を去って天の命ずるままに物語が進んでいるからである。（十箇年の作家生活を経て）漱石の中にひとつの新しい思想が醸成されてそれが『明暗』に結実したとする意見はあまりにも便宜的で、そんな（他人にとって）都合のよい話がある筈がない。四十歳と五十歳で漱石が別人になるわけでもない。

『虞美人草』は会話で成り立っている複数主人公の通俗小説という面で『明暗』のさきがけとなっている。『虞美人草』は漱石の気持ちの中では失敗作という位置付けであろうし、漱石がその後『虞美人草』をじっくり読み直したふうにも見えないが、『虞美人草』を九年後の熟練した筆遣いでリライトしたものが『明暗』であるとする見方もあながち的外れとは言いがたい。藤尾の悲劇をお延に重ねる読者もまた多いのである（こちらは少し外れていると思うが）。

小説としての結構が細部まで似通っているのは『行人』であろう。前述したように『行人』は分かりにくい作品であるが、「友達」「兄」「帰ってから」と中断後の「塵労」はまず別の小説と考えた方がいい。半年の中断というのは漱石のキャリアからすると、とても同じ小説の続きを書き出せるとは思えないからである。その「塵労」が切り離された感じで独立していることさえ、津田の道行きがそれまでの『明暗』の進行から浮いた感じを与えるのと共通している。『行人』で一つ一つ提出された疑問、公案のようなものが『明暗』ですべて解答を与えられている。そこまで行かなくても、『明暗』でさらに問い直されている。

ここで何度目かに取り上げる女景清のエピソードは、『行人』の「帰ってから」十三回から十九回までの七回にわたって二郎の父による、本筋とは直接関係はない、いわば「外伝」の一つである。『明暗』の登場人物の口論バトルも、ある意味では物語の本筋と直接関係しないことの多い「外伝」の集積のようなものである。そのために話が異様に長くなったのである。

男は二十歳、高等学校に入った頃。まず漱石本人と見て差し支えない。坊っちゃんであるという。女は同い年、同じ家の召使いのような立場。「其男と其女の関係は、夏の夜の夢のように果敢ないものであった。然し契りを結んだ時、男は女を未来の細君にすると言明したそうである。」(『行人／帰ってから』十四回)というのが事件の発端。次に男がすぐ後悔して正直にもまともに破約を申し込む。女は黙って去って、それから二十何年間何事もなく打ち過ぎた。これが男の「ごめんよ事件」とされる。男女とも生きていれば四十代。『行人』の頃の漱石は四十七歳(長女筆子十五歳)であったから、まあ彼らも四十五歳くらいか。男の方の長子も十二、三歳とある。

男は女を去るとき「僕は少し学問する積だから三十五六にならなければ妻帯しない」と「余計な事を其女に饒舌っている」（同十五回）が、大学を出るとすぐ結婚している（といってもこの場合は三十歳くらいか）。それはいいとして二人はその二十何年後有楽座（邦楽名人会）で偶然再会する。女は気の毒にも盲目になっていた。それから男はその女の所在をつきとめ、「二郎の父」を通してその女に金品を贈ろうとして辞退されるという小悲喜劇がこの「女景清」の概要である。

女は当時から男に対し何の含むところも持たない。家を出るとすぐに嫁ぎ、夫には先立たれたが（二十何年経っているわけだから）子供も二人立派に成人しているようである。男の現在ある地位を確認したあと、「定めてお立派な奥さんをお貰いになったで御座いましょうね」と父に聞く。

「ええ最う子供が四人《よったり》あります」

「一番お上のは幾何にお成りで」

「左様さもう十二三にも成りましょうか。可愛らしい女の子ですよ」

女は黙ったなり頻りに指を折って何か勘定し始めた。其指を眺めていた父は、急に恐ろしくなった。そうして腹の中で余計な事を云って、もう取り返しが付かないと思った。

女は少後間を置いて、ただ「結構で御座います」と一口云って後は淋しく笑った。然し其笑い方が、父には泣かれるよりも怒られるよりも変な感じを与えたと云った。（『行人／帰ってから』十七回）

二十歳のとき三十五、六まで結婚しないと宣言した男がそれから「二十何年」経って今十二、三の子を持つ。ちょっと早いといってもたかだか三、四年かせいぜい五、六年である。指を折らなくても自分の子（成人）と十二、三の子の年差を考えただけでも男が十年ほどは頑張っていたことが分かる。取り返しがつかないほどの大失態ではなかろう。だいたい指を折るという仕草自体、折った指を見ることが出来ない以上、健常者の発想であろう。と言えば漱石から叱られようが。しかしたとえ十五年と言った男が十年で結婚したとしても、ふつうの女が、まして自分はすでに家庭に納まった女がそこまで男の言った事にこだわるだろうか。こだわるとすれば嘘を吐くことの出来ない漱石の方であろう。それとも女が結構だと言ったのは、大きく違約しないのは感心であるという意味なのか。すると父がこんなに狼狽する理由が不明である。二郎の父もまた漱石のように数年の齟齬に人生の基盤をゆすぶられる思いがしたのであろうか。

それならばもっと気にするべきなのは、もうひとつの女の質問、あのとき男が女に破約を申し入れたのは、単に若すぎたゆえの「ごめん」だったのではなく、女の中に何か嫌気がさすような欠陥（癖・仕草・物言い）を発見したのではないかという、むしろこの方が何十年たっても消えることのない切実な疑問であろうから、これに対しては本人に探索を入れるべくもう一度出直して後日改めて返答するというのが筋ではなかったか。ところが父は本人の心の内は二十何年前のことでもよく承知しているとばかり、適当にごまかしつけて何とか女を納得させたと自慢気に言ってあとで一郎を憤慨させている。そして父の軽薄さを引き継いでいる者としてそのとばっちりが二郎にまで来たことを思えば、この女景清の話の後半の真意は、父の人間性への攻撃であったろうか。男（漱石自身）の不始末の尻が身内の年長者（父・叔父等）へ持って行かれたわけである。

四十二、三沢の不思議な恋

『虞美人草』『三四郎』で若い女の大盤振る舞いをやった漱石は『それから』で少し控えるようになり、『門』『彼岸過迄』ではヒロイン以外には若い女はどこへ行ったのかというような小説になっている（『彼岸過迄』のお作という不思議な役割の小間使いを例外として）。『行人』では久しぶりに復活して若い女が増える（お作の物語も「女景清」に結実する）。『心』『道草』ではまた女の数が減少、そして『明暗』では最後の花火のように女の小説ともいうべき大賑わいである。その意味でも『行人』は『明暗』に先行しているが、『行人』の決して主人公でない三沢の様々な「恋愛事件」は『明暗』とはまた別のややこしい展開を見せている。『明暗』では恋愛事件は直接には描かれない。その意味では『明暗』は『門』に似ているかも知れない。そして『道草』は恋愛事件そのものが無い漱石としては珍しい小説である。

『行人』の「友達」では三沢が旅先で出会った芸者と同じ病院に入院することになり、その芸者との交流ともいえない夢の中での交渉のような不自由で実りのない恋愛事件がまず書かれる。それからその数年前の「知り合いの家の出戻りの娘さん」とのはっきりしない恋愛事件が、三沢の恋心を通して描かれる。娘さんは精神を病んでいるが三沢はなぜかその元人妻を好きになるのである。娘さんは死んでしまい、入院中の芸者（あの女）もいつ死んでもおかしくない。そして「あの女」は亡くなった娘さんに顔が似ているというオチがついている。

二郎はそれらの話を友人の三沢から直接聞くのであるが、「兄」では三沢家で亡くなった娘さんの話は一郎も知っており、「三沢が其女の死んだとき、冷たい額へ接吻したという話」を一郎はあべこべに二郎に教える。この話は、「噫々女も気狂にして見なくっちゃ、本体は到底解らないのかな」(『行人／兄』十二回)という一郎の溜息に結び付けられて三沢の恋愛事件は終わった、と誰もが思う。ところが「帰ってから」で女景清の事件が紹介され、兄一郎の神経衰弱がさらに強調される中、二郎が家を出て下宿するとまた三沢がやって来る。二郎は兄の症状から精神病だった娘さんを連想し三沢のあの事件を蒸し返す。葬儀の話に及ぶと三沢は突然激昂する。


……「あいつ等はいくら親だって親類だって、只静かなお祭りでも為ている気になって、平気でいやがる。本当に涙を落したのは他人の己丈だ」

……「いや其丈なら何も怒りやしない。しかし癪に障ったのはその後だ」

……「馬鹿にも程があるね。露骨にいえばさ、あの娘さんを不幸にした原因は僕にある。精神病にしたのも僕だ、と斯うなるんだね。そうして離別になった先の亭主は、丸で責任のないように思ってるらしいんだから失敬じゃないか」

……「誤解？」と彼は大きな声を出した。……彼はしきりにその親達の愚劣な点を述べたてて已まなかった。その女の夫となった男の軽薄を罵しって措なかった。仕舞に斯う云った。

「何故そんなら始めから僕に遣ろうと云わないんだ。資産や社会的の地位ばかり目当にして……」

「一体君は貰いたいと申し込んだ事でもあるのか」と自分は途中で遮った。

「ないさ」と彼は答えた。

「僕がその娘さんに——その娘さんの大きな潤った眼が、僕の胸を絶えず往来するようになったのは、既に精神病に罹ってからの事だもの。僕に早く帰って来て呉れと頼み始めてからだもの」

彼は斯う云って、依然として其女の美しい大な眸を眼の前に描くように見えた。もし其女が今でも生きて居たなら何んな困難を冒しても、愚劣な親達の手から、若しくは軽薄な夫の手から、永久に彼女を奪い取って、己れの懐で暖めて見せるという強い決心が、同時に彼の固く結んだ口の辺に現れた。(『行人/帰ってから』三十一回)

この不思議な三沢の言動は後日鏡子の回想記の冒頭のエピソードによって漱石の実体験もしくは妄想とされた。漱石はこの話もまた一郎に結び付けて書いているので、自分で自分の神経異常を述べたものと読者は思わざるをえない。なぜ漱石がこんな奇妙なやりとりを挿入したのか、誰にも説明が出来ないからである。そして実体験と妄想のどちらであるかが判明したところで、この話の奇妙さを決して説明したことにならないのであるから、もし結論を付けようとすると人は漱石の異常性に結び付けるしかないのであるから、病気の原因は病気であるという、つまり何も言っていないに等しいことになってしまう。

自分が意思表示しなくても周囲がそれを察知すべきであるとするこの一見とんでもない発想は、これを見合い話と置き換えて考えてみれば、漱石の言うこともそんなに突飛ではない。見合いで相手(女性側)から断られたとしてその後日譚と考えた場合、こういう発言もありうるのである。

いずれにせよ三沢の話は不思議のことが多いが、漱石が三沢の物語で何を言いたかったのかはよく分からない。三沢の話。和歌の浦と和歌山の話。一郎と二郎とお直の話。一郎の話。これが漱石の言う短編をいくつか並べて一つの物語世界を構成するという形式だとすれば、そう思って『行人』(や『彼岸過迄』『心』)を読む者は一人もおるまい。太宰治(『虚構の彷徨』とか『晩年』の)じゃないのだから。

四十三、水島寒月の不思議な恋

漱石の恋愛譚が分かりにくいのはそもそも処女作の『猫』にその源流がある。『猫』は最初試みに書いた部分はまさに随筆ともいうべき筆のおもむくままに書いたスケッチであるが、意図的に小説として書き始めた第二篇以降の主要な恋愛譚が水島寒月の恋である。寒月は漱石である。そしてその行動（とくに女性にまつわる行動）は不可解の一語に尽きる。

寒月の物語は金田富子に始まり金田富子に終わるが、またヴァイオリンに始まりヴァイオリンに終わるとも言える。寒月は『猫』の最終章で金田富子をあきらめ田舎（高知）で結婚式を挙げて来るが、土産の鰹節をヴァイオリンと同じ袋に入れたため船中で両方とも鼠に齧られたと言う。

寒月がヴァイオリンを手に入れたのは熊本の高等学校時代であるが、そのいきさつは同じ『猫』の最終章で不自然なくらい長々と語られる。『猫』の寒月の登場する始めの方で寒月は十五、六人の未婚既婚女性と忘年会を兼ねた音楽会に参加してかつ仲間と演奏をしていることが書かれるから、寒月は結婚式のために国へ帰るときにもヴァイオリンを携えていたことになる。寒月は日がなガラス玉を磨いている研究者であり融通の利かない堅物の変人みたいに描かれているところもあるが、その一方でヴァイオリンを習ったりどんな女性とでも屈託なく付き合える点で「女に好かれる（こともある）」漱石の別の（本来の）一面を見せている。苦沙弥の日記によると、宝丹の角を曲ると又一人芸者が来た。是は背のすらりとした撫肩の恰好よく出来上った女で、着て居る薄紫の衣服も素直に着こなされて上品に見えた。白い歯を出して笑いながら「源ちゃん昨夕は、つい忙がしかったもんだから」と云った。但しその声は旅鴉の如く皺枯れて居ったので、切角の風采も大に下落した様に感ぜられたから、所謂源ちゃんなるものの如何なる人なるかを振り向いて見るも面倒になって懐手の儘御成道へ出た。寒月は何となくそわそわして居る如く見えた。
(『猫』二篇)

これではどう読んでも寒月が源ちゃん本人であるか、あるいはその(漱石好みの)すらりとした芸者と昵懇であるとしか思えない。合奏会では某博士の夫人から自宅で病臥している富子が譫言に寒月の名を口走っていると、金田側の謀略ではあるが告げられる。寒月は(漱石同様)案外もてるのである。

しかし金田家の目的は博士号という肩書であり、実際に寒月の博士論文が十年単位の期間を要するものであることが判明すると、そんなに待てる筈もないのでこの話は立ち消えになってしまう。

このとき寒月は博士号取得に時間がかかることを金田家に説明して了解を得たと嘘を吐くわけであるが、事実は寒月は金田家へは自分の個人的なことは何も話さなかったと思われる。つまり寒月は(漱石同様)相変わらずどんな状況になっても言質を取られるようなことは何も口にせず自分からは何の行動も起こさないが、寒月を調査している金田家は博士号の確約が得られそうもないのでこの結婚話をキャンセルしたということであろう。漱石は寒月という人物を飄々とした人物として描いているが、あるいは外見は「糸瓜が戸迷いをしたような顔をして」いる寺田寅彦を借りているかも知れないが、衣の下から鎧が出ている例えの通り、前項の三沢の怒りを知っている後代の読者にとっては、寒月が心の中で

「何故そんなら始めから僕に遣ろうと云わないんだ。資産や社会的の地位ばかり目当にして（『行人／帰ってから』三十一回）」と叫んでいるのを想像せずにいられない。

このあと寒月がさっさと親の勧める（と推測される）結婚をしたのは津田の場合と似ている。寒月に富子への未練があるならその新婚生活がぎくしゃくしたものになる可能性も高い。寒月もまた津田と同じように「嬉しいところなんか始めからないんですから」と言って澄ましているタイプであろう。要するに漱石は処女作『猫』の中にふわふわして捕らまえどころのない自分の恋愛体験をすべて書いてしまったと言える。それは恋愛などとは呼べない、ある意味では優雅で高踏的なものであったかも知れない。寒月の恋は始めから終いまで読者の理解の外にあったのである。

それよりも金田富子が多々良三平と結婚することになった理由の方がさらに分かりにくい。作者は金田一家にはまるで同情がないから寒月と富子の恋が結実しないなら、それは苦沙弥たちには目出度いことであっても無理に金田家も同じようにハッピーエンドにする必要はさらさらないわけである。なぜ漱石は金田富子を結婚させたのか。なぜ富子の結婚によって物語に決着がつく（かも知れない）と考えたのであろうか。

その多々良三平が結婚式通知の土産に持参したビールが、結果的に猫の大往生の直接の原因になったのであるが、まさか猫にビールを飲ませるためだけに婚約させたわけでもあるまい。

漱石は座談はうまいと言われているが根っからのストーリーテラーではない。漱石の書く「結末」は他の部分同様バラエティに富んではいるが、少しぎこちないところがある。あまりきれいに行きすぎると粋ではないと思っていたのか。英国風の、感傷を排した小説の結び方を学んでいた漱石は、性格もあるのだろうが、どちらかというと余韻や思わせ振りを避けて淡々とした叙述で終わらせることに努めていたように思われる。それにもかかわらず漱石初期の、『坊っちゃん』やオリジナルの『猫』（第一篇「車屋の黒は其後跛になった云々」の方）の結末は、淡々と叙述をしようとして却って文章が感傷的になったきらいがある。たとえば小論の冒頭にあえて全文引用した成瀬正一宛葉書もそうであるが、その半年前の有名な芥川久米宛書簡の末尾部分に表れているようなある種の「感じ」である。

「今日からつくつく法師が鳴き出しました。もう秋が近づいて来たのでしょう。私はこんな長い手紙をただ書くのです。永い日が何時迄もつづいて何うしても日が暮れないという証拠に書くのです。そういう心持の中に入っている自分を君等に紹介する為に書くのです。夫からそういう心持でいる事を自分で味わって見るために書くのです。日は長いのです。四方は蟬の声で埋っています。以上」（大正五年八月二十一日）

漱石はことさら感傷的になっているわけではないと思うが、日本語の（口語文の）特質であろうか、平明な叙述に話者の感情が沁み込もうとしているかのようである。

ところで『猫』の最後のエピソード（金田富子と多々良三平の結婚）は一般読者に誤解を与える内容であった。漱石にとって結婚はハッピーエンドでない。愛は尊いが世俗的な婚姻は生活のための方便に過ぎずむしろ男女の愛情をスポイルするものである。つまり『虞美人草』と同じく、この結婚譚は金田富子と多々良三平に対する懲罰で付け加えられたのであろう。藤尾を罰する意味があまりないように、この未来の実業家予備軍のカップルは残念ながら名作『猫』の掉尾を飾るほどの大物ではなかったのである。しかしこの問題はなかなかそんなことでは片付きそうにもない。愛の成就という問題は、漱石の全作品を貫く問題だからである。

四十四、『明暗』と『猫』の不思議な関係

先に述べた『明暗』と『猫』が似ていることについて、その人物構成、登場人物の配置という観点から両者の比較をしてみたい。

『明暗』のヒーローが津田とすれば『猫』の真のヒーローは水島寒月であろう。寒月は寺田寅彦ではない。あるいは三四郎が小宮豊隆であるとすればそれと同じ程度には寒月は寺田寅彦であるかも知れない。漱石は自分以外の誰も小説の主人公にしたことはないし、そもそも漱石は他人を自分の小説の主人公にするほど興味（同情）を持って見ていない。漱石もまた研究科目は他人でなく自分である。漱石が他人に比較的関心が薄いのは自分の両親やその家族、養家の人（育ての親）、さらには自分の妻子に対する態度を見ても容易に想像できる。では自分にしか関心が無いのかといえば、それはまあ別の議論になってしまうからこれ以上言わないとしても、漱石は自身の頭の中の、気になって仕方がない思想や人事のことは書いても、特定の人物をモデルに小説を組み立てるようなことはしなかった（『坑夫』ですらそうである）。周囲の人間や家族をモデルにするのはあくまで人物を造型する材料として、小説の隙間を埋めるエピソードの提供者として利用しているに過ぎない。だから社会人漱石は安心して寒月に滑稽な恋愛と平凡な結婚をさせ、珍野家に侵入した泥棒に顔が生き写しとまで書いたのである。

お延は当然『猫』の細君である。『猫』の細君がロマンスと無縁なのと同様、お延にも津田以外に浮

いた話はなかった。そして藤井と岡本という漱石のさらなる分身は（お秀もこの中に含まれる）、『猫』では苦沙弥・迷亭・八木独仙として登場している。つまり「津田・藤井・岡本・お秀・お延」の五人の主人公ファミリーは結果として、「寒月・苦沙弥・迷亭・独仙・細君」の五人と同じ位置付けと言ってよい。この中で津田と寒月だけが若い男である。

『明暗』の（もう一人の）ヒロイン清子は、『猫』の真のヒロイン金田富子と比定される。そして清子の夫が実業家（俗物）の関とすれば富子の結婚相手はやはり実業家（の卵）の多々良三平であり、清子と結婚したかった津田は富子と結婚出来なかった寒月ということで辻褄は合う。寒月が故郷で結婚した相手に富子との過去を秘するとすれば津田はそれを見習ったことになる。ついでに言えば津田の両親は京都にいて小説には登場せず寒月の両親も高知にいて描かれることはない。

ちなみに漱石は隠し事の出来ない性分であるから、自分の好みのタイプとか今で言えば好きな女優とか歌手とか、周囲に（家族に）黙っていることはなかった。津田が清子とのことをお延に隠したがるのは、別の魂胆があってのことと思われる。少なくともそれは配偶者の気持ちをおもんぱかってのことではなく、自分自身の（愛についての）倫理的な問題意識から出たものであろう。

ヒロインでいえば清子の後援者は吉川夫妻、それは津田のパトロンでもあるが、一方の金田夫妻は富子の実の親であり寒月を迎える用意もあった。吉川家の大人しい書生は津田の訪問時に現れ、それからもう一度津田が湯河原に発つ新橋駅だかに果物籠を持って来る。金田家では飯炊きやお抱え車夫の他に下女が登場するがこの下女は品のない富子と親し気に会話をする。パトロンたる吉川家と金田家、それぞれに家に忠実なしもべ。ついでに言えば津田の上司佐々木は吉川の仲間であるから、金田家と縁があって苦沙弥ファミリーとも接点をもつ鈴木藤十郎の一つの面を担っていよう。

主人公ファミリーの一員といってよいもう一人の重要人物『明暗』の小林は、一部『猫』の越智東風である。小林は妹のお金さんを通じてファミリーと繋がっており、その見た目は（ちょうどチャプリンのように）滑稽であるとされる。つまり小説の中で作者に茶化される存在である。東風は「韻を踏んでいる」名前からしてふざけており、朗読会のくだりなどドタバタ喜劇を演じているとしか思われない。小林はファミリーの中では異質な存在であるが東風も寒月の紹介で太平の逸民に加わった新参者で漱石の嫌いな新体詩を富子に捧げたりする異分子ではある。また滑稽な見てくれだけで言えば、小林はやはり迷亭の静岡に住む伯父とも重なる。主人公ファミリーの周辺にいる者として、突飛な振る舞いを見せる者として、身体に合わない外套やフロックコートを着る者として、この二人はよく似た描かれ方をしている。

同じく主人公ファミリーの周辺の人物の中で、お時とお金さんは、御三と多々良三平であろう。お時と御三の一対は漱石の書く意地の悪い下女たちと趣が異なり、珍しく例外的に正直で自己主張がない。『猫』で「吾輩」は御三をわざと仇敵呼ばわりしているが、そう書かないと彼女の純朴さが露呈してしまうからである。お金さんは使用人のような遠縁の娘のような立場で、男でいえば書生に近い。多々良三平は二役になるが、本来は山の芋を届ける書生あがりが役どころで、富子を寒月から奪って配偶者に納まるのはあまりにもそぐわない。『明暗』では関にあたる人物、『三四郎』では美禰子の婚約者でセリフはあっても一言か二言、その代わり名前がない。『猫』でも本来なら富子の結婚相手なぞ寒月の後から書かれよう筈はないのであるが、なぜこんな抜擢をされたのか。

それからファミリーのおまけとして津田と同じ温泉宿に泊まる墓碑銘を書く老書家が『猫』の立町老梅（天道公平）であろうか。物語に直接は登場しない天道公平がその奇妙な文章で苦沙弥を煙に巻いたように、老書家の篆刻はおそらくそれに類する誰にも理解されないような作物として後で紹介されるのではないか。つまりこの老書家は巣鴨在の天道公平と同じく少し頭が惚けているように書かれるのではないか。百八十回の風呂場でのスリッパーのくだりでもその片鱗は窺われるが。そして老書家と共に描かれる終日何もしない相客は、八木独仙のもう一人の被害者理野陶然と比定できる。理野陶然もまた半ば理性を失い鎌倉へ（おそらく座禅を組みに）行って腹膜炎で死んでしまった。この「話もしなければ運動もせずただぽかんと座敷に坐って山を眺めている」だけの相客は、もしその姿が書かれることがあるとすれば、それは漱石自身の相貌（もしくは漱石にまつわるその他の何か）を連想させるはずである。

またファミリーには子供が必ず付属しているが、藤井の真事と岡本の継子・百合子・一は、『猫』の三人の女の子（とん子・すん子・坊ば）と雪江さんである。継子がお延に自分の見合い相手の人となりを占ってほしがるのは、雪江さんが八木独仙の講演を熱心に聴いて細君に報告に及んだときの会話を彷彿させる。雪江さんもまた継子と同じくらいには処女の夢を語っているのである。

小林医師と甘木医師は論ずるまでもなく明らか。浜の生糸商の夫婦と裏の俥屋の夫婦は両者とも（結果的に）主人公と隣り合って寝泊まりしていることも共通している。継子の見合い相手の三好と艶書事件の古井武右衛門はどちらもとりあえず自らの人生の大問題を抱えるべく登場していることで対比できる（無情にも二人共そのまま打ち捨てられてしまったが）。そして津田の湯治行きの軽便の相客は、銭湯で浮世離れした振る舞いを見せる客たちのことであろう。『明暗』も『猫』もそのくだりだけまるで別世界のようであることもなぜか共通している。

それでは『猫』の泥棒と巡査、苦沙弥を悩ます私立中学校の生徒と倫理の教師は『明暗』ではどこへ行ったのか。こじつけに近いが、泥棒と巡査は、津田と小林が入った酒場やレストランの客、なかでも小林が探偵であると断言した酒場の男か。いずれも漱石は彼らを石ころのように描いているし、泥棒は丁寧にも苦沙弥が刑事と間違えている。ボールを投げ入れて苦沙弥を困らせる中学生は津田のかかった病院の待合室の患者であろう。学校も病院も（刑務所も）人を拘束するという意味では同じような施設である。釈明に努める教師はそのスタッフという意味で病院の看護婦か。それとも津田の行った温泉宿の女中たちや勝さんのことか。しかし『明暗』の温泉宿以降の物語は『猫』の範囲を長さ（尺）という意味で逸脱しているから、温泉宿のスタッフ等は『猫』にはいないのかも知れない。

『明暗』で飯田橋にうずくまる乞食は、これまた苦沙弥先生宅に届いた寄付金を募る印刷の郵便物二通がこれにあたるだろうか。津田（と真事）が見た大道手品師は迷亭あたりの口から出まかせの一つと思えばよい。そして『明暗』で四回登場する犬は、（会社の玄関にいた毛の長い茶色の犬、尨犬のようだとからかわれる真事の靴、縁の下で犬のように餅菓子に喰い付いたという百合子たちの弟、清子の返事を待つ津田が退屈しのぎに鼻を撫でた旅館の犬）、『猫』では、代言の主人を持つ隣家の三毛、筋向こうの軍人の家の白君、裏の俥屋の黒、そして新道の二弦琴の師匠の家の三毛子の四匹が該当する。『猫』に何匹も登場する天敵たる本物の犬の方は金田家の狆始めあまり存在感がない。「吾輩」の御威光を怖れたものか。その代わり吾輩も鼠を取らない。冥界の使者たる痩せ馬は、「吾輩」をからかった三羽の烏のことか。「吾輩」は垣根から落下して危うく死ぬところであった。実際小説の最後で「吾輩」は烏が行水に利用していた水甕（の内側）へ落下して彼岸へ行く（ように書かれている）。

動物が登場したついでに言えば、「吾輩」と恋仲になる直前に急死した新道の三毛子はどういう存在であろうか。二弦琴の師匠と下女の二人に可愛がられているものの、この二人は「吾輩」には大変に相性が悪い。三毛子の死は主人公ファミリーのまったく関知しないところで起きた事件である。彼らは三毛子の存在すら知らないだろう。その意味で三毛子の物語は『猫』の外伝である。すると『明暗』における画学生の原の不可解な手紙の謎も解けるというもの。原の挿話は『明暗』の外伝であった。原が小林に宛てて書いた（としか思えない。漱石は違うと書いているが）その手紙によると、原もまた叔父叔母がいるが、この二人は大変に性格が悪く原は彼らに騙されているという。三毛子の死が「吾輩」の溺死の遠因であることは疑いようがないので、三毛子は遠く小説の幕引きの役割を果たしている。同様に原は『明暗』の物語の最後に何らかの役割を担って再登場するのではないか。直接には出て来ないかも知れないが（三毛子のように）、原が（それも画学生として）エンディングにある貢献をするのではないか。もしそうだとすればそれは津田たち主人公ファミリーの知りえないような形あるいは場所でなされるに違いない。

もうひとつ、『猫』の初期にしばしば目撃されて苦沙弥と寒月を悩ませたか愉しませた芸者たちはどうなったか。『明暗』は津田が清子たちと滝を見に行く直前に擱筆されているが、その不動滝のシーンには必ず芸者（芸者上りのおかみさん）が登場する。漱石の日記にそう書かれているからである。これについては後述する。

最後に残るのは鈴木藤十郎であるがこれは難物である。鈴木藤十郎は『猫』では異色の常識人であるが『明暗』で代りを務める者がいない。つまりそれだけ『明暗』は『猫』に比べても現実世界を映しているといえる。多々良三平（『明暗』ではお金さんと関の二役、ファミリーの末端とヒロインの簒奪者の二役）の師匠であるとはされるが、お金さんの師匠という意味では藤井か小林か。関の師匠ということで佐々木よりむしろ吉川か。鈴木藤十郎は苦沙弥たちの自炊仲間であるが実業家として金田の代理人になっているから、両陣営を渡り歩くスパイと言って悪ければ仲介者という役割である（坂本龍馬のような）。そういう人間は『明暗』にはいないはずだが強いて探せばやはり小林であろうか。小林にはそんなところがあるようだ。とすると小林は『猫』の東風であり丁髷の伯父であり鈴木藤十郎でもある、なかなか複雑な隅に置けない人物である。何より鈴木藤十郎は言っていることが『猫』の中では唯一まともである。実業家でありながら気負いも衒いもなく、かといって真面目くさった様子もない。ある意味で漱石の全作品の中で一番理に適った物言いをする人間かも知れない。小林がそのような書かれ方をするのは想像しがたいが、もしかすると『明暗』の末尾で唯一まともなことをするのが小林なのかも知れない。

小道具についても言及する必要があろうか。『明暗』の果物籃は『猫』では山芋に化けてしまった。『明暗』の小切手は『猫』では主人の描く水彩画であろうか。突然現れてあっという間に消えてしまう（飽きてしまう）。主人の飲むタカジアスターゼの代りに津田はリチネを飲む。その津田が食うトーストとバタは、『猫』ではバタの代りにジャムである。いかにも小道具的な食べ物としては何といっても迷亭の笊蕎麦であろうが、『明暗』では岡本が突然糖尿病を喧伝しながら大量に食う豆腐がその代用であるか。小説全体を覆う寒月のヴァイオリンは津田の痔疾とイコールであろう。そこからすべての物語が始まったのである。それから、その他人物を離れてはもう際限がないのでこの辺で打ち切りたいが、おまけとして『猫』の「送籍」は『明暗』では「猿」として、明確に刻印されていることを繰り返し述べておきたい。たとえ意図しなかったにせよ、著者自ら『猫』と『明暗』の同期にサインをしているのである。

Ⅳ　珍野家の猫

四十五、『猫』第一冊目次

漱石の処女作『猫』は名作であるが殆ど書きっぱなしの作品である。思いつくままに書いた作品である。どの辺に何が書かれてあるか、作者も読者も忘れているしどうでもいいことかも知れない。昔は（中国の小説みたいに）版元が要約を兼ねた惹句のような目次のような見出しを附していたが、「近代の」小説ということで出版社はそういうことをしなくなった。そこでまったく余計な事と知りつつ、ここでその内容を登場人物の整理も兼ねて棚卸ししてみたい。落語の講釈をするようで気が引けるが、あくまで（『明暗』理解も含めた）名作理解のための道しるべのつもりである。『猫』が漱石自身の手によって漱石自身の生活の中で書かれたものである以上、「どの辺に何が」を再確認することはまったく無駄なことでもないだろう。

第一篇　「吾輩は猫である」

登場人物（登場順）　書生・御三・主人・子供（五歳と三歳）・白・三毛・迷亭・黒・俥屋

そんなら内へ置いてやれ／人間と生れたら教師となるに限る、こんなに寝ていて勤まるものなら猫にでも出来ぬ事はない／猫が来た猫が来た／産んだ子猫を捨てられた白君の涙／後架先生／迷亭登場／アンドレア・デル・サルト事件／俥屋の黒大王登場／俥屋の黒の激昂／おい人間てものあ体のいい泥棒だぜ／主人の日記〜あの人の細君は芸者だそうだ、羨ましい事である〜元来放蕩家を悪くいう人の大部分は放蕩をする資格のないものが多い、また放蕩家を以って自任する連中のうちにも放蕩する資格のないものが多い／

倖屋の黒はその後跛になった／吾輩が例の茶園で彼に逢った最後の日どうだと云って尋ねたら「いたちの最後屁と肴屋の天秤棒には懲々だ」といった／主人は毎日学校へ行く、帰ると書斎へ立て籠る、人が来ると教師が厭だ厭だと言う、水彩画も滅多に描かない／子供は感心に休まないで幼稚園へかよう

第二篇「太平の逸民」

（一）珍野家の正月と猫の雑煮事件

主人・御三・寒月・子供（姉と妹）・細君

三枚の年始状（俄かに有名になった猫の絵葉書）／寒月登場／寒月椎茸前歯欠損事件／寒月ヴァイオリン演奏会／「大抵の婦人には必ずちょっと惚れる、勘定をしてみると往来を通る婦人の七割弱には恋着する」／そんな浮気な男がなぜ牡蠣的生活を送っているのか／主人と寒月散歩に出る／姉妹の砂糖山盛事件／タカジアスターゼ事件／あなたはほんとに厭きっぽい／主人の日記〜寒月と芸者〜寒月の挙動不審〜これからは毎晩二三杯ずつ飲むことにしよう（猪口で）／

カーライル胃弱説／バルザックの逸話／猫の発見した三つの真理／あら猫がお雑煮を食べて踊りを踊っている／取ってやらんと死んでしまう、早く取ってやれ／猫が追加で発見した第四の真理

（二）美貌家三毛子登場と東風朗読会事件
三毛子・二弦琴の師匠・黒・俥屋の神さん・主人・東風

新道の三毛子宅訪問／六十二で生きている位だから丈夫といわねばなるまい／天璋院様の御祐筆の妹の／黒は生きていた（漱石の失念か）／

東風登場／トチメンボー事件／朗読会事件／近松に二人はない／今までこらえていた女学生が一度にわっと笑いだした／第一回としては成功だと称する朗読会がこれでは失敗はどんなものだろう／朗読会賛助会員になる／会費が要らなければ謀叛の連判状へでも署名する／東風カステラ事件（主人が席を立った隙に東風がカステラを嚥下したという、『かくれんぼ』〈緑雨〉の栗きんとん事件を彷彿させる話）／迷亭の年始状／孔雀の舌料理事件／羅馬人の食事法

（三）三毛子の死と寒月吾妻橋事件
二弦琴の師匠・下女・甘木医師・主人・迷亭・寒月・〇子（富子）・細君・月桂寺

三毛子の病気／甘木先生の見立て（三毛子篇）／旧幕時代にないものに碌なものはない／主人は毎朝鵞鳥が絞め殺されるような声で含嗽をする／

迷亭来たる／主人の新体詩「巨人引力」／寒月来たる／行徳の俎板／迷亭静岡の母からの手紙／迷亭首懸の松事件／寒月ヴァイオリン演奏会報告（忘年会報告）／富子初登場（川の中から）／寒月隅田川入水未遂事件（寒月「はーい」返事事件）／寒月は金田家に年始挨拶に行った〜富子は門の内で下女と羽

根を突いていた／摂津大掾事件（主人夫婦の歌舞伎座断念事件）／僕はこの時ほど細君を美しいと思ったことはなかった／甘木先生の見立て（主人篇）／

三毛子の葬儀／三毛子の代りにあの教師の所の野良が死ぬとお誂え／ええ利目のある所をちょいとやっておきました

第三篇「金田事件」

（一）細君の毒舌と寒月の演説会リハーサル

主人・細君・迷亭・寒月

あなた今月はちっと足りませんが／ジャム舐め事件／原稿紙植毛事件／天然居士（曾呂先）の墓碑銘／どこへ参るにも断って行ったことのない男ですから／坊や大根卸し事件／あの上腹の中に毒があっちゃ辛抱出来ませんわ／何か内々でやりますかね。油断のならない世の中だからね／樽金事件（書物の価値について）／行雲流水の如し、出ずるかと思えば忽ち消え、逝いては長なえに帰るを忘る／「賞めたんでしょうか」「まあ賞めた方でしょうな」／月並みとは何か／

主人帰宅／寒月来たる／首縊りの力学／大抵分かった／そんな遠慮はいらんからずんずん略すさ／どうだい苦沙弥などはちと釣ってもらっちゃあ、一寸《いっすん》延びたら人間並みになるかも知れないぜ

（二）金田鼻子来訪

主人・迷亭・金田鼻子・細君

迷亭来たる／越智東風高輪事件の報告（東風のさいなら事件）／金田鼻子登場／金田って人を君知ってるか／鼻子の方では天が下の一隅にこんな変人がやはり日光に照らされて生活していようとは夢にも知らない／富子の譫言は某博士の夫人に頼んだ作り事／牧山男爵事件／吾妻橋事件の真相／金田夫人の寒月聞き合わせ／「首縊りの力学で博士になれましょうか」「本人が首を縊っちゃあ難しいですが」／団栗のスタビリチー／寒月の葉書／

馬鹿馬鹿しい、あなたのような胃弱でそんなに永く生きられるものですか／迷亭の伯父の話／六十七になって寝られなくなるのは当り前でさあ

（三）金田邸訪問とサヴェジ・チー

俥屋の神さん・金田家飯炊・金田家車夫・金田夫妻・富子・金田家下女・主人・迷亭・寒月・俥屋

角屋敷の金田家へ始めて行く／俥屋の神さんが金田家の飯炊と車夫を相手に苦沙弥の悪口を言う／今戸焼の狸みたようにくせに／自分位えらい者はないつもりでいる／金田夫妻も苦沙弥の悪口を言う／あの学校には国の者、津木ピン助や福地キシャゴがいるから、頼んでからかわしてやろう／生徒から先生となっています／富子登場（声だけ）／寒月でも水月でも知らないんだよ、大嫌いだわ、糸瓜が戸惑いをしたような顔をして／富子は小間使いにやった半襟がよく似合うので腹を立てる「そんなによく似合うものを、なぜ黙って貰ったんだい」／

主人の家に戻ると迷亭寒月が来ている／迷亭の演説「鼻の力学」／金田家使用人によるいやがらせ「今戸焼の狸」「高慢ちきな唐変木だ」「もっと大きな家へ這入りてえだろう」「わはははサヴェジ・チーだ」／主人はステッキを持って飛び出すが表通りには誰もいない

第四篇　「鈴木藤十郎君（金田事件Ⅱ）」

（一）鈴木藤十郎登場と細君の禿

金田夫妻・鈴木藤十郎・主人・細君

再び金田家へ忍び込む／鈴木藤十郎登場／何か無礼な事でも申しましたか、昔から頑固な性分で／いったい少し学問をしているととかく慢心が萌すもので、その上貧乏をすると負け惜しみが出ますから／後で車夫にビール一ダース持たせてやったら、こんなもの受取る理由がない持って帰れ、俺はジャムは毎日舐めるがビールのような苦い物は飲んだことがない／ええ水島さんは貰いたがっているんですが苦沙弥だの迷亭だのって変り者が何だとかかんだとかいうものですから／標札はあるときとないときがある～名刺をご饌粒で門へ貼り付けるので雨が降ると剝がれる／何でも屋根に草が生えた家を探して行けば間違いっこありませんよ／

主人は細君の荘厳な尻の先へ頰杖をついている／お前の頭にゃ大きな禿があるぜ、知ってるか／不具ならなぜお貰いになったのです、ご自分が好きで貰っておいて不具だなんて／はたちになったたって背が延びてならんという法はあるまい、嫁に来てから滋養分でも食わしたら少しは延びる見込みがあると思ったんだ

（二）鈴木藤十郎来訪

主人・鈴木藤十郎・迷亭

主人は旧友鈴木藤十郎の名刺を後架へ落としてきたのか／（子供は）うん三人ある、この先幾人出来るか分からん／僕は実業家は学校時代から大嫌いだ、金さえ取れれば何でもする、昔でいえば素町人だからな／苦沙弥は鼻について俳体詩を作った／寒月と富子の結婚話にはまず当人同士の意志が大切、主人もおおいに賛同／富子が寒月の悪口を言うのは寒月に気がある証拠、この理屈は主人にはまったく通じない／こいつこの様子ではことによると遣り損なうな／問いただすなんて君そんな角張ったことをして物が纏まるものじゃない、やっぱり普通の談話の際にそれとなく気を引いてみるのが一番近道だよ／

迷亭来たる／死んだ天然居士曾呂先の思い出／迷亭の石塔乱打事件／鈴木藤十郎の石塔引抜事件／鈴木藤十郎の迷亭写生帖引裂事件／美術原論執筆と神田の西洋料理奢りっこ事件／迷亭は寒月が博士論文を書き始めたと言う／鈴木君は寒月の名を聞いて、話してはいけぬ話してはいけぬと顎と眼で主人に合図するも、主人には一向意味が通じない／アリストテレスの説、競技に対する賞与はあるが智識に対する報酬は無い。智識以上の珍宝はないからである／実業は活動紙幣に過ぎない、その娘は活動切手か。寒月は活動図書館である／人生の目的は口舌でない実行にある、自己の思い通りに事が進捗すればそれで人生の目的は達せられる～明治の極楽主義／黙っていろ、サントブーヴだって俺だって同じくらいな学者だ

第五篇　「泥棒事件と多々良三平」

（一）泥棒事件

主人・細君・子供（とん子・すん子・乳呑児）・泥棒・巡査

書物は主人にとっては活版の睡眠剤／主人一家の寝姿／一代の画工が精力を消耗して変化を求めた顔でも十二三種以外に出る事が出来ん〜全き模倣は却って至難なものである〜人間の顔が皆違うのは神の偉大な能力か、または無能の痕跡か／泥棒陰士登場／泥棒の顔は寒月に生き写し／巡査登場／それでは盗難に罹ったのは何時頃ですか／「その風は何だ宿場女郎の出来損いみたようだ、なぜ帯をしめて出て来ん」「これで悪ければ買って下さい、宿場女郎でも何でも盗られりゃ仕方がないじゃありませんか」／知らんけれども十二円五十銭は法外だとは何だ／オタンチンパレオロガス事件／うるさい女だな、意味も何もないというに

（二）多々良三平来訪

主人・細君・多々良三平・とん子・すん子

「あら多々良さんの頭はお母さまのように光ってよ」「だまっていらっしゃいというのに」／あなたが連れ出して下さい、先生は女のいう事は決して聞かない人ですから／「煮て喰べます」主人は猛烈なるこの一言を聞いて、うふと気味の悪い胃弱性の笑を漏らした／多々良三平による寒月の聞き合わせ／「近々博士になりますか」「今論文を書いているそうだ」「やっぱり馬鹿ですな」／主人と多々良三平は芋坂へ散歩に出る／猫の一大決心〜混成猫旅団〜鼠捕獲作戦／猫の大捕物／「泥棒！」と主人は胴間声を

張り上げて寝室から飛び出して来る、見ると片手にはランプを提げ片手にはステッキを持って、寝ぼけ眼よりは身分相応の炯々たる光を放っている、「何だ誰だ、大きな音をさせたのは」

四十六、『猫』第二冊目次

第六篇　「夏来たる。太平の逸民再び」

（一）迷亭ざる蕎麦事件

主人・迷亭・細君・寒月

（猫が）気楽でよければ（猫に）なるがいい、そんなにこせこせしてくれと誰も頼んだわけでもなかろう／迷亭来たる／風呂場で水をかぶる／屋根瓦目玉焼事件／ヘラクレスの牛事件／主人はまだ昼寝をしている／何のことはない毎日少しずつ死んでみるようなもの／迷亭の自慢話～パナマ帽子～万能鋏／迷亭出前笊蕎麦事件／寒月来たる／博士論文のために毎日珠を磨いている／寒月は博士論文は十年以上かかるという／それを数日前に金田に説明しに行ったというが、細君によると金田一家は先月から大磯へ避暑に行っているはずという～迷亭は霊の交換であると判定する／迷亭の失恋事件～越後の蛇飯事件

（二）四人の詩人俳人

主人・迷亭・細君・寒月・東風

迷亭は猿轡でも嵌められないうちは到底黙っていることが出来ないたち／迷亭の話～立町老梅旅館の

下女に突然求婚して相手にされず／「俺がなんで重い」「重いじゃありませんか」／人売り事件／古代ギリシャの女医アグノディケ／ええ大概のことは知っていますよ、知らないのは自分の馬鹿なことくらいです、しかしそれも薄々は知っています／東風来たる／寒月の俳劇「女に惚れる烏」／東風の富子に捧ぐ新体詩／主人曰く「東風さん、この富子というのは本当に存在している婦人なのですか」／東風は金田家に寄ったが先月から大磯へ避暑に行って留守だった／東風の友人送籍が『一夜』を書いた〜主意を糺したが本人も分からない〜主人「妙な男ですね」〜迷亭「馬鹿だよ」／主人の新体詩「大和魂」／東風が富子に近づく理由は詩を書くためであるという「昔から婦人に親友のないもので立派な詩をかいたものはいない」

第七篇　「猫の文明論」

（一）猫の大気焔

（登場人物なし）

海水浴の効用〜しかし西洋から伝播したものであればペストと同じ／魚は一匹も病気をしない／蟷螂狩り／蟬取り〜蟬の小便は敵の不意に出る方便だから主人の羅甸語と同じ／松滑り（木登り）／垣根巡り／隣家からやってきた三羽の烏に馬鹿にされる／

英国裸婦像着衣事件／人間は服装の動物である〜北欧は寒い〜裸でいる欧州人は獣である〜裸体画は美しい獣に過ぎない／肩腕を露わにする西洋婦人の礼服は理屈に反している／それほど裸体がいいものなら娘を裸にしてついでに自分も裸になって上野公園を散歩でもするがいい、できない？　出来ないのではない、西洋人がやらないから自分もやらないのだろう／猫の明治文化論／服装の文明論〜皆勝ちたい勝ちたい〜おれは手前じゃないぞ〜人間は平等を嫌う〜元の公平な時代に帰るのは狂気の沙汰である〜もし帰ったとしても翌日からすぐに別の競争が始まる〜化け物の競争である

（二）銭湯事件

銭湯の客たち・主人・細君

銭湯見学／人間は悪い事さえしなけりゃあ百二十までは生きるもんだからね／浴槽を見渡すと左の隅に圧しつけられて苦沙弥先生が真赤になってすくんでいる／和唐内はやっぱり清和源氏さ、なんでも義経が蝦夷から満洲へ渡った時に……／「もっと下がれ、おれの小桶に湯が這入っていかん」「何だ馬鹿野郎、人の桶へ汚い水をぴちゃぴちゃ跳ねかす奴があるか」／主人は好んで病気をして喜んでいるけれど、死ぬのは大嫌いである、死なない程度に病気という一種の贅沢がしていたいのである／うめろ、熱い熱い／

主人の夕食／今鳴いた「にゃあ」という声は感投詞か副詞か知ってるか／その「はい」は感投詞か副詞かどっちだ／「今夜は中々あがるのね、もう大分赤くなっていらっしゃいますよ」「飲むとも、お前世界で一番長い字を知ってるか」／それじゃ道楽は追って金が這入り次第やる事にして、今夜はこれでやめよう

第八篇　「落雲館事件」

（一）落雲館事件

主人・落雲館の生徒

庭の空地／桐の俎下駄事件（桐を生やして銭なし）／駱駝と犬の喧嘩／主人は落雲館の生徒にからかわれているようである／主人が後架に入ると生徒が四ツ目垣を越えてやってくる／亀を掴んだ鷹と禿頭のイスキラスが頓死した逸話／

虎になった夢／「ぬすっとう！」主人が庭に入ったボールを拾いに来る中学生を追いかける／主人の抗議は龍頭蛇尾／倫理の教師の公徳についての講義は主人を嬉しがらせる／しかし落雲館生徒のベースボールの練習は主人にとっては戦場／貴様らはぬすっとうか／いやそういう事が分かればよろしいです、球はいくらお投げになっても差支えないです、表からきてちょっと断わって下されば構いません／

（二）鈴木藤十郎再来訪

金田・鈴木藤十郎・主人・落雲館の生徒・甘木医師・八木独仙

金田と鈴木藤十郎の立ち話／落雲館事件は金田の使嗾であった／鈴木藤十郎様子を見に来る／生徒が何遍もボールを取らせてくれと玄関に来る／人間は角があると世の中を転がって行くのが骨が折れて損だよ、丸い物はごろごろどこへでも苦なしに行けるが四角なものはころがるに骨が折れるばかりじゃない、転がるたびに角がすれて痛いものだ／どうせ自分一人の世の中じゃなし、そう自分の思うように人はならないさ／

甘木先生来る／催眠術事件／「あけるなら開いてごらんなさい、到底あけないから」「そうですか」と言うが早いか主人は普通の通り両眼を開いていた／八木独仙来たる／主人は独仙には平生の愚痴をこぼす／哲学者独仙の日本文化論／ナポレオンでもアレキサンダーでも勝って満足したものは一人もない／心の落着きは死ぬまで焦っても片付かない／日本の文明は山があって隣国へ行かれなければ山を崩すという考えを起こす代わりに隣国へ行かんでも困らないという工夫をする／いくら自分がえらくても世の中は到底意の如くなるものではない、ただ出来るものは自分の心だけだからね／三つの解決法〜①金と衆に従え（鈴木藤十郎）②催眠術で神経を鎮めろ（甘木医師）③消極的の修養で安心を得ろ（八木独仙）／主人は独仙に自分の不平の種明かしをされたように感じる

第九篇　「省察」

（一）手鏡事件と三通の手紙

主人

主人は痘痕面である／疱瘡をせぬうちは玉のような男子であった、浅草の観音様で西洋人が振り返って見たくらい奇麗だった／君西洋人にもあばたがあるかな／主人の書斎机は寝台兼用に出来る大きな机で近所の建具屋に作らせた〜主人はその上で昼寝をしていて縁側へ転げ落ちたことがある／瓦をいくら磨いても鏡にならないように、いくら書物を読んでも道はわからぬもの／主人は熱心に手鏡を見ている（あばたを覆い隠すための頭髪・頬をぷっと膨らませる・べっかんこう・あかんべえ・カイゼル髭の調練）／

軍人遺族への義捐金を募る華族からの手紙／裁縫学校の校舎建築の寄付金依頼／巣鴨の天道公平からの理解不能の私信／わからんものをわかったつもりで尊敬するのは昔から愉快なものである

（二）迷亭伯父登場と八木独仙の弟子
主人・迷亭・迷亭の伯父

客があっても誰もいないと主人は取次に出ない／迷亭が静岡の伯父を連れて来訪／「いえ、それでは……どうぞあれへ」「ご謙遜では……恐れますから……どうぞ」「私も……私も……ちょっと伺うはずでありましたところ……何分よろしく」／ちょんまげと鉄扇の伯父は不格好なフロックコートを着て赤十字の総会のために上京した／これは建武時代の鉄で性のいい鉄だから決してそんな虞れはない／伯父は杉原（すい原）へ行くため辞す／迷亭は東洋の学問は心そのものを修養するという独仙の哲学を昔から聞いて知っていた／独仙の鼻の頭を鼠が齧った時、迷亭が舶来の膏薬と偽って飯粒を貼った紙片で誤魔化したことがある／独仙は地震のとき寄宿舎の二階から飛び降りて怪我をしたが、外の者が地震だといって狼狽えているところを自分だけは二階の窓から飛び降りた所に修業の効があらわれて嬉しいと負け惜しみを言った／八木独仙のおかげで二人の狂人が出た～理野陶然は腹膜炎で死んだ～立町老梅は巣鴨の瘋癲病院へ収容されて天道公平という筆名でおかしな手紙ばかり書いている

（三）泥棒と刑事
主人・迷亭・刑事・泥棒

吉田虎蔵刑事巡査来訪／主人は同行の泥棒を刑事と間違えて平身低頭する／主人の親爺は昔場末の名主であったから上の者にぴょこぴょこ頭を下げて暮した習慣が因果となって子に酬ったのかも知れない／強情を張って勝ったと思っても当人の相場は下落してしまう〜本人は面目を施したつもりで威張っても人が軽蔑して相手にしてくれないだけ〜これを豚的幸福という／主人の省察／ことによると自分も少々御座っているかも知れない／瘋癲院に幽閉されているものが普通の人で、院外にあばれているものはかえって気狂である／気狂も孤立している間はどこまでも気狂にされてしまうが、団体となって勢力が出ると健全の人間になってしまうのかも知れない

四十七、『猫』第三冊目次

第十篇　「艶書事件」

（一）則天去私

主人・細君・御三・とん子・すん子・坊ば・俥屋の子供・車夫

人間も返事がうるさくなる位無精になるとどことなく趣きがあるが、こんな人に限って女に好かれた試しがない／主人の朝寝坊／三姉妹の洗顔／「そんなに言わなくても今起きる」と夜着の袖口から答えたのは奇観である／主人は押入れに逆さに貼ってある古新聞を読む／伝通院の尼事件〜今泣いた烏がもう笑った／長火鉢事件／三姉妹の容貌／三姉妹の朝食／主人は一言もいわずに専心自分の飯を食い自分の汁を飲む／今に三人が申し合わせたように情夫を拵えて出奔しても、やはり自分の飯を食って自分の汁を飲んで澄まして見ているだろう／主人は日曜日なのに学校へ欠勤届を出して日本堤の警察署へ出頭する

（二）雪江登場

雪江・細君・とん子・すん子・坊ば

雪江来たる／主人の悪口「蒟蒻閻魔」「天探女」／ただ怒るばかりじゃないのよ、人が右といえば左、左といえば右で、何でも人の言う通りにしたことがない／保険不要論「いえ決して死なない、誓って死なない」／淑徳婦人会で八木独仙の演説会があった／石地蔵と馬鹿竹の話／人間は魂胆があればあるほど、その魂胆が祟って不幸の源をなす／演説会には金田富子も来ていた／雪江は富子の噂をする～お化粧をするが器量は並である・東風が新体詩を捧げた・誰かから艶書が来た・寒月と結婚するらしい／招魂社嫁入事件～かように三人が顔を揃えて招魂社へ嫁に行けたら主人もさぞ楽であろう

（三）盗品還る

主人・細君・雪江

主人の帰宅「やあ来たね」／盗品は山の芋と帯の片側以外は出て来た、みな解いて洗い張りしてある／（保険に）ぜひ来月から這入るんだ／雪江がいらないと言った蝙蝠傘をそれなら返せと言う／「お前は愚物のくせにやに強情だよ、それだから落第するんだ」「落第したって叔父さんに学資は出してもらやしないわ」／雪江の涙

（四）艶書事件

主人・古井武右衛門・寒月・細君・雪江

大きな毬栗頭の生徒が来訪／「さあお敷き」／艶書事件／金田富子への付け文に名前を貸した生徒は

しょげ切っているが主人は一向気にする様子はない／寒月来たる／上野の森へ虎の鳴き声を聞きに行こうという／主人の家の新聞は読売新聞であった／古井武右衛門は埒が明かないので帰ることにする「帰るかい」／コロンバスの邦訳／「だって君が貰うかも知れない人だぜ」「貰うかも知れないから構わないんです、なあに金田なんか構やしません」／寒月は近日中にちょっと用事で郷里に帰るという

第十一篇　「太平の逸民全員集合」

（一）全員揃った太平の逸民

迷亭・独仙・主人・寒月・東風

迷亭と独仙の囲碁／「迷亭君、君の囲碁は乱暴だよ、そんな所へ這入ってくる法はない」／寒月の国の土産は三本の鰹節／鰹節はヴァイオリンと一緒の袋に入れていたが鼠が両方とも齧ってしまった／「こっちは……こっちはこっちはとて暮れにけりと、どうもいい手がないね、君もう一遍打たしてやるから勝手な所へ一目打ちたまえ」／主人の女性不要論～独仙も寒月も東風も反対／東風「僕の考えでは人間が絶対の域に入るにはただ二つの道があるばかりで、それは芸術と恋だ、夫婦の愛はその一つを代表するものだ」

（二）寒月のヴァイオリン購入事件

迷亭・独仙・寒月・主人・東風

寒月が田舎の高等学校でいかにしてヴァイオリンを購入するに至ったか／見つかれば生意気だというのですぐ殴られる／人目につくので夜まで待つ／主人「おいもうヴァイオリンを買ったかい」東風「これから買うところです」／買ったヴァイオリンの置き場所に窮して下宿の古つづらの中へ隠す／羅甸語は分かってるが何と読むんだい〜無論読めるさ、読めることは読めるが、こりゃ何だい

（三）ヴァイオリン試奏未遂事件と寒月の結婚
　寒月・迷亭・東風・主人・独仙

「先生子規さんとは御つき合いでしたか」「なにつき合わなくっても始終無線電信で肝胆相照らしていたもんだ」／味醂盗飲事件〜昔鈴木藤十郎の味醂を迷亭や主人が飲んでしまった〜黙っていろ、羅甸語も読めないくせに〜大将（苦沙弥）部屋の隅の方に朱泥を練りかためた人形のようにかたくなっていらあね／迷亭の煙草盗飲事件「失礼ですがこんな粗葉でよろしければどうぞお呑み下さいまし」／

寒月は買ったヴァイオリンを弾く場所がない／深夜灯りも点けず山へ行ってみる／総身の毛穴が急にあいて焼酎を吹きかけた毛脛のように勇気・胆力・分別・沈着などと号する御客様がすうすうと蒸発して行く、心臓が肋骨の下でステテコを踊り出す、両足が紙鳶のうなりのように震動をはじめる／何だか君の話は物足りないような気がする／

博士ならもうならなくってもいいんです／寒月は国へ帰って結婚していた／どうせ夫婦なんてものは闇の中で鉢合せするようなものだ、鉢合せしないでも済むところをわざわざ鉢合せるんだから余計な事さ、それなら誰と誰の鉢が合ったって構いっこないよ／（金田の方へ）いいえ断る訳がありません、私

の方でくれとも貰いたいとも先方へ申し込んだ事はありませんから黙っていれば沢山です

(四) 文明の果ての自殺クラブ
　主人・独仙・迷亭・寒月・東風

人から金品を奪うのが掏摸・泥棒・強盗だが、人から心を奪うものが探偵である／僕の解釈によると当世人の探偵的傾向は全く個人の自覚心の強過ぎるのが原因になっている／泥棒は捕まるか見付かるかという心配が念頭を離れる事がない～探偵は人の目を掠めて自分だけうまい事をしようという商売である～いずれも自覚心が強くならざるを得ない／一挙手一投足も自然天然とは出来ない～瞬時も自己を忘れる事が出来ない～行為言動が人工的にコセつくばかり～己れの損得ばかり考え続けて死ぬまで一刻の安心も得ない／

二十世紀の人間はたいてい探偵のようになる傾向がある／二六時中己れという意識を以て充満しているから二六時中太平の時はない／天下に何が薬だといって己れを忘れるより薬な事はない／印度の王族の馬鈴薯手掴み事件～英国の下士官フィンガーボール事件～カーライル着座事件／

死ぬ事は苦しい、しかし死ぬ事が出来なければなお苦しい／主人の人類皆自殺論／自殺できない人は巡査が撲殺して歩く／月賦販売のよる詐欺的金儲け論／しかし親子兄弟の離れたる今日もう離れるものはないわけだから最後の方案として夫婦が分れることになる／東風「先生私はその説には全然反対です、世の中に何が尊いといって愛と美ほど尊いものはない」／「芸術だって夫婦と同じ運命に帰着するのさ、個性の発展というのは個性の自由という意味だろう、個性の自由という意味は己れは己れ人は人という意味だろう、その芸術なんか存在出来るわけがない」／昔は孔子がたった一人だったから孔子も幅を利かしたのだが今は孔子が幾人もいる／吾人は自由を得た、自由を得た結果不自由を感じて困っている

（五）最後の事件

主人・迷亭・独仙・寒月・東風・細君・多々良三平

古代ギリシャの女の悪口／多々良三平来訪／多々良三平は金田富子と婚約したという／寒月は自分のことを「多妻主義ではないが肉食論者だ」という／多々良三平は前祝いにビールを持参、皆で飲む／吾輩も残ったビールを舐めて陶然となる／つい油断して夏に烏が来て行水をしていた大きな甕の中に落ちる／「もうよそう、勝手にするがいい、がりがりはこれぎり御免被るよ」と前足も後足も頭も尾も自然の力に任せて抵抗しない事にした（完）

四十八、「薬な事」とは何ぞ

漱石の当て字は有名だが漢籍に親しむようになると却って漢字に対するこだわりが無くなるということであろうか。そもそも漢字はすべて当て字であると言えなくもない。坂本龍馬を「阪本」と書こうが「坂元」と書こうが当時の人は一向に痛痒を感じない。本人でさえ筆に任せて適当に書いている（はずである）。しかし漱石がわざと普通と異なる漢字の使い方をするのは、ランダムに書いているという面が皆無とは言わないまでも、ある種のこだわりからそういう書き方をしている場合も多分にあると思われる。人は『猫』でサンマを三馬と書く漱石を、漢字への造詣が深いがゆえの自然体であるとか、あるいはちょっと気取っているとか思うであろうが、単に漱石が子供のころにはまだ秋刀魚と書く例がなかっただけなのかも知れない。もっとも漱石は「秋刀魚」のようなあざとい当て字は嫌ったであろうが。

また漱石は『猫』の中で「御三」とも「おさん」とも書くが、要するにどうでもいいので「御三」「おさん」「清」は漱石の中では区別のない言葉なのであろう。といって漱石は下女のことを決して女中とは書かない。女中という呼称は漱石の時代でもふつうに使われたはずだが、宿の女中が客と怪しからぬ振る舞いに及ぶ、云々というような「女」をやや意識させるのを避けて、漱石は下女としたのではないか。あながち相手を見下して下女と書いたわけでもあるまい。漱石が小説の中で女中という字を使ったのは『行人』の和歌山の旅館のくだりだけであるが、この（もっとゆっくり話が出来る所とリクエストして急に勢い付いた車夫に連れて来てもらった）旅館では二郎はお直と奇妙な一夜を過ごすので、読者は嫌でも性的な感興を呼び起さないではいられない。それで漱石は女中という言葉を例外的に使用したのであろう。「小間使い」と書く場合はまた別の意図がある。

送り仮名の問題もまったく原則を欠いているように見えるが、上梓済みの作品の校正を任された弟子をしばしば泣かせており、書いてみないと分からないという観さえ漂う。といって『猫』から『明暗』までの漢字の送り仮名を統一しなければ気が済まないという読者もまた稀であろう。漱石全集としては漱石が書いた通りが「正しい」のである。

書き間違いは別である。誤字や嘘字は訂正される。多々良三平のことをつい多々羅三平と書いてしまっても、それはさすがに担当者に直される。徳川期の刊本では問題にもされないだろうが。現代社会では「阪本龍馬」は誤りとされる。

ところで『猫』にインデキスを付けるという暴挙に及んだ前項の最後の方、第十一篇（四）に傍線付きで表記（引用）した箇所はどう解釈すればよいのであろうか。

自己主張して損得勘定ばかりで生きている当世人は神経衰弱に陥る、昔の人は己れを忘れろと教えた、というくだりで、『猫』のどの本文も「天下に何が薬だといって己れを忘れるより薬な事はない」となっている。も少し丁寧に書けば「天下に何が薬になるといって、己れを忘れることより薬になることはない」であろう。「薬になる」とは自分のためになる、万民に益すると言い換えられる。岩波の全集で「断片」と称する漱石のノート（創作メモ・日記用に適当に使用した何種類かの手帳）にはこうある。

天下に何が薬になると云うて己れを忘るるより鷹揚なる事なし。無我の境より歓喜なし。芸術作品の尊きは、一瞬の間なりとも恍惚として己れを遺失して、自他の区別を忘れしむるが故なり。（明治三十八、九年、断片三十二G）

鷹揚というのは、引用部分の前後の文章にもある通り、「コセコセしない、キョトキョト・コソコソしない、落ち着いている」「自己と天地が一体である、自分と自然が不可分であることをよく知っている」という意味で使われている。理想像のひとつであるといってよい。

だが世の中はまさにこの反対の、自分のことにとらわれ過ぎる泥棒・探偵・犬に満ち溢れているので、「この弊を救うには」いったん世界を海底に沈めてそのあと日光に当ててよく乾かさなければならない、と漱石は書いている。つまり無我の境地は至高の境地、この世の楽園であるけどそこへたどり着くのは難しかろうというのが漱石の主意である。金持ちが天国へ行くのは駱駝が針の孔を通るより難しいとイエスは言ったが、似たようなことを漱石は「キリスト孔子釈迦でもどうすることも出来ない」ので洗濯するしかないという（龍馬のような）意見に行き着くわけである。八木独仙の説くところを改めて紹介すると、

苦沙弥君の説明はよく吾意を得て居る。昔しの人は己れを忘れろと教えたものだ。今の人は己れを忘れるなと教えるから丸で違う。二六時中己れと云う意識を以て充満して居る。それだから二六時中太平の時はない。いつでも焦熱地獄だ。天下に何が薬だと云って己れを忘れるより薬な事はない。三更月下入無我とは此至境を咏じたものさ。今の人は親切をしても自然をかいて居る。英吉

利のナイス杯と自慢する行為も存外自覚心で張り切れそうになって居る。(『吾輩は猫である』十一篇)

しかしここは「薬」でなく「楽」の字の方がより親切ではなかろうか。くどいようだがノートの「天下に何が薬になると云うて己れを忘るるより鷹揚なる事なし」により近い平易な言い回しは、「天下に何が楽だと云って己れを忘れるより楽な事はない」の方ではないだろうか。後に続く文言「無我の境より歓喜なし」「三更月下入無我とは此至境を咏じたものさ」を併せ考えても、「薬」より「楽」の方が一般読者には分かりよい。『坊っちゃん』で硯が端渓作であるというのを「端渓がる」と書く漱石であるから、「薬な」と書いても専門家は喜ぶであろうが、やはり「楽な」の方が自然である。まあ時代のせいとも言えるが。

ちなみに英訳本ではどうなっているのだろうか。タトルのペーパバックで右記引用部分を見ると(Sneazerとは苦沙弥先生のこと)、

I consider Sneazer’s explanation is very much to the point.
In the old days, a man was taught to forget himself.
Today it is quite different; he is taught not to forget himself and
he accordingly spend his days and night in endless self-regard.
Who can possibly know peace in such an eternally burning hell?

The apparent realities of this awful world, even he beastliness of being, are all symptoms is of that sickness for which the only cure lies in leaning to forget the self.
This dire situation is well summarized in that ancient Chiness poem whose anthor was one of the those. . . .
(I Am a Cat Volume Three translated by Aiko Ito & Graeme Wilson ; TUTTLE Publishing)

強調部分が「天下に何が薬だと云って己れを忘れるより薬な事はない」であるが、さらに分かりにくくなっているようである。「薬な事」という言い回しのせいではないかも知れないが。

さて『猫』について長々と読んできたが、『猫』と『明暗』の最大の共通点は、「続編が書ける」ということであろうか。両者とも突然終わってしまっているにもかかわらずその芸術的価値は少しも損なわれていない。これは（前に述べたような）結末の書き方について言っているのではない。『門』や『道草』のような（尻切れトンボのようなあるいは純文学的な）結び方をしたからといって、『門』や『道草』の続編があろうと誰が想像できようか。『明暗』の続編をめざす者はすべからく『猫』の続編が十頁でも二十頁でも書けなければいけない。もっともそれは漱石自身がすでに書いている。『趣味の遺伝』『二百十日』『野分』等の、漱石の主張のふんだんに盛られた会話部分がその参考になろう。どの部分を切り取って『猫』の末尾に貼り付けても不自然ではない。『草枕』でもいいが少し有名過ぎるようだ。何と無意味なことを、と嗤う莫れ、『明暗』の続編も書こうと思ったら漱石の今残されてある文献を使うしかないのである。漱石本人でさえそれを書くためには十頁か二十頁は自身のノートを使うはずであろうから。

四十九、処女作にすべてがあるというけれど

漱石は晩くスタートした作家である。同い年の紅葉や緑雨が死んでから小説を書き始めた。鏡子によると『金色夜叉』をなかば莫迦にしながらもそれを読むために（東京の）読売新聞を熊本まで送らせていたというが（夏目鏡子『漱石の思い出』六／上京）本当だろうか。中央の人事（教員の異動等の情報）を知るのが目的だったのではないか。新聞なら五高にもあった筈だが、漱石はもともと教員控室などで人前で新聞など読むタイプではなかったので自宅に郵送させ、鏡子の手前あえて人気小説にかこつけたのか。『三四郎』で列車の広田先生は手持ち無沙汰にもかかわらず空いた新聞を手に取ろうとさえしない。

紅葉はともかく緑雨については、この妙に漱石に似たところのある伊勢の変人は、いわば「学士号のない漱石」であり、漱石も（金には困っていたのであるから）一歩間違えば緑雨のような半生を生きた可能性は大いにある。漱石は緑雨の「戦死」を見届けてから文壇という戦場へ漕ぎ出した。緑雨が生きていたら漱石は小説など書かなかったに違いない。漱石は緑雨の尻馬に乗る男ではないが、少なくとも漱石の文壇に対する反骨姿勢のようなものは半減していたと思われる。もう半分は緑雨が肩代わりするのだから。

それはさておき、中年になって書き始めた漱石には贅沢にも処女作が二つある。『猫』（第一篇）と

『坊っちゃん』である。『猫』は小説とは言えないかも知れないがとにかく漱石が始めて描いた創作であることは間違いないし、『坊っちゃん』はこれは漱石が始めて書いた小説らしい小説である。『坊っちゃん』の前に書かれたいくつかの短編は、タブローというよりデッサンであろう。

有名な『坊っちゃん』の書き出し「親譲りの無鉄砲で小供の時から損ばかりして居る。」をくだくだしく言い換えるとこうなる。

「自分の無鉄砲（頑固）という（社会に適応しづらい）性格は、もともと親からの遺伝のせいで、自分の責任ではない。自分も本来世間並みに得をしたい、金儲けもしたいのだが、その性格のためだろうか、いつもうまく行かないで損ばかりしている」

ここで早くも全漱石作品を覆う二大基調が登場する。

①自分は悪くない（自分の責任ではない）。
②それなのにうまく世渡り出来ず金が無い。

も少し掘り下げると、
①自分が正しいか、間違っていないかということに最大関心が行くので、それ以外は二の次である。
②自分の行動に対する評価が常に損得勘定から離れない。金と自分の人生が（子供のやるゲームのように）直結している。

①も②も書き出しの「親譲り」の語が示すように、その遠因は確かに（山の手の江戸っ子という）漱

石の血脈に関係がある。しかし直接にはやはり漱石個人の特質に由来するものであろう。

①については世間一般にはあまり深くは理解されない特質なので（小論では小出しに指摘してきたつもりだが）、『坊っちゃん』では主人公の「正義感」あるいは「江戸っ子気質」「意地っ張り」と誤解されることが多い。しかし坊っちゃんの正邪の感覚が世間一般のそれと大きくズレているのは、正義感の強すぎるせいではない。意地を張り過ぎているせいではない。正義感という（文芸的に）陳腐化したモラルとは関係ない、クソ真面目という珍しくもない類型とも関係のない、もっとユニークな個人的なものである。漱石個人の根源的な性格に根差したものである。

読者は坊っちゃんの奇矯な言動にカタルシスを覚えるため気付かないが、そして漱石も『坊っちゃん』のような筆致を以後封印してしまったので分かりにくくなってしまったが、坊っちゃんの言動は①に述べるような漱石の特徴を体現している。坊っちゃんは自分が間違っているのでなければ、他のことには関心がない。そして『坊っちゃん』以降の作品の主人公も、多くはこの行動基準に従って生きているのである。

②について言えば、ストレートな話であるが少々分かりにくいようだ。坊っちゃんはお金に恬淡と思われがちだが、その小説はお金の話題に充ちている。たかだか四百字詰原稿紙で二百二十枚の『坊っちゃん』に、金の話・金銭のやり取りの話・物の値段の話がちょうど百ヶ所ある。二枚強に一回、全集本でも文庫本でも一頁半に一回、金のことが出てくる。坊っちゃんはそれほどお金に執着しているのか。これについては『草枕』冒頭の章句の援けを借りたくなる。あまりにも有名なその書き出しに続くのは、

「住みにくさが高じると、安い所へ引き越したくなる。」であるが、ふつうは人の世が住みにくいと人のいない所へ行きたくなるものだが、漱石は違う。安い所へ行きたくなるという。家賃が安いと自分が損をしている感覚が減殺されるというのであろうか。金がかからないと心が平和になるのだろうか。金の話はそれ自体難しいものではないはずであるが、漱石が書くとそこにはまた別の世界が広がっているようである。

『坊っちゃん』以上に有名な『猫』の書き出しは、書くのも気が引けるが「吾輩は猫である。名前はまだ無い。」である。

これをどのような形にせよ別の言葉で言い換えることは難しいが、「人は驚くかも知れないが、何を隠そう自分は実は猫である。そして名前なんぞすぐに付けて貰えると思っていたが、残念ながらまだ誰も付けてくれない」となるだろうか。

これを同じく漱石作品全体に敷衍するという観点から言い換えてみると、

③人の意表に出る。人と違うことをやる。
④当然あるべきものが無い。それなのに人は何もしてくれない。

ということになろうか。③は漱石の基本的な創作姿勢であるし（本人がことさら意図していないにせよ）、漱石作品の特徴をよく言い表している。④は漱石作品に共通するモチーフの一つでもあろうか。単に「名前がない」でなく「(名前が）まだ無い」というところがミソ。もちろん本人は一応欲しているわけである。

この欠落感の大本はあまり幸せでもない養家体験であろうが、母親がいない、いてもその母親に育てられないというのは、明治以降昭和に至るまでの文豪生誕の必須条件であるから、生まれてすぐ塩原家へ貰われた夏目家の末っ子の不幸は、日本文学と読者には幸いした。

処女作の「書き出しの一行」にその作家のすべてがある。そんなシンボリックな話があるとは思えないが、漱石を読むとそんな気もしてくるのが不思議である。


不幸の話の出たついでに言っておくが、『坊っちゃん』の最初の章の真ん中辺に、

「只おやじが小使を呉れないには閉口した。」

という一文がある。この目立たない箇所に書かれたつぶやきは恐らく漱石の全文章の中で最も深刻・切実な一言であろう。これほどの本音が語られている箇所を他に知らない。漱石は原稿用紙の前ではいわゆる赤裸々な自己告白をしなかった作家であるが、ここでは生身の夏目金之助が少しだけ剝き出しになっている。

養家のトラブルのため塩原籍のまま実家に引き取られた金之助は、実父に仕方ないから飯だけは食わせてやるがあとは知らないという意味のことを言われた。まるで野良犬を、親戚（それも妾腹の）を居候に置くみたいな扱いをされたのである。家にいて赤の他人のように扱われる。坊っちゃんは憐れみを拒否するから漱石は金の無い話に置き換えているが、つい本音が顔を覗かせるのも処女作ならではであろう。漱石がその悲しみをいつまでも覚えているのは仕方ないとして、しかし金之助の学資（衣食住の入費）は実際どこから出たのであろうか。漱石はたいていのことは（入試のカンニングのことまで）隠

さずに書いたり話したりしているが、いちど戻った生家を何度も（下宿や寮へ）出たり入ったりした真の理由については口をつぐんでいる。塩原（の代理人）はそこを衝いているように思える。

漱石が後年、金のことばかり書くようになったのは、この書生時代の人に言われない「野良犬事件」がトラウマになっていたと言える。それは後にもっと大きな、そしてよく分からないモチーフ「叔父による財産簒奪」につながるのだが、それが漱石の神経症によるものだとすれば、それもまた不幸な幼少時代にその原因を見なければならない。しかしそれはまた別の研究テーマであろう。

五十、名前のない猫

『猫』は名前がまだ無いという自らの訴えで書き始められているが、漱石が主人公に名前を付けなかったのは『坊っちゃん』『草枕』も同じである。漱石はこの三作を律儀に吾輩・おれ・余と書き分けている。

『坑夫』でも（『坑夫』については論じるつもりはないが）、同じく主人公に名前はない。こちらは最初僕で書き出して、すぐ自分に改めている。主人公の出奔の原因となった三角関係、許嫁に近い存在がありながら新たに言い寄る女に惹かれてついずるずる、という『虞美人草』の小野さんを思わせるいきさつについて、主人公は目立たないように十行か二十行でさらりと流して書いているが、この中で女は澄江さん・艶子さんという名が付いているものの、主人公には名前がない。

漱石が初期の（朝日入社前の）作品の主人公に名前を付けなかったのは、自分を取るに足らない存在であると謙遜していたからでもあるが、その頃はまだ創作を日記か手紙の延長くらいに考えていたのであろう。書いているのは他ならぬ漱石自身であるから、それに何かしら名前を付けるというのは面映ゆいということか。べつに例えば役名の看板を背負ったまま登場するような歌舞伎に対して能狂言を気取ったというわけでもあるまい。

『二百十日』『野分』『虞美人草』の段階になって、小説の中に書き手（話者）はもう直接には現れなくなるが、登場人物は相変わらず君さん付けで呼ばれる。まだ叙述者が漱石自身を離れないので、どうしても登場人物が漱石から見た対手と重なる。自分自身が気になってしまって（これを癇性という）、なかなか呼び捨てに出来ないのだ。

小説の中に叙述者としての自分が、顔は出さないにせよ実態として居座っているのは、いわば漱石の生来の癖で、それは『猫』から『明暗』まで一貫して変わらないわけだが、居心地がいいかよくないかは別にして、だんだん慣れるに従って人形遣いの黒衣みたいに、漱石にとっては自然な態度として感じられるようになったのだろう。角が取れて、オレがオレがという我が少しずつ無くなって、その過渡期が『三四郎』というわけであろうか。小説の中にいて物語世界を眺めているのは三四郎（と漱石）であるが、漱石はもう三四郎の前では（作者たる）自分が気にならない。我を張らない。三四郎君と書く必要がない。しかしまだ三四郎から見た対手を描くのに「野々宮君」「野々宮さん」（漱石はなぜかそのときの気分で二様に書いている）、「広田先生」「三輪田の御光さん」等々と記述するのを、なかなかやめられないようである。

『野分』（についても論じるつもりはないのであるが）その「白井道也は文学者である。」という書き出しから、一章では白井道也（＝漱石）は呼び捨てである。吾輩の代りに役名を持つ主人公（呼び捨て）を始めて持ってきたわけであるが、二章で高柳君という人物が登場すると三章から以降はもう白井道也は「道也先生」になってしまう。漱石は自分の代弁者たる人物、自分を主張する人物を主役にして真正面から描くには、まだぎこちなさが残るということか。君・さん付け、あるいは先生のようにワンクッション置かないと居心地が悪いのか。では漱石は『それから』以降に（君さん付けを卒業したので）真の職業作家になったというのだろうか。

『彼岸過迄』からの三作で漱石は彼らしい手の込んだやり方で一人称を復活させた。『彼岸過迄』後半の「須永の話」「松本の話」では「僕」、『行人』の二郎は「自分」、『心』では（満を持して）「私」である。

『彼岸過迄』は全体としてはあくまで三人称小説である。「須永の話」では敬太郎は聞き役としてすぐに引っ込み市蔵が「僕」として長い話を始める。三人称としての体裁はかろうじて維持されている。ところが「松本の話」は何の前触れもなくいきなり松本恒三が「僕」として登場、敬太郎に市蔵の秘密を喋り始める。それも延々と。そして小説はそのまま終わる。このような体裁にする理由が漱石にはあったのであろうが、（市蔵についての物語に集中したい、独立した短編なのだから話者が変わってもよい、等）漱石らしいといえばそれまでだが、作品『彼岸過迄』の統一感にとってはあまり有難くない漱石らしさと言うべきか。いくら松本が漱石の分身だといっても。

『行人』は外見上は長野二郎の一人称小説であるが、本来狂言廻し役の二郎は三四郎や田川敬太郎の立場であるから一人称には向かない。それで和歌山一泊事件以後三沢が出張ってくるのを止められず、もともと複雑な兄の長野一郎を単純な弟の二郎の語り口で（正面から）描くという試みも上手く行かないことが分かってきたので、最後の方は同僚の教授に代行させた。

一人称の真の復活は『心』である。それも始めて「私」と名乗って。遺書は一人称でしか書きようが無いが、漱石はまるで『心』のために「私」を十年間とっておいたようにもみえる。ついでに言えば「私」はどの刊本でも「わたくし」とルビが振られているようだが、私見では先生の遺書にあえてルビを振るとすれば、それは「わたし」である。漱石は広田先生には「私《わたし》」と言わせている。

漱石は主人公たる先生としての「私」の登場の前に、露払いのように（あるいは試運転のように）物語の語り手である学生にも「私」と言わせている。そしてこの二人の「私」には名前がない。ついでに言うと『心』では登場人物になるべく名前をつけないという試みもなされているようである。お嬢さんの名前が静であることは読者に知らされるが、それは学生の私によって先生の奥さんの名として偶々語られたもので、同様に学生の家族では母が一度だけ御光と呼ばれた。そしてなぜか先生とお嬢さん（奥さん）の出自は明かされているのに（新潟鳥取市谷等）、学生としての私の郷里の場所は厳重に秘匿され、漱石作品の中で最も分かりにくい場所として描かれている。かと思うと死の床に就いた父親を見舞う近所の幼馴染の名（作さん）や、妹の亭主の姓（関）は何のこだわりもなく書かれる。どうでもいい人物だからか。あるいは人物造形が面倒くさいので名前を付けただけであとはほったらかしという、自分の子供に対するみたいな気持ちでいたのか。『心』のお嬢さんがその役割に比して小説の中ではいい加減に描写されているのは、静と名付けられたのが原因か。他の主人公のように名前がなかったらもう少し丁寧に描かれていたであろうか。あるいは漱石の単なる気紛れかも知れないが、とくに先生の遺書で人の名が一切書かれない中で、Kという一文字が（視覚的に）際立ったことは間違いない。

『明暗』百四十二回で吉川夫人はお延のことを「きっと奥さんらしい奥さんに育て上げてみせる」と宣言するが、そのデンで行けば『三四郎』までの漱石はまだ「慢気」が多かったということになる。「そんなものを皆んな取っちまう」と小説家らしい小説家になれるのか。最初漱石は自ら頼むこと大で、ために登場人物をお客さん扱いしていた。登場人物を利用していたと言い換えてもよい。だからさん付けで呼んでいたのである。後に自分の小説世界の中で我を張ることをやめたので人物をふつうに呼び捨てできるようになった。さらに進んで、おのれを抑えることにより、自分の姿をより平静な目で見るというごく当たり前のことを、おそらく漱石自身はずっと以前からそのように自己を見ていた筈であるが、それをそのまま作品世界に投射するという手法に（漱石の主観として）「到達」したのである。それを漱石は則天去私の境地と考えたのだが、漱石は自分の頭脳に自分の小説を少しずつ追い付かせてきた、とも言えよう。言い方を変えれば漱石は自画像にやっとサインしたのである。

『明暗』でいえば、お延の慢気とはお延が（津田に愛される）女としての自己を主張するあまり、結果として津田を利用するような形に陥り、それが津田サイドの人間には面白くない。愛されようなどと突飛なことを言わず（家庭の中に愛などという概念を持ち込む必要はまったくない）、我を引っ込めれば普通の奥さんらしい奥さんになれる、というのである。その方策として吉川夫人はお延に、綺麗なものだけ見ていてはダメ、恥ずかしいものもいっぱい見て始めて女である、と教えようとしているのではないか。してみるとお延の最後の覚醒とは、案外につまらない変容（を示唆するもの）として描かれるのではないか。清子もそうだが、もともと漱石はお延にもそれほどの期待はしていないのである。

ところで『猫』（一篇）の末尾で「名前はまだつけて呉れないが欲をいっても際限がないから生涯此教師の家で無名の猫で終る積りだ」というのはまさに則天去私の態度以外の何者でもない。別なところでも述べたが、漱石の則天去私は『明暗』で到達した思想ではなく、処女作の時から漱石の中にあったのである。

創作手法についても同様である。初期の頃はまだ日記か手紙の延長云々と先に書いたが、これはあくまで主人公の呼称について論じたもので、漱石の文章に創作と日記で基本的な差異は無い。漱石全集では日記と創作ノートの区別はつかない。そして創作ノートと小説が一致している以上、漱石は日記（手紙）も小説も同じ書き方で同じ呼吸で書いていることになる。同じような粘着度で、あるいは同じような素っ気なさで書いていると言ってもよい。漱石は小説だからといってお化粧（おつくり）さえしていない（例外はあるが）。確かに慣れからくる練達ということはある。それは誰にもあることなので初学の者もすぐに慣れると、若い芥川に教示している。小説そのものが変わるわけではない。

つまり漱石は職業作家生活の十年間で思想（言葉＝文章）を何か進歩・向上させたわけではないということだ。『虞美人草』（『草枕』でも）の違いは、使用した楽器の相違によるものであろう。漱石は同じ歌を歌っている。これは見方を変えれば（変えなくても）、漱石はその最初から最高品質の小説を書いていたということである。誰も追い付けないわけである。

五十一、名前のない猫（承前）―― 私のふるさと

作品を何人称で書こうと大きなお世話かも知れないが、漱石が『行人』を二郎の三人称小説として描いておれば、『行人』はも少し調和のとれた、すっきりした（人気）作品になったと思われる。実際に『行人』の「自分」を「二郎」に置き換えて読んでみても、（細部の言い回しは別として）基本的には何の問題も生じない。和歌山の一件も不自然にならずに記述できる（はずである）。一郎とお直に対する二郎の感情も、よりさらりと描けるのではないか。三沢の行動も二郎では手に負えないが漱石なら制御できるのではないか。しかし漱石は『行人』では二郎を主人公として一人称の物語を書いた。一郎お直夫婦に対する二郎の直截的な気持ちを優先した。思うに漱石が『それから』の梅子などとは全く異なる嫂であるお直の言動を書くのに、作者の口でなく弟二郎の口から語らせたかったということか。あるいは「二郎は」という語り口では漱石自身が露出してしまうのでそれを嫌ったということか。

『猫』…………………吾輩「名無し／斑猫」
『坊っちゃん』………おれ「名無し／教師」
『草枕』………余「名無し／画工」
『坑夫』…………………自分「名無し／若者」
（四年の空白）

『彼岸過迄』後半……………僕1「須永市蔵／学生」
　　　　　　　　　　　　僕2「松本恒三／高等遊民」
『行人』………………………自分「長野二郎／設計技師」
『心』…………………………私1「名無し／学生」
　　　　　　　　　　　　私2「名無し（先生）／高等遊民」

漱石の一人称小説はこのバリエーションで尽きる。前項で述べた通り『彼岸過迄』は純然たる一人称小説とは言えまいが、一人称への回帰という意味ではその構成上の類似も含めて『心』の先駆をなすものであると言える。『彼岸過迄』『行人』『心』の三作品の共通点は各篇の独立だけではなかった。しかし『彼岸過迄』も『行人』も結果的には混乱を招いたようである。ファンサービスもあって漱石は書くたびに目先を変えようとしたが、体調不良も原因したのか失敗することもあった。あらためて右のような表にしてみると、『心』の主人公（Kも含めて）に名前がなかったのは、たまたまというより漱石の意図のようなものを感じる。

地名にしても似たことがいえる。『明暗』の場合はかなり意図的であるから小論でも別に検討を加えたが、前項で触れた『心』の（学生たる）「私」の出身地にしても、どうでもいいから固有名詞を出さなかったわけではあるまい。その証拠に「私」の郷里についてはさまざまなヒントが書かれている。

奥さんは東京の人であった。それは嘗て先生からも奥さん自身からも聞いて知っていた。奥さんは「本当いうと合の子なんですよ」と云った。奥さんの父親はたしか鳥取か何処かの出であるのに、御母さんの方はまだ江戸といった時分の市ヶ谷で生れた女なので、奥さんは冗談半分そう云ったのである。所が先生は全く方角違の新潟県人であった。だから奥さんがもし先生の書生時代を知っているとすれば、郷里の関係からでない事は明らかであった。しかし薄赤い顔をした奥さんはそれより以上の話をしたくない様だったので、私の方でも深くは聞かずに置いた。（『心／先生と私』十二回）

私の兄はある職を帯びて遠い九州にいた。是は万一の事がある場合でなければ、容易に父母の顔を見る自由の利かない男であった。妹は他国へ嫁いだ。是も急場の間に合う様に、おいそれと呼び寄せられる女ではなかった。兄妹三人のうちで、一番便利なのは矢張り書生をしている私丈であった。其私が母の云い付け通り学校の課業を放り出して、休み前に帰って来たという事が、父には大きな満足であった。（同二十二回）

私はかつて先生から「あなたの宅の構は何んな体裁ですか。私の郷里の方とは大分趣が違っていますかね」と聞かれた事を思い出した。私は自分の生れた此古い家を、先生に見せたくもあった。又先生に見せるのが恥ずかしくもあった。（『心／両親と私』五回）

もとより「私」の家が田舎であることは繰り返し書かれている。父の具合が悪くて急に帰省するときに先生に旅費を用立ててもらって夜行列車に乗っていることから、近県でないことは確かである。鳥取、新潟について格別なコメントがない以上、そこは除外される。兄のいる九州を（東京でなく実家から見ても）遠いと言っているし、同級生の帰省先を中国とだけ書いていることからも、中国四国辺でもないだろう。すると南限は近畿、北限はまあ東北全土か。でも青森辺だとすると、いくら小説とはいえ兄の本州縦断の移動についてはさすがに何か一言あってしかるべきとは思うが。

さらに土産の干椎茸、太織の蒲団、「こりゃ手織ね、こんな地の好い着物は今まで縫った事がないわ」、そして家の建て方の様子についての先生のもの言いからは、何となく新潟に遠からず近からずの感じを抱かせる。もし家が南国であれば先生のような理屈屋がこんな陳腐な質問の仕方はしないだろう。例えばその人の家が鹿児島だとして「あなたの家（鹿児島）の構えはどんな体裁ですか。私の郷里（新潟）の方とは大分趣が違っていますかね」とは言わないだろう。しかし紀州あたりだとこんな質問をしても不自然ではない。そうすると一応東北全県、北陸三県、長野、岐阜、愛知（名古屋を除く）、三重、和歌山といった候補が挙がるが、山形、福島、長野、富山は新潟県の隣接県にあたるので除外したいところである。卒業して夏に父の看病がてら実家で先生を想起し、もしかすると避暑地に行ってしまって留守にしているかもという書きぶりからすると、先生の避暑地が那須塩原あたりであれば、なおさら実家は福島ではないだろう。鎌倉であれば東北地方でも理屈に合うが、先生と始めて会った記念の地を単に「どこか避暑にでも」と冷淡に扱うのは変であるから、やはり先生の避暑地はこのときは関東の北部であろう。そしてその場所は「私」の郷里とはかけ離れているのである。

私は停車場の壁へ紙片を宛てがって、その上から鉛筆で母と兄あてで手紙を書いた。手紙はごく簡単なものであったが、断らないで走るよりまだ増しだろうと思って、それを急いで宅へ届けるように車夫に頼んだ。そうして思い切った勢で東京行の汽車に飛び乗ってしまった。私はごうごう鳴る三等列車の中で、又袂から先生の手紙を出して、漸く始めから仕舞迄眼を通した。（『心／両親と私』十八回）

先にも触れたが東京駅開業は『心』の連載が終わった四ヶ月後の大正三年十二月のことである。漱石は東京駅がないからこそ安心して東京行という言葉を使用したのだろう。漱石は東か西かという情報さえ読者に与えたくなかったのである。であれば案は二つ。上野行か新橋行かである。上野であれば東北。たぶん（太田達人、狩野享吉の出身地でもある）岩手か秋田だろう。しかし正月に雪の記述がなかったのが気にかかる。新橋とすると岐阜か愛知、当時米原経由で直通列車のあった福井か石川（金沢）ということになる。名古屋乗換の三重、大阪乗換の和歌山の可能性は低くなる。名古屋行の汽車を東京行とはなかなか言わないからである。「私」の田舎は「私」が大学を卒業すると村人を呼んで宴会をする。見栄っ張りなのである。すると信長の古邑岐阜か愛知（名古屋ではない）、そして金沢か（加賀乞食という言葉がある）。

そして往生際が悪いようだが長野もやはり捨て難い。新潟と県境を接していると誰もが知るわけでもないだろうし、名刺交換さえ断られた当時のもう一方の巨峰藤村に気を置いて学生の郷里（信州）を闇に葬り去った可能性は大いにある。何より長野は漱石（夫妻）の訪れた土地であったというのも、漱石の場合に限り有効なポイントになってしまうのである。

ついでに「他国へ嫁いだ」妹の嫁ぎ先であるが、私の実家は大したものでないにせよ一応地元の名家の範疇であろうから、娘を（それも一人娘を）遠方に嫁がせるというのは都会人の発想といえる。ふつうの田舎では近くの裕福な家から選ぶ。私の家は全体として不可解な家であるが、先生が遺書を送り付けるからには、それだけのことがないと辻褄が合わないとは言える。まあ奇怪なところがあるということで実生活者漱石の理解の外にいた泉鏡花に敬意を表して、ここでは私の家を金沢と比定しておく。同じく雪の記述のないのがひっかかるが、金沢は正月に降らない年もあるのである。すると妹婿の関はとりあえず京大阪の商家の跡取り息子か次男坊といったところであろうか。長野であれば名古屋のそれであろうか。

調子に乗って言わずもがなをもう一ヶ所、『道草』の冒頭の文章「健三が遠い所から帰って来て駒込の奥に世帯を持ったのは東京を出てから何年目になるだろう。彼は故郷の土を踏む珍らしさのうちに一種の淋し味さえ感じた。」この「遠い所」とは英国か熊本かそのどちらでもよいとする二案があるが、それは勿論英国である。健三が洋行したことは繰り返し書かれている。健三がたとえ帰国した後いったん熊本に住んでそれから駒込の奥へ引っ越して来たとしても、それを「健三が遠い所から帰って来た」とは言わない。英国を差し置いて熊本を遠いと言うことはありえない。まして漱石は英国から東京へ直行しているから熊本の出る幕はないのである。それはこの「遠い所」を「遠い異国（外国）」と置き換えてみればすぐ分かる。そう書くと『道草』は『旅愁』（横光利一の）になってしまう。小説の目的が誤解されると困るので漱石はいきなりは外国という言葉を使えなかっただけである。誤解される余地がなくなってからは漱石は安心して「外国」を連発している。「外国」の繰り返しを避けるために「遠い所」という表現さえまた使用している。そもそも漱石は『道草』第五十八回を「健三は外国から帰って来た時、既に金の必要を感じた。久し振にわが生れ故郷の東京に新らしい世帯を持つ事になった彼の懐中には一片の銀貨さえなかった。」と書き出している。漱石の中では、遠い所と英国は始めから同義語なのである。熊本という地名の代りに「遠い所」と書いた箇所があるからといって、遠い所＝熊本とは決してならない。漱石は『道草』の中では「熊本」を封印しているだけである。ついでにいえばもう一つの「駒込の奥」という書き方も同じである。これをあっさり千駄木と書いてしまうと自然主義の作品と間違われる。漱石は思わせぶりを書く人ではない。誤解されたくなかっただけである。『明暗』の地名についても色々考究したが、『明暗』に限らず、基本は漱石が読者に自分の思いと異なった印象を与えないようにという配慮が何よりも優先されている。

五十二、汝姦淫する勿れ

漱石は男女間のトラブルを作品の中に様々な形で書き込んだが、それはいったい何のためか。何の理由で、あるいは何の目的で、一見ごくありふれた男女の恋愛模様、俗に言う三角関係のようなものを延々と書き連ねて来たのか。それだけで作品が百年の命脈を保てるものなのか。

「汝姦淫する勿れ」という戒律は聖書の民を離れても広く知られている。それは直接には人の妻女を犯すなというもっともな禁忌であるが、それに続いて「誰でも邪《よこしま》な心をもって女を見る者はすでに姦淫したのである」と極めつけられると、たいていい人は聞こえないふりをする。あるいはその邪（色情・情欲・猥ら）という言葉の示唆する範囲を自分の都合に合わせて勝手に変更する。あるいは女というのはここでは人妻に限られるのだから、人妻を変な目付きで見さえしなければそれでよしとする。では漱石のような癇性の人はどう対処するのだろうか。

漱石は姦淫しない。そもそも漱石の男は姦淫しない。しないからこそ平気で姦淫を描ける。姦淫する（かも知れない）のは必ず女である。その理由は勿論漱石が男だからであるが、以下にそのケースを拾ってみよう。作品ごとに第一の男（本来の相手）と第二の男（もう一人の相手）を列記する。直接の証拠がない場合も多いが、漱石がそれを匂わせるように書いているのであれば、姦淫と認定せざるをえない。

《ヒロイン》	《第一の男》	《第二の男》	《作品》
金田富子	寒月	多々良三平	『猫』
マドンナ	うらなり	赤シャツ	『坊っちゃん』
那美さん	京都の男	銀行家の夫	『草枕』
那美さん	銀行家の夫	修行僧	『草枕』
那美さん	銀行家の夫	画工	『草枕』
藤尾	宗近	小野さん	『虞美人草』
汽車の女	出稼ぎの夫	三四郎	『三四郎』
美禰子	野々宮宗八	三四郎	『三四郎』
美禰子	野々宮宗八　＊1	婚約者	『三四郎』
三千代	平岡（夫）	代助	『それから』
御米	安井（夫）	宗助	『門』
千代子	市蔵	高木	『彼岸過迄』
お直	一郎（夫）	二郎	『行人』
出戻りの娘さん	別れた夫	三沢	『行人』
御嬢さん（静）	先生	K	『心』

＊1　『三四郎』の里見美禰子が兄の友人との結婚を決めたとき、美禰子の心が野々宮宗八と小川三四郎のどちらから移ったのかは意見の分かれるところである。論者は前にも述べたように三四郎は

ダシにされただけという考えであるから、ここでは野々宮のままにしておいた。もちろん三四郎に変えても構わないわけである。美禰子が三四郎を好きなのは疑う余地がない。たとえそれがペットに対する愛に似たものであったとしても。

この表を見ると漱石の小説は三角関係というよりは、女の姦淫物語であることが分かる。女は女学生を除いてほぼ全員姦淫者である。男は多くの場合被害者もしくは敗者に過ぎない。もちろん邪な気に充ち溢れてはいるが。本表を免れたケース（姦淫認定を免れた数少ないケース）についても見てみよう。

御米（野中）	宗助（夫）	小六 ＊2	『門』
御縫さん	健三	柴野 ＊3	『道草』
清子	関（夫）	津田 ＊4	『明暗』
お延	津田（夫）	小林 ＊5	『明暗』

＊2 『門』の御米にとって小六が異性として意識されるべき相手であることは疑いない。しかも小六の同居を提案したのは御米である。その後の小六の別居を提案したのは坂井である。宗助は漱石同様何も決めていない。自分の責任になるようなことは何ひとつしない。しかし御米と小六に面倒な事件は起こらなかった。

「小六さんに御酒を止める様に、貴方から云っちゃ不可なくって」と切り出した。

「そんなに意見しなければならない程飲むのか」と宗助は少し案外な顔をした。御米は夫程でもないと、弁護しなければならなかった。けれども実際は誰もいない昼間のうち杯に、あまり顔を赤くして帰って来られるのが、不安だったのである。宗助は夫なり放って置いた。然し腹の中では、果して御米の云う如く、何所かで金を借りるか、貰うかして、夫程好きもしないものを、わざと飲むのではなかろうかと疑ぐった。（『門』十ノ二回）

「いいえ、無いの」と正直に答えたが、思い出した様に、「待って頂戴、有るかも知れないわ」と云いながら立ち上がる拍子に、横にあった炭取を取り退けて、袋戸棚を開けた。小六は御米の後姿の、羽織が帯で高くなった辺を眺めていた。何を探すのだか中々手間が取れそうなので、

「じゃ御菓子も廃しにしましょう。それよりか、今日は兄さんは何うしました」と聞いた。（同一ノ三回）

小六の初登場シーンにおいて御米と対峙したときの漱石の書き方（右記一ノ三回の方の傍線部分）は、その叙述そのものの巧みさに大西巨人も感動しているが、読者はこの一行で小六が（漱石同様）嫂に二心を抱いていないことが分かる。御米は夫を取り替えた女ではあったが、生来の姦通者ではないというのが漱石の立場である。

＊3　御縫さんを姦淫者とするにはさすがに無理がある。しかし「フラウ門に倚って待つ」という友

人のからかいや「御縫さんて人はよっぽど容色が好いんですか……だって貴夫の御嫁にするって話があったんだそうじゃありませんか」という御住の発言は漱石にとって決して二心なく書かれたエピソードではなかったはず。

＊4　清子とお延の判定は『明暗』が中断している以上保留すべきかも知れない。しかし書かれた範囲で見ても清子もお延も姦淫者でない。そして清子は津田を置いて東京へ帰るというのが論者の想定である以上、今後とも清子が姦淫することはない。

＊5　お延も姦淫者として発展することはないであろう。ただ小林と連れ立って津田の待つ湯治場へ出掛ける可能性が残されており、何よりお延はそれまで小林と（夫のいない所で）不自然なまで過度に接触し過ぎている。津田は自身にまつわる疑惑（清子との秘密の暴露）に占領されてそこまで気が廻らないかも知れないが、用意周到で心配性の漱石なら当然別の（お延の貞操に対する）疑念も生じて不思議はない。漱石も言うように人間にははずみというのがあるのである。

前書き等でもちょっと触れた漱石の存在しない最後の小説は、『それから』の三千代が不倫を拒否して死んでしまうような話であるから、姦通は起こり得ない。新しい三千代も新しい代助も限りなく自然に行動し、最終的には漱石の倫理観を体現するはずである。つまり『道草』『明暗』『〇〇』の則天去私三部作は、変わらず男女の闘いに充ちているものの、姦淫とは無縁の小説群であるだろう。

では男はどうか。マタイ伝五章の基準をあてはめれば、この世に姦淫と無縁の男はいまい。漱石とて近所の乾物屋に容子のいいおかみさんがいれば、あっさり兜を脱ぐのである。しかし矛盾するようであるが漱石の男に姦淫者はいない。多くは女性に対する接し方を知らないため、失敗したら次の機会をめざす。あるいは成行き任せで妻帯する。これは漱石の男に限らない。まず大多数の男の平均の姿でもあろう。所謂二股交際の男さえ漱石の男には登場しない。『虞美人草』の小野さんは二股ではない。それを言うなら藤尾の方である。しかし藤尾は淫乱のため二股をかけたのではなく前述したようにそれしか当時の女の生きる途がなかったためである。小夜子との約束が厳格に取り交わされたものでない以上、東京へ出た小野さんが都会の女に惹かれることはそう責められることでもない。唯一危なそうに描かれるのは『明暗』の津田であるが、彼は清子に振られたあと彼女に対して多くの男のように「あの葡萄は酸っぱい」と言う代りに、しつこくも失恋の理由を問い糾したいと思っただけである。基本的にはぐずぐず悩む三四郎以降の主人公たちと変わるところはない。つまり漱石の男たちは全員日本の平均的な男子像を体現しているのである。スーパーマンでも変態でもない平凡な男たち。それがいつまでも読み継がれる理由だろうか。たとえ書いた本人が大変人であったとしても。

五十三、ぼくの叔父さん

叔父に財産を横領されるというのはいかにも漱石らしいテーマである。それはもちろん陳腐とは言えないが、深刻ではあるがどことなくお殿様を思わせる、一種浮世離れのした馬鹿馬鹿しいともいえる案件である。それはまた漱石がよく書くお金の話の代表選手のようでもあるが、単なる金銭トラブルを超えてもっと不可解な謎を含んだ、漱石作品全体を覆う呪縛のベールのようにも見える。叔父というのは（ここでは叔母の連れ合いを除外する）父の弟であるから、その兄弟にとって自家の世襲財産は分けるにせよ分けないにせよ、少なくとも横領だの詐欺だのという類いの話ではない筈である。それを言うなら相手が赤の他人であったときであろう。そもそも家屋敷の譲渡には実印が必要であるから、人に実印を預けた以上言い訳は出来ない。それが相手が叔父である場合に限って何か特殊な悲劇になる、となぜ漱石は思うのだろうか。漱石自身が叔父に苦しめられた形跡はないから、この問題は結局兄弟の問題であろう。それは漱石が夏目家の四男にして塩原家の長子である（そしてどちらからも財産を受け継ぐことはなかった）という生い立ちに原因があるように思える。さらに勘繰れば、塩原の長子たる金之助は生家の父を祖父と思っていたのであるから、夏目の兄たちは金之助にとって叔父と言えなくもない存在であった。そのフラストレーションが半ば強迫的に漱石の神経を責め立てるのであろう。ちなみに兄弟なのに赤の他人のようなところがある、というのは漱石の性格に見える特質であるが、漱石の場合はさらに進んで、それが親子・夫婦関係にまで及ぶ。これは酷薄・冷淡というのではない、また別の特質であるが、この源泉でもある漱石を強迫的に襲う兄弟の問題、叔父の問題について、順に作品を追ってみよう。

「坊っちゃん」は親父が死んだ後兄から六百円貰った。この金が無かったら坊っちゃんは中学教師になれず街鉄の技手にもなれなかった。それこそ若年の金之助の恐れた「給仕」にでもなるしかなかったのである。本来相続出来ない立場にあったのに大金を手にした坊っちゃんはこのとき、兄に対して（「感謝」でなく）「感心」したと言う変人ぶり（あるいは負け惜しみ・虚勢）を示し、ただし「礼を云う」程度の常識人ではあった。坊っちゃんは金を貰ったという自分の立場に居心地の悪さを感じたのかも知れない。坊っちゃんが将来家を持ったとしてたぶんこの学資のことは一生思い出さないであろう。しかし覚えている人間もいるのである。九州に行った兄が結婚して子供が生まれたなら、その子供にとっては坊っちゃんは「叔父さん」になる。この甥はいつか坊っちゃんのことを「叔父に自家の財産（の一部）を掠め盗られた」と言い出さないだろうか。坊っちゃんが「実は大変嬉しかった」と正直に書くべきだったのはこの六百円であったのだ（清がくれた三円でなく）。

『それから』の代助にも兄がいる。代助は大学を出て三年、三十歳にして親掛り、単身家を構えて贅沢もしているようだ。若い頃一時的に（時任謙作みたいに）放蕩したこともあるという、漱石に似て非なる所も併せ持つ。代助は余念なさそうに誠太郎（甥）や縫（姪）をからかっているが、本来誠太郎にとって代助は世襲財産を食いつぶす（しかも坊っちゃんより十年も長く）ろくでもない叔父である。代助のスピンアウトは誠太郎には幸いしたろう。代助（と三千代）が苦労するであろう分だけの経済的な恩恵を受けるのが甥の誠太郎である。漱石もそのことが気になったのか、誠太郎については目立たない所でこんなことを書いて予防線を張っている。

誠太郎は此春から中学校へ行き出した。すると急に背丈が延びて来る様に思われた。もう一二年すると声が変る。それから先何んな径路を取って、生長するか分らないが、到底人間として、生存する為には、人間から嫌われると云う運命に到着するに違ない。其時、彼は穏やかに人の目に着かない服装《なり》をして、乞食の如く、何物をか求めつつ、人の市をうろついて歩くだろう。(『それから』十一ノ一回)

代助はむしろ代助らしい愛情を以ってこう述懐しているのであるが、中学生に対する言い草としては奇抜すぎよう。

『行人』の二郎は感心にも給料を取っている。辞めて洋行しようかと言ったりするところを見ると、決して先のことは楽観できないが、将来甥に財産横領で文句を言われたりすることのないように、兄夫婦には女の子一人しかいない設定になっている。もっとも二郎には嫂という別の問題が附着していて、金のことなどどこかへ飛んでいるのかも知れない。珍しく揃って生きている両親にとっても、一郎二郎とお直の間に何かトラブルが起ることの方が心配である。

『心』の私(学生の方)もまた九州に行った兄を持つ。この兄は弟に実家で財産管理をして暮らせと言うくらいだから、余程の田舎なのだろうがその家屋敷を弟に譲る気でいる(断言はできないが)。兄にはもうすぐ子供が生まれることになっているが、この子が将来「私」を恨むことはないのだろうか。将来叔父に財産を横領されたと言い出さないだろうか。

『明暗』の津田は叔父の藤井の世話になっている。状況は異なるが『門』の宗助や『心』の先生同様、藤井に京都の両親の財産を巻き上げられてしまう可能性はある。しかし津田本人は長男で妹がいるきりであるから、この問題から解放されているように思える。ところが津田を「小父さん」と呼ぶ人物が一人だけいる。「従兄弟の」真事である。たしかに漱石は叔父さんとは書かない。しかし真事を甥と誤記したからには漱石は津田の中に「叔父」を見ていた筈である。なぜか。

津田は妹のお秀ともども（叔父の）藤井の家から学校へ行った男である。藤井の長男は九州、長女と次女は台湾と九州にいる。三人ともすでに独立して物語には登場しない。年の離れた末子が次男の真事である。真事にとって津田は、いくら京都の親から資金補塡があったとしても、自家財産の簒奪者たりうる。この負い目が漱石をして津田の脳裏に「甥の真事」という映像を結ばせたのであろう。不思議なことにお延もまったく同じシチュエーションで成人しているが、これは津田の「財産を横領する叔父」という役割をさらに補強する役割を担っているのであろう。夫唱婦随というのは漱石夫妻には無縁のお題目であったが。

末子相続ということがある。遊牧民が大家族で住むポー（パオ）は、長男から順番に独立して出て行く。必然的に最後に残った末子が老親付き（かも知れない）住居を「相続」するわけである。坊っちゃんは源氏の末裔というが、騎馬を駆使する源氏もまた遊牧民族の血を引いていると言わざるを得ない。漱石の中では坊っちゃんは相続してもいいのである。代助も（『門』の小六も）次男でなく間に早世した男の子が挟まっていて漱石と同じ四男坊であるが、彼らもまた親の財産を遺う権利がある、と（漱石同様）密かに考えていたのではないだろうか。

『心』の先生は長男であるから叔父に財産を横領されたと言い張るが、なぜか新潟と明記される土地と家等は叔父に騙し取られたとしても、公債の利子だけでも使い切れなかったというから、本来不動産などは要らなかったのではないか。税金や維持管理の手間だけを考えても、先生は東京で本を読んで暮らす方が幸せである。いっぽう長男でない学生の「私」の方は、前述したがある不明な地方都市で、（まさか先生への当てつけではあるまいが）兄から本を読むならどこで読んでも同じだろうと言われて土地家屋・田畑を任されそうになる。長子（先生）の相続地は新潟と明記し、末男（私）の（イレギュラーな）相続は場所を書かない。これは漱石の後ろめたさの表出であろうか。それとも末男は騙されないから場所は関係ないのか。

『門』の場合は『心』と並んで二大財産横領事件とされることが多いと思うが、漱石の記述に従う限りでは佐伯の叔父叔母に犯罪性は見られない。書画骨董をたちの悪い知人に持ち逃げされたという落ち度はあるが、しかしまあ骨董など重文でもない限りいくらにもなりはしない。徳川期にだって贋作ははびこっていたのであるし。長男の宗助は佐伯に騙されたと思っている。弟の小六はむしろ宗助の方に非があると感じている。どちらが漱石の考え方により近いか。漱石は佐伯の叔父叔母のどちらが宗助たちの血族であるか判断できないような書き方をしているが、遠慮のない叔母の物言いを見ると佐伯が母方の親戚という気がする。宗助がいわば他人に土地を盗られたのであれば『門』は『心』の先行モデルでないことになる。『明暗』でもそうだったが、佐伯と野中という異なる姓が引っかかるし『心』は名前さえ分からない。読者は叔父に騙されたという漱石サイドの訴えを聞かされるばかりである。ところで叔父が小六のために（四千円くらいで）購入した「神田の賑やかな表通りの家屋」が保険を掛ける前に焼失したというが、借地だったのだろうか。『心』の先生は奥さんに俺が死んだらこの家をお前にやろうと（他に係累がいないのに）訳の分からないことを言っているが、ついでに地面も下さいと言った奥さんに土地は他人のものだからそれは出来ないと真面目な顔で答えている。先生は元軍人の未亡人の（家付きの）娘さんと結婚したのではなかったのか。事件後家を移ったというが、奥さんとお嬢さんの住んだ家と土地は、その売却代金はどこへ消えたのだろうか。『門』のケースも『心』のケースも、現代の人間には俄かに信じられない事象であろう。当時は土地よりも家屋に金も関心も集中していた。保険もまだ揺籃期で今からすると考えられない大損失も出来したのであろう。それにしても土地だけは残ったはずであるから、いくら地価の安い時代であってもそれがどうなったかは気になるところではある。ヤケになった佐伯の叔父にそれも費消されてしまったのか。

佐伯の話が出たついでに言っておくと、『門』では佐伯の一人息子安之助が宗助たちの従兄弟として登場する。彼のことを宗助も御米も「安さん」と何のこだわりもなく呼ぶ。宗助も御米も、安井のことを安さんと呼ぶ人を見たことはないのだろうか。ないにしても安さんから安井を連想しないのだろうか。この呼び名はどちらかといえば関西風の言い方ではあるが、安井は福井の出であるし宗助は小説の始まる前は京都から広島福岡を放浪していたのである。漱石は自分のことを金ちゃんとは呼ばれても夏さんと呼ばれたことはなかったのかも知れないが、まんざら関西を知らない人間でもなし、苗字での安さんという呼び方に思いが至らなかったとはいえまい。宗助も御米も満洲という言葉が出ただけでヘンな顔をするのである。宗助は安井の影に怯えて転居まで考える。佐伯安之助の名が仮に保之助、康之助であっても、ヤスさんと平気で口に出せるわけはないのである。もちろん登場人物の名前は二義的な問題であるから正面切って論議するつもりはないが、もし漱石がわざとそうしたのであれば、これは恐ろしいことであるが、それでも宗助と御米がそれを気にしない筈はないと思われる。

五十四、「向こう」の謎

さてここまで漱石の作品から延々と引用もしてきたが、その文章の中で論旨に関係なくただ単に「向こう（側）」という言葉の多く含まれていることに気づかれたであろうか。小論の引用などとは無関係に、そもそも漱石の文章の中に「向こう」という言葉が頻出する。当時の人の常套的な表現でもあろうが、漱石の口癖、書き癖と言ってもよい。

もちろん使われる「向こう」の意味の中で、相手・先方、反対側・向かい側・対面《トイメン》、外国（西洋）、また単純に遠くの方、正面の方向という意味で使われる場合は、使用上の何の問題もないわけである。さらに登場人物のセリフとして語られる場合も、とくに問題はない。ある人が「向こうに見える」「向こうから来た」「向こうの山」等どのようにしゃべっても、その会話をしている人物たちの中では何の問題も生じようがない。ごく当たり前の日常的な言葉の一つである。考究対象となりえない。ところが漱石の小説の、地の文章として書かれる場合はどうか。無数にあるうち『明暗』からいくつか拾ってみると、

① 津田の宅から此の叔父の所へ行くには、半分道程川沿の電車を利用する便利があった。……一時少し前に宅を出た津田は、ぶらぶら河縁を伝って終点の方に近づいた。空は高かった。日の光が至る所に充ちていた。向こうの高みを蔽っている深い木立の色が、浮き出したように、くっきり見え

た。（『明暗』二十一回）

② 「君は斯ういう人間を軽蔑しているね。同情に価しないものとして、始めから見縊っているんだ」斯ういうや否や、彼は津田の返事も待たずに、向こうにいる牛乳配達見たような若ものに声を掛けた。

「ねえ君。そうだろう」（三十四回）

③ 廊下の端に立って、半ば柱に身を靠たせたお延が、継子の姿を見出す迄には多少の時間が掛かった。それを向こう側に並んでいる売店の前に認めた時、彼女はすぐ下へ降りた。そうして軽く足早に板敷を踏んで、目指す人のいる方へ渡った。

「何を買ってるの」（四十八回）

④ 日当りの好い南向の座敷に取り残された二人は急に静かになった。津田は縁側に面して日を受けて坐っていた。清子は欄干を背にして日に背いて坐っていた。津田の席からは向こうに見える山の襞が、幾段にも重なり合って、日向日裏の区別を明らさまに描き出す景色が手に取るように眺められた。それを彩どる黄葉の濃淡が又鮮やかな陰影の等差を彼の眸中に送り込んだ。然し眼界の豁い空間に対している津田と違って、清子の方は何の見るものもなかった。見れば北側の障子と、其障子の一部分を遮ぎる津田の影像丈であった。彼女の視線は窮屈であった。然し彼女はあまりそれを苦にする様子もなかった。お延ならすぐ姿勢を改めずにはいられないだろうという所を、彼女は寧

ろ落付いていた。（百八十四回）

「向こう」というありふれた語句が、いずれも作者たる語り手の文章として、非常に何というか主観的な使われ方をしている。読者は漱石の立ち位置と視線の二つながらを漱石に使嗾される。漱石および登場人物と同じ場所にいて同じ目線で同じ方向に眼をやり、すると何が見えるかはちゃんと書いてあるものの、なぜ読者がそのような姿勢を強いられるか、読者によっては納得できない。もちろん漱石はそれでよしとしてそう書いている。「向こうにあるから向こうなんだ、ほかに書きようがあるか」というのが漱石の言い分であろう。

では例えばこれらの記述で舞台や映画のセットなり絵コンテを拵えるとして、電車の終点で津田の見る高い木立はどちらの方角にあって津田からどのくらい離れているのか、酒場の若者と小林の席の位置関係、劇場のお延と売店の距離、温泉宿と描かれる山々の遠さ、あるいは近さ、それらはまったく適当に想像してみるほかない。読者はふつうこの温泉宿を箱根湯河原と知って読んでいるが、これが越後庄内平野の場合その山々の見え方はずいぶん違うはずである。それをただ「向こうに見える」という同じフレーズでまた別な風景を想像しうるであろうか。漱石が戯曲を書かなかったわけである。右記の引用文を、まあ戯曲のト書きとしてリライトしてみたとして、「津田は上手から登場して向こうの丘に繋った樹々を見上げる」とか、「小林は坐ったまま向こうにいる若い男に話しかける」等とは決してならない。演技者がどっちを向いたらよいのか分からないからである。

これはある意味では子供の「あっち」から来て「こっち」へ行く、と似ている。子供は主観的には正しい。嘘は言っていない。自分の見た通りを言っている。ただ人がどう理解するかは、理解する人の側の問題である。自分とは関係ない、とまでは子供は言わないにしても、要は同じことである。

こういう感じ（「向こう」の使い方についての）は例えば芥川の作品の中に見つけることは出来ない。時代や文章の傾向が近いはずの芥川においてさえ、である。漱石以外の作家はなかなかこんな書き方はしない。旅館の部屋の障子を開け放った側から山の景観が見えるとして、地の文でいきなり「向こうに見える」とは書きにくい。（たとえ私小説作家であっても）まず「遠くに見える」とか「小さく見える」とか「ぼんやり霞んで見える」とか「何々のように見える」とかの表現を考えるのが普通であろう。だいいち「向こうに見える」では外国語に翻訳しようがないではないか。右記引用文の例では、最初の三例はとくに「向こう」という語については訳さない、四例目の「向こう」は単に「遠い」という語を当てる、ということになるようである。しかし漱石の文章の方が永い生命を保っていることを考えると、不思議に思えて来る。とくに四例目は達意の文章である。念願かなって久しぶりに正対する津田と清子。清子の背中から直角に差し込む日の光。津田から見る清子は陰翳に過ぎない。清子の背景は明るく照らされて絵画のように窓にはっきり映る。ここで漱石は「遠くに見える山の襞が幾段にも重なり合って」でなく「向こうに見える山の襞が幾段にも重なり合って」と書いたのであるが、漱石の眼は明らかに津田と合体している。では津田に寄り添ったまま叙述が続くのかと思うと、そのあとの描写は何ともさりげなく巧みに主体を清子に移している。始めから漱石は津田と清子の横にいて眺めているのではない。漱石は基本は津田と同化している。しかしこのくだりで例外的に漱石は津田から油蟬のように脱け出し清子にぴたりと寄り添う。流れはあくまで自然である。流れというような俗な言葉を遣うことさえ憚られる。好む好まないは別として、この文章の技巧に舌を巻かない人がいるだろうか。よかれあしかれ次元が違う。これでは主人公をお延に取り替えたという読者の手紙に反応しない（出来ない）わけである。興味のある読者は、「八、お延自分でも事件」の末尾部分、三四郎から美禰子への幽体離脱シーンを読み返して欲しい。漱石は昔からこういう癖・テクニックを有っていたのである。

五十五、「こっち」の謎

「向こう」と似たような意味で、「こっち（此方）」という言葉もまた漱石の文章ではよく使われる、漱石らしい表現の一つである。もうひとつの用例に「先刻《さっき》」「先刻《さっき》から」というのがある。これは『門』の冒頭に使われて（『坑夫』も）有名でもある。いずれも話し言葉としてはごくありふれた語であるが、地の文としてとくに現在ではあまり使われるのを見ない。三人称で書かれた小説の中の、会話文やモノローグ文でない、あっちとこっち・向こうとこっちのように対句的に用いられた場合でもない、叙景叙述の、いわゆる平の文で「こっち」「向こう」「さっきから」等々と書くのはもしかしたら漱石の時代が最初で最後かも知れない。漱石は小説の中で主人公が立つ位置に自分も同じように立って物を見ているので、三人称であれ一人称であれ基本的には漱石の運筆の姿勢は変わらない。作者は「私」であり、その「私」が主人公を人形遣いのように動かしている以上、「私」にとって「こっち」なら主人公にとっても「こっち」なのである。例によってその典型を『明暗』に求めると、

①　角を曲って細い小路へ這入った時、津田はわが門前に立っている細君の姿を認めた。其細君はこっちを見ていた。然し津田の影が曲り角から出るや否や、すぐ正面の方へ向き直った。
……細君は津田の声を聞くと左も驚ろいた様に急にこっちを振り向いた。
「ああ吃驚した。——御帰り遊ばせ」（『明暗』三回）

② 其時吉川は煙草を吹かしながら客と話をしていた。其客は無論彼の知らない人であった。彼が戸を半分程開けた時、今迄調子づいていたらしい主客の会話が突然止まった。そうして二人ともこっちを向いた。

「何か用かい」（九回）

③ 「大分八釜しくなって来たね。黙って聞いていると、叔母甥の対話とは思えないよ」……「何だか双方敵愾心を以て云い合ってるようだが、喧嘩でもしたのかい」

彼（藤井）の質問は、単に質問の形式を具えた注意に過ぎなかった。真事を相手にビー珠を転がしていた小林が偸むようにしてこっちを見た。（三十一回）

④ 其時小林の太い眉が一層際立ってお延の視覚を侵した。下にある黒瞳は凝と彼女の上に据えられた儘動かなかった。それが何を物語っているかは、こっちの力で動かして見るより外に途はなかった。お延は口を切った。

「余計な事です。あなたからそんな御注意を受ける必要はありません」（八十八回）

⑤ 「何所であの人にお逢いになるの。場所さえ仰しゃれば、あたし行って上げるわ」

お延が本気か何うかは津田にも分らなかった。けれども斯ういう場合に、大丈夫だと思ってつい笑談に押すと、押したこっちが却って手古摺らせられる位の事は、彼に困難な想像ではなかった。

（百五十四回）

ふつうなら「誰彼（津田）の方（方向・方角）」と書くところをわざわざ「こっち」と書くのは、作者がニュートラルな位置に立っているのではなく、主人公と同じ場所に立っていることを示している。とくに三番目の例は主人公単独でなく、ここでは津田と藤井の叔母が茶の間で言い合いをしているのであるから、小林が視線をやった先は津田とお朝の二人であったはずである。外国語に訳せば「彼らの方を見た」であろう（事実そう訳されている）。それを漱石は津田を主体として「こっちを見た」と言い切る。これが本当の自己中心主義であろうか。

漱石が前述のセリフ等以外の文章の中で、登場人物とあたかも一体化したように「こっち」と書く事例の、その当該人物を作品ごとにまとめると、

『野分』……………高柳君（二ヶ所だけ「白井道也」）
『虞美人草』………小野さん（一ヶ所だけ「藤尾」）
『三四郎』…………三四郎（一ヶ所だけ「美禰子」）
『それから』………代助
『門』………………宗助（一ヶ所だけ「御米」）
『彼岸過迄』………敬太郎
『道草』……………健三
『明暗』……………津田・お延（一ヶ所だけ「小林」）

『二百十日』には（『二百十日』についても論ずる用意はないのであるが）地の文に「こっち」という言葉は使われない。全編ほぼ圭さんと碌さんの会話文で占められているから語り手の出る幕はないのだ。当然圭さんも碌さんも自身のセリフの中では「こっち」という言葉は発している。

一人称の話者を持つ作品については、「こっち」という表現は問題にならない。『猫』『坊っちゃん』『草枕』『坑夫』『彼岸過迄（後半）』『行人』『心』、すべて語り手たる主人公・話者が自分の方を指示する意味で「こっち」と書いている。

ただし『心』では学生たる私よりも先生たる私から発せられる「こっち」の方が格段に多い。それは先生が遺書を書いているためであるが、遺書や手紙は（いくら饒舌体で書かれていようが口述筆記されていようが）やはり会話と違って文章であるから、「こっち」というような表現は本来減るはずである。それが遺書で目立つということは、遺書は究極の「私文書」であるからして、漱石の文章は元来非常に私的な動機に基づいて書かれていることを意味している。

漱石は日記も手紙も小説と同じ呼吸で書いていると先に述べたが、それだけで漱石の小説の特長を説明できるものでもない。どこまでも理屈がのさばっている、と正宗白鳥は言った。恐らく白鳥は自己と離れては一言も発言できない漱石の性向を、気取りやポーズ、あるいは教師臭と解して嫌がったのであろうが、その根っこは案外当時の自然主義と懸け離れたものではない。ただ漱石の方が少し正直なだけである。正宗白鳥がその同じ筆致で漱石を礼賛したとしても後代の人間は誰も驚かない。事実白鳥は『道草』には脱帽している。この「自分を起点に置いて書く」「無反省に自分のことばかり書く」という性癖は自己顕示欲などという言葉では説明のつかないものであるが、適当な言葉が思いつかないので人はただ気障とか自分勝手とか自己中心主義とか言うだけである。弱さなどでは勿論ない。論者はこれを仮に「自分が正しいか間違っていないかだけが唯一最大の関心事でその他のことはどうでもよい」と説明（性格分析ふうに）してきたが、言いたいことの半分も言っていないという気持ちである。変人、純粋、子供っぽい、イノセント、どれも言い足りない。

ライオンみたいと言った方がまだ分かりよいかも知れない。ライオンは自分が生きるためにシマウマを喰うことしか考えない。でも自分より強い者（そんなものは滅多にないが）には決して一人では向かっていかない。基本的に内弁慶なのである。あるいは狡いのである。ライオンは人間の子供に似て自己愛に没入しているかのようである。しかし人はライオンを見てこんな身勝手な生き物はないとは言わない。

ところでこの表から当然ながら『明暗』だけが主人公二人体制をとっていることが分かる。『虞美人草』の主人公複数遷移は擬態であったことも分かる。右で例外的に顔を出す藤尾と美禰子と御米は漱石の情がつい移ったものか。小林も同じであろう。ちなみに『明暗』で津田とお延が二人一緒に描かれている場合は、やはり男の津田の方が優先されているようである。即ち『明暗』は津田とお延の物語であるが、どちらか一方に決めよと言われたら、『明暗』は津田の物語であると言わざるを得ない。

ついでに漱石としては習作の部類であろうが（あまりほじくってほしくない作品であろうが）『野分』の場合は、白井道也先生でなく高柳君が該当者である。越後（高田）の中学校で白井道也を追い出した一員であることを小説の最後で告白し道也先生の原稿に百円を差し出した高柳周作こそ『野分』の主人公であった。してみると高柳君は就職がうまく行かない三四郎であり、道也先生はつい結婚してしまった広田先生が必要以上に物語に張り出して来た姿であることが分かる。

さらについでに右の例外の中から一例として『門』の御米の場合を見てみると、佐伯から返してもらった抱一を売るべく道具屋に足を運んだシーンで、

「そうですな、拝見に出ても可うがす」と軽く受合ったが、別に気の乗った様子もないので、御米は腹の中で少し失望した。然し自分からが既に大した望を抱いて出て来た訳でもないので、斯う簡易に受けられると、こっちから頼む様にしても、見て貰わなければならなかった。(『門』六ノ四回)

この場合は作者が御米に同情して乗り移ったというより、屛風は元々宗助のものであるから、骨董商の側(あっち)でなく顧客の側(こっち)であるという意味で、売り主の宗助(漱石)側の意識が思わずこういう表現を生んだものであろう。

「向こう」「こっち」「先刻から」のような言葉のニュアンスというものは時代とともに変化するので、その言葉が一つの作品に何十ヶ所出現しようともその時代の読者が違和感を覚えなければあえて問題にするに及ばないのかも知れない。小論はそれを漱石のあくまで自己に即した小説の書き方によるもの、分かりやすくいえば作者の視点の置き方の問題であると位置付けようとしたのであるが、単に「何某の方」「彼・彼女の方」と繰り返すのがまどろっこしいという江戸っ子気質から出たものに過ぎないだけかも知れない。文章にした場合に論理にかなっているからといって人はその通りに喋るわけでもないのだから。

五十六、火曜日お延はなぜ急に元気を回復したのか

『明暗』第八十回の冒頭は「強い意志がお延の身体全体に充ち渡った。朝になって眼を覚ました時の彼女には、怯懦ほど自分に縁の遠いものはなかった」というのである。なぜお延はこんなに強くなったのか。

日曜日に会食の席で吉川夫人に軽くあしらわれてしまったお延は、月曜日には岡本の家で日頃の揺れ動く心を抑えきれず思わず泣き出してしまう。それが一夜明けた火曜日の朝は急に元気を回復した。これはどのような理由によるものだろうか。まさか泣いたから気が晴れたわけでもあるまいし岡本から貰った小切手が彼女の心境を一変させたわけでもなかろう（少しはあるかも知れないが）。

お延が帰宅してからの出来事は、留守中に小林が外套を取りに来たことを知ってなぜかお時と一緒に声を出して笑ったことと、京都の両親へ宛てて手紙を書いたことの二つだけである。笑ったのは「小林とノンセンスを結びつけて考えた」からだと書かれるが、分かりやすくいうと小林の格好を見て（前述したチャプリンのような）喜劇役者を連想して可笑しくなったのである。手紙については漱石の作品の中で女が手紙を書くのはお延が始めてである。母親から息子へ宛てた手紙というのはあるが。そして美禰子が三四郎にハガキを出しているが。

その手紙を書き終わった後お延は、不自然にもこの手紙の内容は真正でそれを疑う者は軽蔑されるべき愚か者だと心の内で大見得を切っている。いったい誰がそれを、お延が書いたばかりの手紙の内容を

虚偽だと言うのであろうか。

「この手紙に書いてある事は、何処から何処迄本当です。嘘や、気休や、誇張は、一字もありません。もしそれを疑う人があるなら、私は其人を憎みます、軽蔑します、唾を吐き掛けます。其人よりも私の方が真相を知っているからです。私は上部《うわかわ》の事実以上の真相を此所に書いています。それは今私に丈解っている真相なのです。然し未来では誰にでも解らなければならない真相なのです。私は決してあなた方を欺むいては居りません。私があなた方を安心させるために、わざと欺騙の手紙を書いたのだというものがあったなら、その人は眼の明いた盲目です。其人こそ嘘吐です。どうぞ此手紙を上げる私を信用して下さい。神様は既に信用していらっしゃるのですから」（『明暗』七十八回）

これは先に述べた病室での津田のトンデモ発言（百六回および百四十七回）と対をなすものかも知れない。しかしこのお延の（異様な）宣言ほど漱石の人となりをよく表わしたものはないであろう。漱石は自分の問題（悩み）を一番よく知るものは結局は自分自身であるというのが持論であるが、これがある種の潔さにもつながり、また身勝手という評価にもなるのである。また自分が間違っていないかが最大の関心事でそれ以外はすべて些末なことであるとする漱石の行き方からこのモノローグを解釈すると、（ある事柄について）自分が正しいことを確信した以上、それに異を唱える者はすべて間違った悪魔であると言っているに等しい。漱石は日常も基本的にこの考え方で身を処している。仮に自分の方が間違ったとしたらそれは即座に訂正謝罪されるにせよ、「自分が正しいなら相手が間違っている」という論理立てそのものは（死ぬまで）露ほども疑っていない。

しかし漱石の複雑なところは、ただの自己中心的な男と切り捨てられないところは、ここでもお延は無意識に嘘を吐いている、このお延の独白には隠された意味があるというふうに（『明暗』という）小説のロジックを持って来ていることである。もっと分かりやすい例をあげると、『坊っちゃん』のバッタ事件で、悪戯をした生徒が一〇〇％悪く他に悪い者はいない、ただし宿直を抜けて湯へ行ったことは自分が悪い、と弁じて職員会の失笑を買っているくだりがその典型であろうか。坊っちゃんは自分が正しいか正しくないか以外に関心はない。漱石も同じ考えである。しかしそれは遺憾ながらそのままでは世間に通用しない。そのまま書いたのでは小説にならないからちょっと戯画化する。あるいはロジックを盾にしてその中に隠れる。

津田とお延は似たもの夫婦で二人は互いに物語の中で同じことをしていると前に述べたが、津田が隠し事をしているようにお延もまた自分の愛について、（月曜日の段階でも）岡本の叔父や継子に対してうわべを取り繕ったもの言いをしている。よく引き合いに出される「誰でも構わない、自分の斯うと思い込んだ人を飽く迄愛する事によって、其人に飽迄自分を愛させなければ已まない」（同じ七十八回）というお延の主張は、肯定的にあるいはせいぜい健気な自我の発露と取られることが多いが、漱石は決してお延の意見に賛成でない。自分がある人を深く愛したからといって必ず相手も同じようにするとは限らない。お延の主張は嘘であると言って言い過ぎであれば単なる期待である。お延はそれを知っている。お延が隠そうとするのはその「不安」の感情であろう。だからこそ何度も涙を流すのである。

愛は尊いものであるが、自分の愛と隣人の愛は異なる。それはあたかも死は尊いものであるが自分の死と隣人の死がまったく別物であることに似ている。

人は誰も隣人の死を経験することは出来ても自分の死は（観念上は了解しても）実際に「経験」することは出来ない。人の死は継続するが自分の死は継続しない。継続して経験できない。あるいは経験を認識出来ない。

「死は人生の一イベントではない。死は生き通せない。＊」

とヴィトゲンシュタインも言っている。

お延の不安は津田に対する自分の愛が正しいのか間違っているのかという不安であった。夫婦の愛情に正しいかどうかなどという見方をする人はそんなにはいない。漱石の度合いの高い藤井でも岡本でもお秀でも、お延の不安そのものを理解することが出来ない（と書かれている）。

自分の愛が正しいかなどということは漱石にも分からないに違いない。ただし自分が間違ったことをしているのではないという保証が得られれば、このような曖昧な問題に対してはよしとするしかない。お延は両親への手紙を書きながら、津田への愛は正しいのかどうか不安ながらも、（つまり津田がその愛にどう応えるか不安ながらも）具体的理由は明かされないが自分が間違ったことをしているのではないと確信することによって、一挙に安心を得たのである。自分は嘘を吐いていないから誰からも何も言われる筋合いはないというのが漱石の立場である。もちろん世間一般にはいくら嘘を吐かなくても非難されることはままある。漱石もそれは知っている。だから漱石はお延という慢気の多い不安定な女にわざわざ月曜の夜のような手順を踏ませたのである。そしてともかくも火曜以降の小林やお秀とのバトルに備える準備が整った。この確信ないし覚心がなければお延が小林やお秀や津田と対等に渡り合うことは出来ないし、この先吉川夫人と最後の戦いに臨む力も湧いて来ないであろう。

＊Ludwig Wittgenstein “TRACTATUS LOGICO – PHILOSOPHICUS”
Translated by C. K. Orden (Dover Publications, INC.)
6.4311 Death is not an event of life. Death is not lived through.　による。

五十七、先生さよなら

ヴィトゲンシュタインが出てくるようではもう本論考も長くはないが、ついでだから漱石の死生観についてもう少し見てみよう。漱石の死ぬ間際の「ああ苦しい今死んじゃ困る」という言葉は、（江口渙によると）小宮豊隆によって隠蔽されたというが、この筆頭弟子にして漱石の人となりを知ることがなかったことに索然とする。漱石は兄を二人看取ったこともあり自身の寿命については達観していた。修善寺で一度死んでいる、とそれほど驚きもせず書いている。漱石は自分の死よりも、自分が正しいことをしているかどうかの方に関心があった。漱石にとっては自分が間違っていることの方が死よりも懼ろしいことであった。

『枯野抄』（芥川龍之介）の「元来彼は死と云うと、病的に驚悸する種類の人間で、昔からよく自分の死ぬ事を考えると、風流の行脚をしている時でも、総身に汗の流れるような不気味な恐しさを経験した」というのは芭蕉でなく芭蕉の弟子何某にかこつけた話（あるいは芥川自身が文壇に出る前に克服しようとした弱年時の恐怖心）であるが、芥川は宇野浩二に『枯野抄』は漱石山房のことだと打ち明けている。芥川は漱石の末期の言葉の真の意味を理解することのなかった小宮たちを皮肉ったわけである。菊池寛でさえ「我在るとき死来らず死来るとき我在らず、我と死ついに相会わず我何ぞ死を怖れんや」と（やけくそみたいだが）言っている。漱石の場合は恐怖心の克服といった次元の話ではなく、自分を買い過ぎる（他人に関心が薄い）というまた別種の性向によって、つまり比較対照の観点から、（自分に関することがなべて物事の上位に位置するのであるから）死もまた尊しという境地になっていたのだろうか。とはいえ生き物である以上死を恐れる気持ち自体に変わりはないと思うが。

自分に圧倒的に関心があって他人（世間）にほとんど関心がないという性向はまだ理解されやすい。しかし加えるにその自分の中で、とくに自己の正邪にのみ関心があるというのは、そうでない人にとってなかなか分かりにくい価値観である。それを平明に解き明かすことが出来るかどうか、自信はないが最後にこの問題に就いて具体的に考察してみたい。最も分かりよいところから『三四郎』冒頭の汽車の女との同衾事件を見てみよう。

①女は「気味が悪いから宿屋へ案内してくれ」という。
②ある宿屋の前に立つ。「どうです」と聞くと女は「結構だ」と答える。
③三四郎は宿屋の人間の語勢に押されて、つい二人連れでないと言いそびれる。
④三四郎と女は同じ部屋に通される。三四郎は下女に言われて風呂へ行く。
⑤すると女が戸をあけて「ちいと流しましょうか」という。
⑥「いえたくさんです」と言ったが女は却って入ってきて帯を解き出す。
⑦三四郎は風呂を飛び出して座敷へ帰ってひとりで驚いている。
⑧下女が宿帳を持って来たので三四郎は自分の住所氏名を書く。
⑨女は風呂に入っているので三四郎が女の分も「同花、同年」と書いてしまう。
⑩女は風呂から出てくる。「どうも失礼いたしました」「いいや」

⑪女は「ちょいと出てまいります」と外出する（懐紙でも買いに行ったのか）。
⑫その留守に下女が蒲団を敷きに来る。
⑬三四郎は「床は二つ敷かなければいけない」と言うが下女は蚊帳いっぱいに蒲団を一つ敷いて帰ってしまう。
⑭そのうち女が「どうも遅くなりまして」と帰って来る。
⑮寝るときになると女は「お先へ」と言って蒲団に入る。
⑯三四郎は「はあ」と答えてこのまま夜を明かそうかとも考えたが、蚊がひどい。
⑰それで三四郎は「失礼ですが私は癇症でひとの蒲団に寝るのがいやだから、少し蚤よけの工夫をやるから御免なさい」と言って女の隣に寝る。
⑱あくる朝「ゆうべは蚤は出ませんでしたか」「ええ、ありがとう、おかげさまで」
⑲別れ際に女は「いろいろごやっかいになりまして、ではごきげんよう」「さよなら」
⑳そして有名な最後の一句。

蒲団を一つしか敷かなかったことが常に問題視されるようだが、蚊帳一杯に敷いたのであれば一つも二つもない。一つの部屋に蚊帳は二つ吊れない。今風にいえばシングルを二枚敷くかダブルを一枚敷くかの違いであろう（勿論これでも充分問題だが）。

とはいうものの、三四郎に瑕疵のありそうなところは、
⑨虚偽の宿帳記入
⑬不適切な蒲団の敷き方

の二ヶ所であろう。しかしこの二つながらに漱石は三四郎の無実を主張する。
⑨女が風呂に入っていたからである。三四郎は女の身上は聞かされていなかった。女のせいである。
自分の責任ではない。
⑬女が外出していたからである。女が命ずれば下女は蒲団を敷き直したかも知れない。女のせいである。自分の責任ではない。

かくて三四郎は最初の難事件をやり過ごした（ように読める）。三四郎に責任能力はないとさえ漱石は言いたげである。もしかすると本当に三四郎は口の中だけであるいは心の中だけでぼそぼそつぶやいていたのかも知れない。妙に一方的な「蚤よけの工夫」も意味がよく分からない。蚤は敷布を畳み込んだ位の高さは簡単に飛び越えるのではないか。対するに女はすべてに過不足なくはっきりしゃべっている。間然するところがない。女には珍しく余計な口をきかない。朝女が三四郎に「ゆうべは蚤は出ませんでしたか」と皮肉っぽく言うのも、三四郎の発した言葉の中で唯一他者に伝わったのは蚤よけという一語だけであったからである。女はまるで国語の教師か教誨師のようである。

してみると女は三四郎にとって始めて遭遇する異性というよりは、その反対に三四郎を異性から守る庇護者として登場したのではないか。だとすると女が最後に落ちついた調子で言う「あなたはよっぽど度胸のないかたですね」というのは、まだ色気を去らない女の、半分人をなじった（あるいはからかった）捨て台詞でなく、三四郎に対する年長者の忠告・激励と解すべきであろう。郷里の母親なら「おまえは昔から度胸のない男だから」、広田先生なら「度胸がすわらないというのは若者の特権だろう。あまり若いうちから腹が坐って動けないというのも困る」とでも言うところであろう。したがって⑪で女が外出したのは、懐紙のようなものを買いに出たのではなく、三四郎に対する教育者として、母親なら父親と相談しに、教師なら下調べをしに、わざわざ席を外したのである。

ちなみにこの汽車の女が三四郎のセリフに直接返答したのは、弁当の蓋が当たったかもしれないのでソリィと言った三四郎に対しノンと答えた一ヶ所だけである。すれ違った通行人とほとんど変わらない。宿の前でイエスと答えたのも、黙って振返った三四郎に了解の意思表示をしたともとれるので、三四郎の発した言葉に何か対応したわけではないようだ。であれば女は母親とすれば理解はしているが会話の少ない、教師とすれば忠実だが一方的に教えるだけの、どちらにしても漱石らしさのよく出ている話になっている。

漱石らしいといえば、たとえ相手が妻や子供であっても人と一緒の布団に寝るのを嫌がるのが漱石の癇性であるが、「坊っちゃん」も癇性で布団が変わると寝られないので子供の頃から友達の家へ泊ったことが無いと言っている。三四郎もその後の主人公たちもたぶんその血は受け継いでいるのだろうが、それが最も濃く出た『行人』の一郎が、関西旅行の復路に乗った寝台列車（の上段）で何のこだわりもなく熟睡しているのを不思議に思う読者もいるかも知れない。規則正しいことの好きな漱石は時刻表通り運行される列車のようなものを愛する傾向にあると前に述べたことがあるが、一郎が寝台が苦にならないのは、それが列車に付属した設備であるからか。たしかに漱石は規則に縛られた生活をむしろ好み、毎朝決まった時間に起床する（だろう）。教師時代たまの日曜日に寝坊しても普通は誰も気にするものではないが、漱石のような人は実はそれが気になって仕方がない。苦沙弥先生が夜具にくるまってなかなか起きないのは、滑稽な描写につい騙されるが、漱石は本当はいつもと同じ時刻に起きないのを気にしているのである。そうでないと自分の小説にあれほど日曜日曜と書くわけがない。漱石は珍しく言い訳しているのである。

ところで余計な事を言うようだが、三四郎はシーツでなく敷布団を女の方へ折り込んで、自分が畳の上にタオルを敷いて寝ればよかったのではないか。椅子に座って蚊に喰われながら夜を明かそうと思ったくらいであるから、蚊帳の中で横になれるだけでも上等だろう。シーツの壁よりも布団の壁の方が癇性の人間にも蚤にも効果があるのではないか。

それはともかく、こうして三四郎は二重にも三重にも免責されるが、おかげでその後の漱石の男はほぼ全員、女から身勝手・責任を取りたがらないという非難を浴びせられ続けることになる。その張本人たる漱石は周囲の弟子からはおおむね摯実な紳士と見られていた。漱石が真面目で誠実なのはその通りであろう（家族がどう思っていたかは別として）。漱石は（どちらかといえば）自分に甘いが自作の主人公にも甘いのである。その中で一人だけ妙な責任の取り方をした作中人物がいる。代助や宗助ではない。言うまでもなくそれは『心』の先生である。先生はなぜ自殺したのであろうか。

五十八、先生さよなら（承前）――先生はなぜ死んだのか

『心』の先生の遺書（『心〈下〉／先生と遺書』）は『坊っちゃん』と同じ長さの小説である。読者に強いインパクトを与えるのに漱石としてはいちばん適した、一気に読める（書ける）ボリュウムである。『坊っちゃん』以外は一気には書けなかったが、長さだけからいうと『彼岸過迄／須永の話〜松本の話』も『行人／塵労』も似た分量である。「須永の話」「松本の話」は前述のように敬太郎を主人公として語られてきた『彼岸過迄』が、敬太郎では持ち切れなくなったのか目先を変えるためか後半では市蔵と松本が「僕」として喋っている。ただしその内容は市蔵と千代子の大喧嘩、そして市蔵の出生の秘密という興味深い逸話である。「塵労」の方は『行人』の執筆中に漱石が胃潰瘍で倒れ、半年後再開したときにもう終結部分だけ書くはずだったのを、なぜか独立した一篇として書いてしまったという代物。『行人』の不統一さの元兇ともされるが、「塵労」の話者は前半まで二郎が継続して担当し、後半は同僚H教授の手紙という形式で長野一郎の（漱石を思わせる）メランコリックな教師像が語られる。一郎はそれまで漱石の書いて来たなかで最も「変な男」である。そのためというわけでもあるまいが、一郎の周囲の友人知人はすべてアルファベットの頭文字で表記される。まるで彼らを一郎からガードするかのように。ついでに言えば「松本の話」も最後の三回分は市蔵の手紙で占められている。内容はともかくこれらの書き方が直接に『心』の構成に受け継がれたのであろうか。

『心』の先生はなぜ自殺したか。それは簡単である。同級生Kが自殺したからである。そして先生はその自殺を見習うことにした。一義的にはそれで尽きている。ではなぜKは死んだのか。Kの死に先生はどのような責任を感じたのか。あるいは心の奥底で賛同したのか。そのあとなぜ先生は十何年も生きてから自殺したのか。この継続的に残された疑問については、やはり答えられねばなるまい。そしてその中の初発の疑問こそが『心』の最大の謎であるから、前項に倣ってKの死の原因を探求すべく小説の記述を追ってみる。

①先生は叔父に騙され土地家屋を取られて郷里と訣別したあと一人で素人下宿に入る。
②先生は郷里での金銭トラブルを打明け、奥さんお嬢さんの同情を得る。
③先生は奥さんお嬢さんと次第に親密になり、結婚も考えるようになる。
④しかし天邪鬼なところのある先生は相手の思う壺に落ち込みたくない。
⑤先生の幼友達Kは進路と学資をめぐって郷里でトラブルを起こし勘当となる。
⑥Kに同情した先生はKを援けるため奥さんの反対を押し切ってKを同宿させる。
⑦Kはすべての資質において先生に優っていたが、頑固で融通が利かずこのときは神経衰弱でもあった。
⑧先生はそんなKを奥さんお嬢さんにわざと近しくなるよう仕向ける。
⑨Kはだんだん奥さんお嬢さんと親しくなっていくが、先生はかえって不安になる。
⑩房州旅行。先生はお嬢さんへの想いをKに打明けようと悩むが、Kの内心が分からないので切出せない。

⑪帰ってからも先生の煩悶はますます募る。雨の日の富坂すれちがい事件。お嬢さんはKを好きなのか。
⑫先生は猜疑心にさいなまれるが、お嬢さんの本心が分からないので打明けることも出来ない。
⑬先生は突然Kからお嬢さんに対する恋心を告白される。驚いた先生は自分の気持ちを言いそびれてしまう。
⑭Kはその後ずっと迷っているようであるがお嬢さんとの進展はない。先生は焦り続けるが何も出来ない。
⑮耐えられなくなった先生はついにKに策略的な攻撃を仕掛ける。「精神的に向上心のないものは馬鹿だ」
⑯清廉なKは追い詰められる。「僕は馬鹿だ」「もう止めてくれ」「覚悟……覚悟ならない事もない」
⑰一週間後、お嬢さんへの想いを封印しつつあるKを出し抜いて、先生はついに奥さんに打明け承諾を得る。
⑱先生は話そう話そうとしながらもKに何も話さない。奥さんにもKとのいきさつについては黙っている。
⑲数日後奥さんはKに話す。Kは驚きを抑えたふうで淋しく祝意を告げる。二日経ってから、そのことを奥さんは先生に告げる。
⑳先生はさらに焦る。先生はKと話をすべきか迷う。しかしその晩Kは頸動脈を切ってしまう。失恋が理由でないことだけは確かである。Kは先生に打ち明けたあと深く後悔して落ち込んでいる。

ふつうはしゃべったことで気持ちが軽くなるものだが。第三者に先に開示したことを後悔したのなら話は簡単である。すぐ奥さんに告知すればよい。むしろ急いでそうすべきである。先に先生の口から相手方に伝わると、Kは口が軽い男と思われてしまう。

一方的な話を聞かされた先生の心的負担を気遣っていたとも思えない。Kは気配りの人ではない。Kは先生の感情に関心がない。Kがもしかしたら先生もまた、とは一瞬たりとも考えていなかったことは確実である。だからこそKは先生にまず相談するのでなく、いきなり告白したのである。しかし狭い世界に女一人男二人がいるのである。普通ならまず先生がお嬢さんに気がないことを確認するのが先決だろう。先生の了解を得たら、あとは行動に移そうが移すまいがそれはKの勝手である。

Kが奥さんに先に告白したとしても同じである。奥さんに対してどういう言い方をしようが奥さんの返事は諾否もしくは「Nさん（仮に先生の名）はご存知ですか」、先生が了承なら諾、知らないなら要再確認となるはずだから、結局Kは先生の気持ちを確認せざるを得ない。この場合は奥さんお嬢さんに対して後戻りはもう出来ないが。しかしKはこういった俗な手順にも関心がなかった。Kは手続きの問題で悩んでいたのではないということだ。

Kは何を悩んでいたのだろうか。何に対して罪悪感を抱いていたのだろうか。西洋人なら宗教的戒律（禁欲や仏教の女犯等）を言うかも知れないが、K（や漱石）が真にそれらを信じていたとはとても思えない。Kが禁欲生活にあこがれていたという記述があるといっても、それだけのことである。若い男によくある話である。死ぬようなことではない。彼らの信仰の対象が「男色」でない限り。

女に恋情を抱くような軟弱な自己を恥じたのなら、もちろんこれが一番ありそうなことと信じられているのであるが、それが妨げになっている（と自己の考える）本来の目標物（学問なり瞑想なり）に向かって邁進するはずである。Kはそのストイックさを持ち合わせている。前述のようにKは（現実のお嬢さんや先生の存在や行動に関係なく）告白したこと自体を明らかに後悔しているのである。そのことをのみ恥じているのであれば、先生とお嬢さんが結婚することは青天の霹靂ではなく、むしろ自己の安寧につながる、干天に慈雨の展開ではないか。

少なくともKはお嬢さんサイドには何も言っていないのであるから、ふつうの男女関係における気まずさというのは幸いにも感じなくて済む。凡俗の男ならむしろ「（女に）言わなくて本当によかった」としみじみ胸を撫で下ろすところではなかろうか。確かに先生に対しては大恥をかいたわけだが、相手が親友である以上死ぬるほどの屈辱ではあるまい。やられた、であきらめるほどさばけた男でないにしても、当てつけに死ぬような性格では勿論ない。その前に、女が自分でなく先生を選んだとか、それは女の好みの問題であるとか、あの葡萄は酸っぱい、女を友に譲る、等々のありふれた弁辞さえ、真誠なKには一切必要ないのである。

Kは何を恥じたのであろうか。常日ごろ人の生きる道（目的）について高邁な哲学を説く者が若い女を愛した。難しい事を口にしても、やろうとしていることはさかりのついた猫と変わらない。Kはこれを恥じて侍のように切腹したのであろうか。そして先生はそれを焚きつけたことで責任を感じたのであろうか。漱石は恋愛は罪深いものではあるが同時に尊いものであるといたる所で言っている。恋愛は（動物には実行不能の）人間の特権であるということだ。カラマゾフの次兄が仮にカテリーナを心から愛していたからといって、それでイワンを馬鹿にする者が一人でもいるだろうか。であればKは人を好きになることで恥じ入る必要はまったくないことになる。

『心』に書かれている中でＫが自分の意志で行なったことが二つある。学資を出した医者の養家を偽って文科に進んだことと自分の恋心を先生に打明けたことの二つである。前にも述べたように漱石は重要なことを自分の意志（のみ）で決めることの決してなかった人である。理由は自分の責任になってしまうからであるが、言い方を変えるとそのときの自分の意思決定が正しいということが担保されないからである。自分が間違っているということを火のように恐れた漱石は、つまらない理由でも何でも、何か理由がない限り決して足を踏み出そうとしなかった。坊っちゃんが松山へ行ったのは、あれは校長が勧めたからである。断る理由があれば断ったであろう。坊っちゃんに面倒を見なければいけない親がいたら即座に断ったはずである。反対に断る理由がなければ台湾でもニューギニアでも坊っちゃんは行ったであろう。Ｋは（漱石と違って）誰の教唆も受けずに医科でなく文科を選択した、と思われる。無二の親友の先生があとから賛同したというのだから。その結果養家と実家から義絶された。先生への告白にも理由になるようなものは何もなかった。奥さんお嬢さん先生にそれを促すような行動は皆無であった。Ｋの側にも孫の顔が早く見たいとか些細なことすら何もなかった。Ｋは純粋に自分の自由意志「だけ」で先生に大切なことを打明けるという行為を実行した。その結果Ｋは最も重い罰を受けることになった。罰した者はむろん漱石である。

自分で決めると間違っていないことを証明する者がいない。そこに公理定理がない以上いっそ占いで決めた方がまだ根拠があるといえる。だから漱石の小説にはよく占い（師）が何の関連もなく登場する（探偵のように）。それでいて鏡子夫人が頼みにする御札を怒って塵箱に叩き込んだりする。漱石もうすうすは気が付いているのである。しかしおかしいと思っても身体に染み付いているのでどうにもならない。則天去私という言葉に飛びつくはずである。天（神・自然）に従っておれば正邪に悩む必要が無いというのであるから、漱石にとってはまさに地獄に仏であったろう。

では先生はどうか。先生は半分以上漱石であるが、Kの前ではその割合は大きく減殺される。Kを長野一郎とすれば先生は二郎である。三四郎である。先生に自由意志はない。常にKの後塵を拝している。奥さんへの申し入れも半ばKの亡霊に導かれてのものである（このときまだKは生きているが）。先生が一見卑怯なやり方でKに攻撃を仕掛けたのも、弱者ならではのことである。三四郎がまともに行ったのでは野々宮宗八に勝てない。弟が兄に勝つためには策略が要る。

しかし先生は漱石が言うような敗者ではないが、勝者でもない。先生は奥さんから「よござんす、差上げましょう」という返事を受けたが、仮にKが先に奥さんに告白したとしたら「よござんす、差上げましょう」とは言わないだろう。前述のように奥さんは先生の立場をひとまず確認したがるはずである。しかしこれは奥さんが先生の方を気に入っていたというよりは（先生が勝っていたというよりは）、世間人たる奥さんが先生の先住権を尊重したということに過ぎまい。先生にその気がなければこの母娘にとってはとりあえずKが暫定一位になるのであるから。

先生は漱石の禁忌には触れなかったのだからとりあえずは死ななくてよい。Kは死んでいくときにお嬢さんの顔は少し思い浮かんだかも知れないが先生のことは胸中になかったであろう。しかしKの死に責任があると考えた漱石は先生に死刑の判決だけは下した。先生の罪状は何であろうか。嫉妬心か。確かに先生を衝き動かしたものは強い嫉妬心かも知れない。しかし死に値する嫉妬心などというものがあるだろうか。Kに黙ってお嬢さんに求婚したことか。確かに小説ではそれが最大の罪であるかのように書かれている。しかし誰にも言わず（相談せず）直接本人に告白することは恋愛の王道であろう。友の許可を得なければ求婚できないなら、先生は（漱石は）永久に結婚できまい。

そんなことより、その前に先生は、お嬢さんの人生を台無しにしていることに気付くべきであった。代助が三千代の回答に無関心なように、先生もお嬢さんの気持ちに関心がない。それはいいとして、せっかく結婚したにもかかわらず、いきなりこのていたらくではお嬢さんの立場などどこにもないではないか。

先生が（Kの死を乗り越えて）お嬢さんと平凡な家庭を築いたなら『心』という小説はなく、その場合先生の罪もまたない。つまり先生は始めから何の罪もなかったといえる。しかし先生は主観的にはいつ死んでも（執行されても）おかしくない状態で十余年暮らした。先生は二十歳で東京に出て高校大学三年ずつ、卒業して半年、二十六歳で結婚したのが前後の記述によると明治三十三年頃と推定されるから御大葬の明治四十五年まで十二年くらいか。ちなみに先生と学生たる私の年齢差もそれくらいになる。先生は「私」にKの面影を見ていたのか。

その十二年間の年月こそが、妻に対する背信（今風にいえば虐待）という罪状である。漱石は自分で死刑判決をしておきながら、実際の判決理由は先生のその後の生き方に押しつけてしまったかのようである。責任はすべて先生にある、とでもいうように。

「生き方そのものが死に値する」

これではまるで『人間失格』であろう。先生は遺書まで書いた。しかし『人間失格』が太宰治の遺書でないように、先生の遺書を真正の「遺書」として受け止める読者はそうはいまい。だからこそ『心』は多くの読者に読まれたのであろう。それでも先生が死ぬ理由に納得する人は多くないように思える。

ではKの自殺に戻って、Kの自殺の原因については漱石が小説の中で説明しているではないかという人がいるかも知れない。しかし騙されてはいけない。「たった一人で淋《さむ》しくって仕方がなくなった」からといって人は死なない。そのときのKがたった一人で淋しかったのは事実であろう。しかしそれは原因ではなく、結果である。それならばいっそ先生もKも漱石の一人二役であるとする考え方から、「Kは実在しない。先生の心の中だけで育まれてきた架空の人である。『心』というタイトルは本来そういう意味であった。」

という前提で『心／先生と遺書』をリライトしてみた方が自殺の原因究明には役立つかも知れない。二人とも死んでいるのにと言う勿れ。人は二度死ねないが象徴的な意味においても複数回自殺する人はある。前記の推定によると先生の自裁は（太宰治と同じ）三十八歳。『猫』を書き始めた頃ということは、漱石は作家になるにあたってそれまでの自分に一度訣別したということか。そしてKの死は大学卒業の年であるから、漱石が周囲の制止を振り切って松山に行ったときである。漱石はこの時にも一度死んでいたのである。修善寺のとき落ち着いていたわけである。

五十九、お秀はいつ知ったか

前項でくどくど述べたにもかかわらず、Ｋが自殺する理由が今ひとつ分かりにくいのと同様、先生の死の理由もやはり読者にとっては分かりにくい。そしてその先生がなぜ長い遺書を書いたかについても、読者は納得のいく説明を受けていないようである。究極の推理は先生が人生の晩年にあたって『遺書』という『坊っちゃん』と同じ長さの小説を書いて年の若い友人に読ませたというものである。同じ推理は『猫』にもあてはまる。主人公の斑猫（黒猫ではない）はビールを飲んで甕に落下し念仏を唱えたが死んだとまでは書いてない。酒の呑めない漱石はそう考えたかも知れないが、だいたい人や猫はビールくらいで死ぬものではない。まあこれは漱石によって明確に否定されているが、しかし漱石は理詰めに否定したのではなく、『猫』の続篇を書け書けという要請をうるさがって単行本の巻末に死んだものが生き返るかと啖呵を切っただけであるから、本当はどうなのかは本人しか知らないところであろう。

それはさておき、先生は「私」にいつか自分の過去を話すと約束し、そしてその約束を履行するためにのみ遺書を書くと言っているが、先生は必ずしも誰かに自分の思いを打ち明けたがって困っていたのではないようだ。誰でもいい、自分の経験は読む値打ちがある、聞く価値があるというのではないようだ。書き終えたときはその出来栄えに自分にも他の人にも有効かも知れないと思い直しているが、筆が滑ったのであろう。妻に読ませられないものに何で一般的な価値があるだろうか。

下宿した先生はお嬢さんに対する恋心が芽生え始めたころ、騙されて故郷を捨てた過去を奥さんお嬢さんに話して大変感動・同情された。そのとき先生は彼らの反応を見て「話して好い事をした」と思う。奥さんお嬢さんにとって好い事をしたという書き方である（『心／先生と遺書』十五回）。

これはまた別の意味で分かりにくい話である。自分の（ろくでもない）過去の話が人に感動を与えるとして、それがいい事か悪い事かというのはなかなか凡人の発想ではない。なぜこんな打明け話が「いいこと」なのだろうか。相手が満足なら好いというのだろうか。正邪が相手次第というのは漱石には本来無い発想である。

前作『行人』の女景清（何度も持ち出して恐縮だが）では、長野の父が女を無理矢理得心させたことについて「好い功徳をなすった」と客人のひとりに（皮肉でなく）言わせている。父のいい加減な話がそれでも女を安堵させた（と父は信じている）という点を一方ならず評価している（『行人／帰ってから』十九回）。

その前の『彼岸過迄』でも市蔵に出生の秘密を明かした松本は、「善い功徳を施した」と自画自讃している。自分の生みの母親が別人だったという驚愕の内実を聞かされた甥の市蔵がそのことで慰藉されたと思い、それに対して話した本人は愉快を感じていると何の迷いもなく書いているのである（『彼岸過迄／松本の話』七回）。

人は真実を知れば必ず安堵するというのは漱石らしい価値観である。『硝子戸の中』二十九回で下女から祖父母が実の両親であると教えられて、漱石はその事実より下女の親切が嬉しかったと見栄を張っているが、どう考えても漱石は真実を知ったことを喜んでいる。それでもここに挙げた『彼岸過迄』『行人』『心』のような、こんな自画自讃は漱石の他の作品には見当たらない。その意味でこの三作は「善行三部作」ともいえるし「自画自讃三部作」ともいえる。

要するに先生はそれが学生の「私」に対して好い事・「私」との約束を遵守する正しい事という動機だけで遺書の執筆にとりかかったように見える。先生は自分の生きて来た経緯（悩み）について書く価値があると思ったから書いたのではない。先生の遺書は（書生の）「私」にのみその価値（存在理由）がある。先生の遺書は、擱筆したときの楽観的なモノローグにもかかわらず、やはり読者一般でなく年下の一友人に向けて書かれている。これが『心』が読者に異様な感銘を与え、いつまでも読み継がれる要因であろうか。反語的な言い方になってしまうが。

前述した、先生の遺書の中で「私《わたくし》」でなく「私《わたし》」と読むべきであるという小論の根拠らしきものも、ここにある。原稿にルビはない。新聞には一般的なルビたる「わたし」が振られたが、初版時は「わたくし」と改められた。文法的には「わたくし」であろう。それが正しい以上漱石は苦情を言うことはしない。しかし漱石は女でなければ改まったときだけ・目上の人に対するときにだけ「わたくし」と言うようである。遺書はあらたまった文書と言えるかもしれないが、この場合はそうでない。先生の遺書は妻に読ませてはいけない謂わばプライベートな手紙である。若い学生に宛てて書く漱石の中では「私」は「わたし」だったのではないか、余談ではあるが。

これを『明暗』に敷衍すれば、『明暗』の（現存する範囲での）最初で最後の大きな動きである津田の湯河原行きは、一般に思われているような姦通につながる（かも知れない）危険なあるいは愉しい行為（旅行）ではなく、基本的には「いいこと」として漱石には認識されていたのではないか。津田の庇護者たる吉川夫人が小説の途中でその役柄を変えることはない。最後まで津田（とお延）の教育者であり続けるはずである。夫人の口からは「いたずら」という言葉が出るがそれは一種のアリバイ工作（言い訳）で、漱石は津田と清子の再会は真面目なものと見なしている（倫理的であるとまでは言わないにしても）。だから吉川夫人はその「いたずら」を津田の妹たるお秀に話したのである。

吉川夫人とお秀が共謀して（津田の障害物としての）お延をいじめようとしたのではない。まず津田とお延がお秀をいじめたのである。お秀は（一人対二人という意味で）弱者である。それで翌朝吉川夫人に助けを求めに行ったのであるが、吉川夫人は津田の教育者として湯河原行きの秘密をお秀に伝えることにより、お秀も教育者側の一員となった。お秀がその足でお延の家を訪れたのは一刻も早くお延と和解しようとしたからである。少なくとも先々で誤解を受ける危険を避けようとしたからである。そしてその日の午後やって来たお延と会って噛み合わないバトルの最中何度か顔を赫くした（極まりの悪い表情を見せた）というのは、明らかにお秀が津田と清子の密会予定を知っていた（今朝知った）ことを読者に開陳するためであるが、同時にお秀は将来お延も何らかの形でそれを知ることになるだろうと感じている。お秀はそれを予見しているがゆえに極まり悪がっているのである。もしお延が津田と清子の邂逅に気付かないまま『明暗』の幕が閉じられるとしたら、このときのお秀に冷笑以外の表情を書き込む理由がなくなる。あるいはお秀は澄ましていればいいのである。何も知らないで終う相手に極まりの悪い思いをしたと書くのは（極まりの悪い思いをすること自体はありうるだろうが、そう書くことは）

読者に対するミスリードであり漱石の最も嫌うところであろう。

津田の湯河原行きは『明暗』の五人衆（津田・お延・小林・お秀・吉川夫人）が共有すべき重要事件であるからには、この話はついでに小林まで行くはずである。『明暗』における津田の暗部とは、父親を騙して仕送りさせていることと、清子に未練を持ったままお延に対して打算的に愛妻家を装っていることであろう。津田が否定するかも知れないので読者の立場から言い換えると、津田の暗部は金を使い過ぎるということと清子と会うため湯河原へ行くということであろう。金の話と女の話の二つである。二つとも漱石がやりたくても出来なかったことであるが、津田が漱石の分身（半分でも）である以上、漱石はそこに何らかの保障・言い訳をしているはずである。思うにお秀と小林は津田の暗い部分の代償として登場した人物ではなかったか。津田の暗部は当然漱石にとって気掛かりな部位である。なくしたいがそうもいかない。お秀と小林はその暗い部分を少しでも薄める・隠蔽する・言い訳するために存在しているのであろう。つまりこの場合お秀の役割は吉川夫人の中継役として（顔を赤らめることにより）お延が津田の密会を知る伏線となり、津田の湯河原行きの行動自体を「いいこと」だと読者に主張する。それはほとんど漱石のためだけの弁解役であるように見えるが、ともかくお秀の役割はこれで終了したのではないかと思われる。

小林は、こちらは津田の金を遣うのが仕事である。小林は必要もないのに無理矢理津田にたかっているように見える。たしかに小林は貧乏だが、だからといって金が要るとは限るまい。小林は津田が金を使い過ぎるエクスキューズとして、津田の暗部をカモフラージュするために、必要以上に強請役を演じているのではないか。画学生原に対する「餞別横流し事件」はそれに対する漱石のうしろめたさの流露ではないか。小林は津田の清子との独身時代の交際を種に津田から餞別を巻き上げた。さらに吉川からも金を引き出そうとするかも知れないと津田に言っている（言っているだけである）。津田がお延との結婚前に誰と付き合おうとそんなことは金になる話ではない。小林も最後には津田の密会事件は知ることになるだろう。小林はおそらくお延の口から温泉宿と清子についてあまりはっきりしない情報を聞かされる。ここでもまたお延より小林の方が真相に近づくが、小林はその情報はお延に与えない。小林はこれまでもお延に有効な情報は何一つ与えて来なかった。それはお延を善と見れば小林の悪党ぶりの証左になるが、逆の見方をした場合も小林の行動と性格に矛盾を来さないような仕組みになっている。小林は思惑通りになったのを半ば喜びながらも、津田の力になることが恩返しであり復讐にもなるということを知っている。

小林に残されたもう一仕事は、津田（お延）の金を遣ってお延と共に湯河原に向かうことではないか。

歩けない津田を東京へ連れて帰るには小林（と原）の力を借りなくてはならないからである。

津田の湯河原行きの怪しげな目的は以上のように吉川夫人から津田、お秀、お延、小林の順に伝達されることになる。清子はどうするであろうか。清子こそ自分の意志で行動することをしない代表選手である。清子が津田と結婚しなかったわけは津田が求婚しなかったからだと前に述べたが、同じ理由から清子が関に嫁したのは関から求婚されたからであると断言できる。清子は「坊っちゃん」である。清子がそうであるように坊っちゃんは断れない。坊っちゃんが唯一断ったのは下宿屋の主人のすすめる端渓であるが、そのとき坊っちゃんは「この男は馬鹿に違いない」と珍しく人格を変えている。清子はおそらくお延と顔を会わせることはない。関さえ（旅館に）現れることはないと思われる。つまり坊っちゃんに後日譚がないように清子にも後日譚はない。何よりももしお延と清子の対決が予定されているのなら、やはりお秀の極まりの悪さというのが意味をなさなくなる。清子は津田以外の『明暗』のメンバーとは対峙することなく退場することになるのだろう。その意味でお秀と吉川夫人の面会シーンは吉川夫人の口から少し紹介されただけで実際に書かれることはなかったが、その後の展開に大きな影響を与えた会談であったと言える。そして実際に書かれた方のお秀の「赤面シーン」は、これだけの具体的な成果を伴なうものだったのである。漱石は思わせぶりを書く人ではないとこれも前に述べたが、一見思わせぶりを疑わせるようなこんな（お秀の）一場面でさえ、誠実な漱石はいくつかの具体的な想定の下に書いていたのである。

六十、お延も津田も小説の結末は知らない

前項ではお秀の言動から、①お延は津田の密会事件を知る、②しかしお延と清子は直接顔を合わせない、という二点の仮定を導いたが、①については漱石自身がこれを否定する記述をしている。

百四回でお延が津田とお秀の病室にすうと入った時、津田の表情に不安と安堵を二つながら見たお延が「或物を疑っても差支えないという証左を、永く心の中に掴んだ」とあるのがそれである。この記述を信じると①はあきらかに矛盾のようだ。「永く心の中に掴んだ」とはこの『明暗』の事件が収束した後もお延は津田を疑っているということであるから、お延はむきだしの形では津田の秘密を知らされないで終うということであろう。しかしそれでは前項のお秀の「極まりの悪さ」の説明がしづらい。お秀は乙女でないのだから津田の秘密くらいで赤面するはずがない。大人のお秀は夫人の謀りごとを聞いてその相手に対面したとしてもそれだけで極まりを悪くしない。お秀の恐れているのはその計画の共同正犯と間違えられるということにある。

「私の判断を云いましょうか。延子さんはああいう怜悧な方だから、もう屹度感づいているに違ないと思うのよ。何、みんな判る筈もないし、又みんな判っちゃ此方が困るんです。判ったようで又判らないようなのが、丁度持って来いという一番結構な頃合なんですからね。そこで私の鑑定から云うと、今の延子さんは、都合よく私のお誂え通りの所にいらっしゃるに違ないのよ」……「でな

ければ、ああ虚勢を張る訳がありませんもの」……「なに構わないのよ。万一全く気が付かずにいるようなら、其時は又其時で此方にいくらでも手があるんだから」（百三十八回）

吉川夫人は病室の津田にこのように語るが、同じことをお秀にも言ったはずである。「虚勢を張る」というのはお秀から報告を受けた上での吉川夫人の正鵠な診断である。虚勢も虚栄も弱さから来ている。お延は（お秀と同じくらい）弱い。そもそも婦人の立場は弱い。それは（自慢することでもないが）隠す必要が無いことである。しかしお延の「慢気」がそれを隠そうとする。お秀は半分援けを求めて夫人の元へ駆け込んだ。お秀のような（素直な、何も考えない）行動こそが「奥さんらしい奥さん」であるのだろう。

吉川夫人の主張と計画が厳秘のうちに完遂されてしまえば、津田の密会事件は少なくともお延にとっては何の関係も影響もない話になってしまうから、お延に対して隠し通すということは無意味であり無駄である。夫人のもう一つの主目的たるお延の改造計画にならない。

かくしてお延は結果として吉川夫人の注文通り「判ったようで判らない」状態のまま夫人との最終対決を終えることになると思われる。これは津田とお延の現行での最終対決と似た状態で終るということだろう。矛盾は一応回避されたように見えるが、では問題点は他にはないのか。

百十一回から百十四回にかけて、お秀を退けた後の津田とお延の（久しぶりの）水入らずの描写が続くが、漱石の丁寧過ぎるほどの説明にもかかわらず、あるいは説明すればするほど、津田とお延の（内面の）状況は分かりにくくなっている。津田はお延が吉川夫人に恥をかかされた日曜日の出来事を知らない。物語の始まりから一貫して、津田の立場は当然ながらむしろお延を夫人にも近づけたがっている。お延が夫人に気が置けて困るのを、津田は不思議にさえ思うのである。それが小林が見舞いに来てお秀が吉川夫人と接触していることを知らされると（百十六回〜百二十回）、津田は一転お延が吉川夫人と顔を合わせることを強く恐怖し始める（百二十一回）。

それからの津田の言動はどこか変である。今日は来るなという手紙（百二十二回）からしてあり得ないことのように思われる。漱石は津田の気持ちの遷移を詳しすぎるほど書いてはいる。とくに津田とお延の病室での最終対決は、外形上は津田の目論見通り、精神的安定という意味ではお延に軍配が上がるという「一勝一敗」をこれまた丁寧過ぎるほど書いてはいるが、にもかかわらずこの夫婦のこのときの心情に納得する読者は多くないという気がする。

そもそも津田が入院手術する以上子供のいないお延は日中家にいてもすることがないのだから病室に詰めているのが普通である。誰が見舞いに来ようとそこへ細君がいて困る理由は、少なくとも『明暗』の登場人物にはない。吉川夫人でも（お秀でも小林でも）現れたときにお延は折を見て、留守が心配なのは主婦として当然なのであるから、ちょっと宅に帰って来るということはある。秘密の話はその時にすればよい、というよりそんな時にしか出来ないのが普通であろう。漱石のときは鏡子夫人は子供が沢山いたから来ない日もあったが、それを小説にそのまま移し替えたのではやはり無理が生じよう。吉川夫人がお延の前で湯治の真の目的をべらべらしゃべる訳もないのだから、観劇でのお延と夫人の確執を知らない津田がどうしてお延と夫人の同席を心配したのか、漱石の記述では分かりにくい。

心配するなら夫人の方である。早く段取りを決めてしまわないと清子が湯治場を引き揚げてしまうかも知れないからである。しかし夫人もまたお延と顔を合わせることは恐れても、津田の退院〜湯治を急いでいる様子をまったく見せない。前述したように清子は物語の始まりからすでに湯治生活に入っている。それから物語の進行に合わせて二週間、清子が宿を引き払うことがないと、吉川夫人はなぜ「知っている」のか。勿論津田が湯河原に行かなければ『明暗』そのものが無くなってしまうから、そんなことを気にしても仕方ないのであるが、もしかすると清子の旅行日程まですべて吉川夫人の管理下にあるのだろうか。清子は「吉川夫人からの果物籠」を不思議なものとして受取ったが、夫人の指令で天野屋に待機しているとすれば、お見舞いなど渡される謂われはないのである。その時の清子のそぶりは、津田に対して何かを隠しているようにも見え、また何事も秘匿していないようにも見える。そして正解は、生きてさえいれば漱石によってちゃんと書かれたのではないかとは思うが。

お延がお秀の許へ走ったのが百二十三回〜百三十回、この内容を津田は勿論知らない。津田が病室に吉川夫人を迎えたのが百三十一回〜百四十二回、この内容をお延は当然知らない。お延は夫人の見舞いを部屋の盆栽と偶然見かけた電車の窓の乗客の顔から類推して津田に白状させる。反対にお延がお秀を訪問していたことは、本来津田には知られないはずであるが、なぜかお秀から見舞い中の夫人に急報（電話の呼び出し）されたことにより津田の知るところとなる。

漱石の叙述は澱みがないが、澱みのない嘘をつく人もいるのだから、お秀が病室に吉川夫人とお延が鉢合わせしてはまずいと信じた理由を読者にも理解させなければ、やはりお秀の行動は根拠が不明であると取られても仕方がない。ましてお秀はお延とついさっきまで面談していたのである。自分と今まで会っていたお延が吉川夫人と会ってはいけない理由は何であろうか。まさかお延をいつも立聞きする女であると言おうとしているわけでもあるまい。

つまり『明暗』の物語は、津田とお延の立場から見ると、この段階に差し掛かってもう破綻しかけているのではないか。


というのは明らかに言い過ぎであろうが、この後に続く津田とお延の最後のバトル、前述した一勝一敗のあとの奇妙な平和（百四十五回〜百五十二回）は小説のエピローグのようにも読める。小説の終結部であれば論理的な齟齬は（あえてそれを掘り起こそうとしたとしても）問題になるところではない。不合理な展開のままで閉じられる小説は（漱石の作品も含めて）珍しくない。

であれば先にも述べた第百六十八回がプロトタイプの『明暗』の実質的書き始めであったとする考え方は、それほど突飛でもないということになろう。

百六十七回の末尾で果物籠を持って来てくれた吉川の書生に挨拶して「比較的込み合わない車室の一隅にゆっくり腰を卸した」津田が、次の百六十八回でよくしゃべる相客に「転席の余地がないので」半分我慢してそのまま座り続けたというのも、新橋を出て横浜大船を過ぎて雨も降ってきているのだから乗客も多くなったのだろうと想像はされるものの、本来の漱石の書き方からすると、もう一センテンスあってしかるべきとも思う。新聞読者に無用の誤解を与えたくないというのは漱石の変わらぬ創作態度であった筈である。

とまれ津田が無事湯治に出発する前で一旦小説が終わっているとすれば、様々な『明暗』の変なところも（全部ではないが）説明がつくような気もする。百六十八回からまた新たな『明暗』が始まったのだとすれば。

六十一、『明暗』の結末に向かって

津田が東京を発って一日経過した。その日（十一月十日水曜）の午後、津田が不動滝へ行く山道を上り下りすることはすでに想定済みである。滝へ行くのに橋を二つ渡ることも、滝の入り口に関所のように構えている茶店のかみさんが葭町の元芸者であったことも、亭主が太鼓持ちらしいことも、この夫婦の滑稽な逸話の一つ二つさえ既に分かっている。

津田が一人で（他の連中はもう何度も見ているのだから）滝がもっとよく見えるように坂の階段を登って、もう一段高い場所から滝を見るであろうことも現地を見れば想像はつく。

そのとき津田は患部に軽い違和感を覚えるのではないか。それでも安穏を感ずる津田はそのやや高い場所から清子を見下ろす。浜の夫婦はやや離れたところに佇んでいる。このとき清子が津田を「見上げる」かどうかは漱石でないと分からないが、おそらく清子は津田の姿を追ったりすることはしないのではないか。

では津田は清子に所期の目的たる肝心の質問をどこでするのか。

思うに津田は滝への往復の路で、清子に座敷で向き合っていては言えそうにないことを二つ三つ問いかけるのではないだろうか。浜の夫婦の前では尚更言えない。浜の夫婦は実際の夫婦でない可能性が残る以上、彼らの前で男女の話は出来ないし彼らもしない。清子は当然ながらその場では答えるべくもない。

津田は宿に戻ったあと女中Cに右記の（茶店のかみさんの）噂話等を聞く。太平楽に見えた津田は夕食前散歩仲間との鉢合わせを避けて下の方の温泉へ行く。事故はそこで起きる。成分の強い温泉へ浸かったため手術跡が開いてしまうのだ（漱石はそう信じている）。

白い湯の花を紅く染める大量の血。しまったと思う暇もなく津田を襲う激しい痛み。津田を部屋へ担ぎ込むのは手代（番頭）か勝さんか。

そして清子は（自分からは何もアクションを起こさないので）東京から呼び戻されるまでは平然と（でもなかろうが）、動けない津田の傍に寄り添っているはずである。津田はお延に電話をかけたいところだが、動けないのでそれが出来ない。宿の者にかけさせるか、すぐ来いという電報を打つことは可能だが、漱石はなかなか腰が重いのでそんなことをしそうにない。それにお延が駆け付けたところで何の打開にもならないばかりでなく、清子がいてはどのような言い訳も通らないだろう。

ありそうなのは清子に頼んで吉川夫人に電話してもらうことである。夫人はいよいよ自分の出番だと奮い立つ。夫人なりの策略に再度出番が来たということだ。

清子は女として現実にのみ生きている。亡霊のように出現した津田には驚倒したが、実物の津田と会って事情が分かってみるともう津田と対面することは何でもない。津田の背後にいるお延を見ようとはしない。清子はお延に関心が無い。

清子と病臥する津田との最後の対話は目に見えるようである。津田が求婚していたら、もちろん受けていたかも知れないが、実際にはしなかったのだからそれは言っても始まらない話である。清子は求婚した関に嫁しただけである。

では今はどうか。清子は津田次第である。津田は今も何もしない。しないのは出血で動けないからか。では出血しなければ動いたのか。それは津田にもわからない。津田（漱石）には出血はいい言い訳になる。

津田は痛みに耐えながら蒲団に寝て、清子と共にいることに不思議な安らぎを覚える。この安らぎは次作の隠れたテーマとなるかも知れない。ただお延が清子と顔を合わせることだけが心配である。

小説の主体はこのあと津田からお延に最後の交代をするが、津田が平静にお延（と小林）を待つためには、清子の問題が片付いていなければならない。関からの電報が届くというのはいかにも便宜的に過ぎ、週の半ばでは関が迎えに来る可能性も低い。ここはやはり吉川夫人の出番であろう。つまり清子から津田が倒れたことを聞いた吉川夫人は、すぐにお延を津田の許へ発たせると約し、同時に清子に宿を引き揚げるよう指示するのではないか。

『明暗』湯河原の場はめでたく（もないが）幕を閉じ、津田も安心して退場できるというわけである。

津田の（湯河原での）再登場はあるのだろうか。東京と湯河原、場所がかけ離れていることもあり、一週間前の「魔の水曜日」のようにまた津田の回とお延の回が錯綜するというのは考えにくい。物語の最後で温泉宿に到着したお延と津田が対面するシーンは大いに期待したいところではあるが、そうすると描写の主体が最後の最後でまた津田に帰ってしまう。『明暗』は「津田からお延へ」という流れが忠実に繰り返されているので、あくまでもこの夫婦は同じことをするのである。津田が湯河原で遭遇するトラブルとお延が東京で巻き込まれる最後のトラブルは対になっているはずである。

つまりお延のトラブルとは当然津田が倒れたことへの世間的な（吉川夫人にコントロールされるかも

知れない）緊急対応であるから、そのお延が湯河原へ向かうとしても、小説の主体がまた臥せっているままの津田の方へ戻っていくことは考えにくい。『明暗』は津田に始まり津田に終わる物語ではない。何度も繰り返すが『明暗』は津田とお延の物語である。漱石はそのためにあえて主人公の交替という始めての選択をしたのである。したがってこれが最後の主人公交代であると思いたい。

ここまで、つまり津田の主人公の最後の回まで、中断から十五回と想定する。十五回というのは津田が宿で女中に清子の存在を確認してから中断までの分量である。滝の場景は前述の通りだが、その夕さり温泉場で倒れてからの津田の様子は修善寺での漱石の体験が使われる。

勿論症状は大きく異なる。津田は痛みと出血はあるものの漱石のように生死の淵をさまようわけではない。しかし精神的なショックはある意味では当時の漱石以上か。漱石の当時も持っていた諦念というものは若い津田にはまだない。

吉川夫人の決裁は清子を通して津田と読者に伝えられる。清子は自分からは動かないが人に命じられれば案外尻は軽いのである。清子もまた湯河原を引き揚げるまでは津田と対照的な働きを見せるはずである。清子は旅館を去るとき津田に滝で問いかけられたことに対する返答を与える。それは決して津田の腑には落ちないが清子の言い方はきっぱりしている筈である。自然、津田は漱石のような（代助のような三四郎のような）グズ振りを際立たせる。それが却って自己の安心につながるというのが漱石的である。とまれ津田は見た目よりは平穏に読者に対し最後の挨拶をするのである。

大事なことを忘れていた。現行最後の『明暗』の設問、津田が一人で考えようとした清子の微笑の意

味であるが、女の気持ちの分からない津田に明解な説明が出来る筈もなく、津田はまず、
①清子の謎かけと思うであろうか。
迎えが来ないうちに要件を言ってしまえ、行動してしまえという謎と取るだろうか。少し危険なようでもある。憶病な津田にはとてもうけがうことの出来ない答えである。では、
②清子の冷笑と思うであろうか。
清子は津田の胆力のなさにはとっくに気付いていてそして諦めているのであるから、もうこの時は半分馬鹿にしているのかも知れない。家から呼び出しが来ようが来まいがそんなことを気にする肝っ玉がお前にあるのか、ということであろう。それとも、
③同情か。
内実はほとんど②に近いのであるが、清子はむしろ津田に同情的なのかも知れない。あるいは単に、
④にこりともせずに返事をしたのでは角が立つから清子は所謂大人の対応をしただけなのか。

「貴女は何時頃迄お出です」

「予定なんか丸でないのよ。宅から電報が来れば、今日にでも帰らなくっちゃならないわ」

津田は驚ろいた。

「そんなものが来るんですか」

「そりゃ何とも云えないわ」

清子は斯う云って微笑した。津田は其微笑の意味を一人で説明しようと試みながら自分の室に帰った。（百八十八回小説末尾）

関から電報が来ればすぐにでも帰らなければいけないと（現状を正しく）喋った清子に対し、半ば驚いた津田は諒解したと言う代わりに、あるいは黙って感心する代わりに、そんなものが来るのか、と別な問いを問い返した。吉川夫人のいう津田の悪い癖であるが、キャッチボールの返球が（意図しないのに）変化球になるのは漱石の癖でもある。返球しなくてもいいところを律儀に返球するところも漱石の癖である。

それに対する清子の、何でもないような、それでいてよく考えられた正確な回答、「そりゃ何とも云えないわ」という答えは、むろん直接には（電報が）来るか来ないかは将来のことであるから来てみないと分からないということを正直に述べたに過ぎないが、微笑の意味が、

①（謎かけ）であれば、清子のこの言葉の真意は、自分の口からは言えないから察してほしい、あるいはもう一度別な言い方で問い直せ、と解されるだろう。

②（冷笑）であれば、清子はこれ以上この件に関しては答えたくないのである。

③（同情）であれば清子の津田に対する愛情は僅かにせよ維持されているかも知れない。清子はこの後も母親のような態度で津田に接するだろうか。

④（愛想笑い）であれば、もう津田と清子は赤の他人である。過去のいきさつに対するこだわりさえ無い。

津田は清子の微笑の意味は解らない。心配性の津田は一応自分は馬鹿にされたのではないかと疑ってはみるであろう。それくらいの世間知はある。そしてその中に吉川夫人の策謀の影さえ感じ取るかも知れない。それは結果として津田の回の終わるまで引き摺られることになるだろう。津田は平穏に退場するが、清子（と吉川夫人）に笑われたのではないかという思いはひとすじ残るのである。

＊＊＊

『明暗』完結篇の津田の回（全十五回、四百字詰原稿紙一回六枚として九十枚を想定）は、ある程度は誰でも書ける内容かも知れない。地元の医師と看護婦も胃腸病院や修善寺のときの日記を使えばよい。墓碑銘を書く老書家も山だけ眺めて暮す男も、軽便の客同様一度紹介されただけで、津田の眼を通してはもう語られることのないキャラクタなのかも知れない。下女の特定が欠かせないとも書いたが、それもまあ枝葉の話であろう。

しかし続く（東京での）お延の回は難物である。お延への交代はどのように書かれるであろうか。これまでのように「自然」で目立たぬように行われるのであろうか。それともはっきり（開き直ったように）別な話として書き始められるのであろうか。

お延はどのように再登場するか。ずいぶん久しぶりの登場である。津田の入院中に延々と続いた小林、お秀、津田とのやりとり。おかげでお延は苦しみ泣きもしたが安心も得た。勁くもなった。お延はいったんその役目を終えてしまったかのようである。

おまけに津田が東京を発ってすでに一日経過している。『明暗』ではこれまでカレンダーを遡る書き方はなされていないので（遡ってもせいぜい数時間である）、お延の回になったからといって津田を送り出した当日とその翌日津田が倒れた日のお延の姿は、リアルタイムには書かれないだろう。津田と別れたお延は（得心もして）さしあたっては自分から行動を起こす必要が無い。お延が動き出すのはさらにその次の日（十一月十一日木曜）、吉川夫人の手によって起動ボタンが押されてからである（と想像する）。

それはお延を主人公とした最後の物語として、ある程度まとまった一つの短編として、再びそれまでとは断層のある書き方をされるのではないか。というのは前に述べたように『明暗』は津田の道行きでそれまでの物語と大きく断絶しているからである。

お延の回になってまた元に戻るのではなく、新しいお延が、一皮むけたような、あるいは病み上がりの人のような描き方をされて、あたかも新しい舞台に上るような形で登場するのではないか。思い切った省略がなされるのではないか。

ずばりお延の再登場シーンは内幸町の吉川邸へ向かう俥の上であると推測する。お延を呼び出す手紙が車夫によって届けられたのである。

その日、吉川邸でお延と吉川夫人の最後の対決がなされる。お延は相変わらず吉川夫人の掌で踊らされているようにも見えるが、またある程度の得心を持って津田を救う喜びを味わうはずである。それはちょうど美禰子が三四郎の面倒を見るときの満足感に似ている。

吉川夫人は清子のことは多くは語らない。呼び戻す手筈が付いている以上、そしてお延の半分疑っている状態がちょうどよいと言っている以上、お秀にはしゃべってもお延に余計なことを言う必要がない。夫人はむしろお延がどこまで知っているかの探求の方に力を注ぐであろう。そして夫人が清子のことをどこまでお延に仄めかすかは漱石の最後の技巧の見せ場であろう。残念ながら余人にその力はたぶんない。

小林たちが同行することは夫人には好都合だろう。本来なら温泉行きをたくらんだ夫人サイドで面倒を見てもおかしくないからである。吉川夫人は妻の愛情が夫の痔疾に何の役にも立たないという興醒めの事実を殊更にお延に吹き込むことにより、お延を少しずつ普通の主婦に近づけようとたくらむ。お延はもうそんな手には乗らないのであるが、夫人は気付きようもない。ただ覚心したかのように温泉地に向かおうとするお延を見て、自分のやり方は間違っていなかったと夫人らしい自讃をする。

小林はどこで津田のことを知るか。地中の芋を信じれば小林は原の絵を売り込みに吉川へ行ってそこでお延と出くわすということもあるかも知れない。小林が岡本へ行くという可能性も本人がそう言っている以上否定は出来ない。しかしより自然な流れとしては、お延から藤井への連絡であろう。津田の勤務先である吉川からもたらされた情報であれば、次に行くのは津田の実家たる藤井であるのが自然である。京都の本当の津田の実家は当然吉川と通じているのであるから、お秀同様この続編では触れなくてよい。

藤井で津田の急を聞いた小林はその日の午後お延の家を訪れる。お延が小林（と原）の同伴を依頼するシーンが次のハイライトである。おそらくそれは小林からの申し出という形で描かれるのではないか。漱石は寝台に括り付けられて帰京したが、津田は両脇を抱えられての帰還兵というところだろう。

湯河原の回が終わっている以上、そのシーンは直接書かれることはないが、想像を逞しくすることは出来る。誰かの口から間接的に語られる、あるいはスケッチ画に描かれる（描くとしたら原以外にいないが）、そして「手紙」が登場する可能性も、（またかと言う勿れ）大いにありうるのである。

津田はもしかしたら戸板に載せられて自室を出るかも知れない。その際の担ぎ手は小林・原・手代（番頭）・勝さんの四人であろう。黙って見送るのは同宿の二人の男客だろうか。浜の夫婦は清子と前後して引き揚げている。書家の書いた故人の顕彰文が戸板と対照をなす。何もしない方の男も、寝たままで何も出来ない津田に比べるとまだ活きた人間に見えるという皮肉。

先に津田が女中から聞くという形で読者に披露された相客の様子が、最後にお延の眼を通して書かれる。エピローグとしてお延が（吉川夫人に宛てて）手紙を書くとすれば、津田の真の退場シーンが明らかになるかも知れない。お延は（吉川夫人の手前）ことさらに津田が動けないことを強調するだろう。漱石はここで『虞美人草』や『心』のような破局を期待していた読者に対しても一定の満足感を与えることになる。

いずれにしても津田は漱石と違ってしがないサラリーマンであるから、お延と二人でもう一週間湯治というわけにはいかないのであるから、そしてお延の肩に摑まって歩ける程度の傷でないことは漱石は経験上知っているのであるから、この団体旅行はいくら散文的でも仕方がない。むしろお延は前述した新しい喜びに襲われて小林への嫌悪感を棚上げするのではないか。これがお延の予言した「蛮勇」であろうか。愛情ではない。一種の征服感のようなものがお延を支配して、お延を小林と（津田とも）対等な立場に置かしめるのではないか。お延はどちらかといえば堂々と出発するはずである。

金の工面はどうしたか。吉川夫人を再度わずらわせるのはお延の本意でない。小林は津田の餞別があると言うだろう。しかしお延はもう誰の情けも受けない。お時に言って指輪を質入れして小林と原の一泊二日の湯河原往復費用に充てることにする。津田にさらに貸を作るのであるが、もう妻としてそんな意識はない。吉川夫人の目論見は結果として少しだけ達成されたのである。

そして翌る日十一月十二日金曜、お延は津田と同じ道のりで湯河原を目指す。どこでこの物語が閉じられるかは何とも言えないが、最後にお延の一行と上京する清子がすれ違うところで終るような気がする。

とすればその場所は東京と湯河原から同じ時間を消費する地点、軽便の鉄路でなく東海道線の上でもなく、それは乗換駅たる国府津の駅頭か小田原（早川口）ででもあろうか。面と向かってすれ違うわけにはいかない。小林と清子はおそらく互いに顔を見知っているからである。

そして叙述はあくまでお延の眼を通してのみなされる。多くいない乗換の人の中に遠く庇に結った自分と同じような（当時の）山の手の若い婦人を見たお延は、何事かを思いそして小林に何か話しかける。お延の脳裏に清子という名前が一瞬でも浮かぶか否は、遡るが吉川夫人のリークの仕方に係わってくるのでそれ次第である。お延はもう清子のことは卒業したとも思われるが、或る書き方を漱石に期待するのであれば、読者としてはお延と清子は細い糸で最後まで繋がっていてほしいという気もする。

清子の姿を認めた小林はお延の仕草を確認したのち黙ってそれをやり過ごす。お延には金持ちを皮肉るような言葉を返すだけである。一人でこんな時間にこんな所で、うらやましい身分といえるのか、何か訳があるのか。小林は一瞬勝ち誇ったような錯覚に襲われるが、またお延の（清子から自由になっている）態度からそうでないと思い直しもする、かも知れない。

小林の叙述は半分お延の立場（視線）でなされるから、このくだりはなかなか読ませるところであろう。清子はもとより気付かないまま退場する。清子の髪は津田に会う朝庇に結ったのであるが、それは津田のためでなく、お延の目にとまるためであった、と漱石は言いたかったようである。

最後に、お延の描写から一瞬脱け出したように清子の方へ叙述が移る、例の幽体離脱（油蟬）の「超絶技巧」がここでも見ることが出来るだろうか。

ここまで、お延の最後の回を三十五回と想定する。四百字詰原稿紙一回六枚として二百十枚。『坊っちゃん』と同じくらいの長さである。前述のようにこれは先生の遺書とも同じである。

ちなみに現存して出版もされている『坊っちゃん』の原稿は松屋製（二十四字×二十四行）百四十九枚で、先生の遺書は「縦横に引いた罫の中へ行儀よく書いた原稿様のものであった。そうして封じる便宜のために、四つ折に畳まれてあった。私は癖のついた西洋紙を、逆に折り返して読み易いように平たくした」（『心／両親と私』十七回）とあるから、まず『心』の「私」は先生の遺書なる分厚い原稿を二つ折りに伸ばし直し、それを着物の袂に突っ込んで家を飛び出したのであろう。『明暗』完結篇のお延の回も、書かれれば（その風袋は）こんな感じになるに違いない。

文中の引用は原則として岩波書店『漱石全集』全二十九巻（第一版一九九三年～一九九九年、第二版二〇〇二年～二〇〇四年）に拠ったが、仮名遣いを現代仮名遣いに改めた。分かりやすくするため引用文中に括弧書きで人名等を補った箇所がある。また引用文中の省略部分は「……」で示した。（二〇一九年十一月　著者識す）

明石　吟平（あかし　ぎんぺい）

1950年岡山市生まれ。早稲田大学卒。商事会社勤務を経て2013年定年退職後明治大正の文学に親しみつつ現在に至る。2016年漱石没後百年の前後から漱石の作品研究に打込む。本書はその始めての産物である。さいたま市在住。

『明暗』に向かって

2020年2月10日　初版第1刷発行

著　者　明石吟平
発行者　中田典昭
発行所　東京図書出版
発行発売　株式会社 リフレ出版
〒113-0021　東京都文京区本駒込 3-10-4
電話 (03)3823-9171　FAX 0120-41-8080
印　刷　株式会社 ブレイン

ISBN978-4-86641-297-9 C0095
Printed in Japan 2020
落丁・乱丁はお取替えいたします。

ご意見、ご感想をお寄せ下さい。

［宛先］〒113-0021　東京都文京区本駒込 3-10-4
東京図書出版